ISABELLE BUFFET

Après une première carrière comme officier dans l'armée de terre, Isabelle Buffet se consacre aujourd'hui à plein temps à l'écriture. Son premier roman, *Le Déshonneur des Montergnac*, a paru en 2020 aux éditions Les Nouveaux Auteurs et a reçu le Prix Coup de cœur du jury *Femme Actuelle*. Il est suivi par *Le Mystère de Saint-Maxent* (2022) chez le même éditeur.

LE DÉSHONNEUR
DES MONTERGNAC

ISABELLE BUFFET

LE DÉSHONNEUR DES MONTERGNAC

NOUVEAUX AUTEURS

NOTE DE L'AUTEURE

L'action de ce roman se déroule sur l'île Korser, qui se situerait non loin de l'archipel de Molène, au large de Brest.

Cette île est totalement fictive, elle est le fruit de l'imagination de l'auteure.

ISBN : 978-2-266-32184-6
Dépôt légal : avril 2023

À mon mari

Prologue

Samedi 13 décembre 2008, île Korser, treize heures trente

— Charlotte ! Je suis contente que tu appelles enfin ! Je n'ai pas réussi à te joindre sur ton téléphone.

— Je suis sur une île, maman. Tu sais pourtant que le portable ne passe pas ici.

— Évidemment que je le sais ! Bon, maintenant écoute-moi, il faut absolument que tu rentres à la maison.

— Pourquoi ? Qu'est-ce qu'il se passe ? Il y a un problème avec les enfants ? demanda Charlotte inquiète.

— Mais non, ils vont très bien ! Pourquoi veux-tu qu'il y ait un problème avec eux ? C'est agaçant cette manie de ne jamais me faire confiance !

— Eh bien, dis-moi alors !

— Tu me promets de ne pas t'énerver ? C'est très sérieux.

— Maman, s'il te plaît ! Tu commences à m'inquiéter, tu veux bien me dire ce qu'il se passe ?

— Très bien, alors écoute-moi : cette nuit, j'ai eu une vision. Une terrible vision, énonça sa mère avec emphase.

— Oh, pitié, pas ça ! soupira Charlotte. Je t'assure que ce n'est pas le moment !

Depuis l'enfance, Charlotte subissait les excentricités de sa mère qui prétendait posséder des pouvoirs médiumniques. À chaque réunion de famille, il y avait toujours eu quelqu'un pour demander un tirage de cartes ou une petite séance pour parler à feu tonton Robert… Si, enfant, Charlotte trouvait réjouissant d'avoir pour maman un personnage aussi peu ordinaire, rapidement l'originalité de sa mère avait cessé de l'amuser. Ses visions avaient surtout été prétexte à régenter arbitrairement la vie sociale et sentimentale de ses enfants. Elle n'hésitait pas à invoquer de prétendues prémonitions pour interdire telle ou telle sortie ou fréquentation qu'elle aurait « vues » néfastes pour eux.

L'extravagance d'Éléonore Valentin avait été l'objet de bien des moqueries de la part des enfants de l'école du village, où elle était considérée comme une espèce de sorcière. Cette réputation avait été difficile à vivre pour les petites filles qu'étaient Charlotte et sa sœur Héloïse. Cela avait duré pendant une partie de leur scolarité avant que leur père, conscient du harcèlement dont étaient victimes ses filles, se résigne à les changer d'école pour les inscrire dans un nouvel établissement scolaire à Bordeaux. Elles avaient continué leurs études en internat, ce qui avait contribué à apaiser les relations conflictuelles entre la mère et ses filles.

Depuis deux ans, Éléonore Valentin, devenue Mme veuve Valentin, avait accepté de s'installer chez sa fille, et avait développé son activité divinatoire en créant le *Cercle des âmes errantes*. Elle organisait régulièrement – trop au goût de sa fille – des réunions rassemblant un nombre croissant de participants, pendant lesquelles elle prétendait entrer en contact avec des disparus, parfois célèbres. Elle était très fière d'entrer régulièrement en relation avec Marlène Dietrich ou encore avec Victor Hugo. « Si seulement elle pouvait être aussi connectée avec sa propre famille », pensait Charlotte agacée.

— Tu peux me passer Héloïse, s'il te plaît ?

— Ta sœur n'est pas là. Écoute-moi, je te dis ! Ma vision était très claire et c'était effroyable ! J'en suis toute retournée… je suis sûre qu'Armand va mourir !

— Tout le monde doit mourir un jour. Et si l'oncle Armand devait ne plus trop s'éterniser parmi nous, ça serait difficile, mais je pense que j'arriverais à m'en remettre. Héloïse est sortie ? Tu sais à quelle heure elle rentre ? demanda Charlotte visiblement peu émue par la *vision effroyable* de sa mère.

— Ne dis donc pas de bêtises ! C'est très sérieux et tu ne peux pas souhaiter la mort de ton oncle.

— Peut-être pas consciemment, mais je suis certaine d'en avoir déjà rêvé. Héloïse m'a assuré qu'elle restait à la maison ce week-end ! Elle ne t'a pas laissée seule avec les enfants tout de même !

La jeune femme comptait sur sa sœur pour tenir les petits à l'écart des bizarreries d'Éléonore. Récemment, pendant des vacances en famille dans le Périgord, les jumeaux de Charlotte s'étaient cachés avec leurs cousines pour assister à une séance de spiritisme organisée par leur grand-mère. Ils s'étaient tous enfuis, terrorisés par les gesticulations et le discours d'Éléonore. Il avait fallu plus de deux heures pour les rassurer. Charlotte, furieuse, avait alors interdit à sa mère de réunir sa bande de farfelus quand les enfants étaient présents.

Depuis qu'Éléonore s'était installée chez sa fille, elle organisait les réunions de son nouveau cercle dans un chai à l'écart de la maison de Charlotte. Une pièce avait été spécialement aménagée pour Éléonore et ses amis. L'installation était suffisamment éloignée de la maison principale et, surtout, hors de portée des oreilles indiscrètes des enfants.

— Dans ma vision, il y avait un bel homme, avec une magnifique chevelure blanche, tout ensanglantée…

— Maman, sérieusement ! Tu sais qu'il n'y a que toi pour trouver « magnifiques » les deux pauvres mèches qui se battent en duel sur son crâne. Héloïse a emmené tous les enfants sur le marché de Noël peut-être ? Elle a pourtant dit qu'elle attendrait mon retour !

— C'était une vision horrible ! reprit Éléonore sans écouter sa fille. Armand baignait dans une mare de sang, dans une pièce remplie de livres… je pense que c'est une bibliothèque.

— Ça, c'est moche… Je suis persuadée qu'oncle Armand préférerait mourir ailleurs que dans une bibliothèque. Bon, maman, tu me réponds ? Où sont Héloïse et les enfants ?

— Ils sont dans la cuisine, ils font des gâteaux, s'énerva Éléonore. Tu ne m'écoutes pas, Charlotte, je te dis qu'Armand va mourir ! ASSASSINÉ !

Dimanche 14 décembre 2008, île Korser, six heures trente

Tandis qu'elle regardait, bouleversée, le corps du vieil homme étendu dans la bibliothèque du manoir, Charlotte entendit de nouveau les paroles de sa mère résonner. Elle s'efforçait de ralentir les battements de son cœur, inspirant et expirant lentement malgré l'écœurante odeur qui flottait dans la pièce. Il fallait qu'elle retrouve son calme. Dehors, la tempête rugissait avec une rare violence. Le sifflement sinistre du vent, qui s'infiltrait par les moindres interstices de la maison, ne parvenait pas à couvrir le vacarme des vagues qui se fracassaient en un grondement infernal contre les falaises. Et, comme pour amplifier l'horreur de leur macabre découverte, un éclair déchira les airs, suivi d'un coup de tonnerre assourdissant.

Charlotte n'avait jamais cru aux élucubrations prétendument divinatoires de sa mère, mais il y avait bien devant elle un homme mort, assassiné dans sa bibliothèque, baignant dans son sang, le crâne fracassé…

Comment sa mère avait-elle pu avoir cette prémonition troublante ? La mort d'un beau vieillard, avec une belle chevelure blanche, dans une bibliothèque… tout coïncidait à un détail près : l'oncle Armand, lui, était toujours vivant !

SAMEDI
13 DÉCEMBRE 2008

Chapitre 1

Île Korser, dix heures trente

Quand il séjournait sur l'île Korser, Édouard Montergnac menait une existence très routinière. Il se levait tôt, descendait dans le petit salon pour y prendre un petit déjeuner frugal, composé principalement d'un verre de jus de fruits et d'une tranche de pain légèrement beurrée. Puis il quittait le manoir pour faire sa promenade rituelle qui l'amenait sur la plage de galets. Parfois, il emportait des jumelles et poussait jusqu'à l'extrémité nord-ouest de l'île pour observer les oiseaux.

L'île abritait une riche colonie d'oiseaux migrateurs qui attirait nombre d'ornithologues qu'Édouard voyait débarquer avec une certaine indulgence. Cette population d'envahisseurs avait au moins le mérite de ne faire aucun dégât et d'être discrète.

L'île Korser, qui signifiait « corsaire » en breton, comme l'homophonie pouvait le laisser deviner, avait été, selon une légende locale, le repaire de quelques corsaires du roi qui y auraient enfoui un trésor, qu'évidemment personne n'avait encore trouvé. Pendant l'été, quelques curieux, férus de chasse au trésor, débarquaient chargés de détecteurs à métaux, et parcouraient l'île et ses vieilles ruines en espérant dénicher le magot des corsaires du roi.

Édouard détestait ces touristes. Ils étaient pour la plupart incultes et ne faisaient pas la différence entre un corsaire, au service du roi, et un pirate, qui n'agissait que pour son propre compte. Le vieil homme doutait de l'existence d'un tel trésor, probablement inventé par l'office du tourisme de Brest pour promouvoir l'île Korser. À cause de cela, chaque été voyait son lot de touristes en short déferler sur l'île jusqu'à son manoir, sans respect aucun pour la propriété privée. Depuis de très nombreuses années, Édouard s'était adjoint les services d'un couple de Brestois chargés d'entretenir manoir et jardin et de chasser les importuns. Cela faisait plus de cinquante ans que Soizic et Marcel travaillaient pour lui. Bien sûr, compte tenu de leur âge, Édouard était obligé de faire appel à de jeunes aides pour le ménage et les travaux lourds, mais le vieux couple assurait toujours une présence dans le manoir une bonne partie de l'année. Et Soizic était encore une cuisinière hors pair. Marcel, quant à lui, entretenait les quelques plantations du jardin et faisait en sorte qu'aucun de ces casse-pieds de touristes ne puisse venir le déranger lors de ses séjours au manoir. Mais en cette saison, Édouard ne risquait pas de rencontrer qui que ce soit. Il pouvait profiter en toute quiétude de la solitude rude de cette île bretonne.

Malgré le vent qui commençait à souffler de plus en plus fort, il était sorti après un rapide petit déjeuner pour sa promenade matinale. Le souffle court, le vieil homme dut s'arrêter une fois encore avant d'atteindre l'endroit où, rituellement, il revenait sur ses pas pour rentrer. Il supportait difficilement les marques tangibles du déclin physique et, les derniers temps, le moindre effort physique tournait à l'épreuve. Il avait espéré que la progression inexorable de la maladie serait ralentie au contact de la force émanant de cette terre, ceinte par l'océan. Mais il n'en était rien, comme si le mal qui le rongeait, indifférent à la beauté sauvage du paysage, se nourrissait de la haine qui bouillonnait au fond de son âme.

Le vieil homme regardait les vagues s'écraser sur la plage dans un vacarme assourdissant. Il se tenait debout, face aux éléments, et écoutait les galets qui s'entrechoquaient dans un roulis incessant. Il ressentait pleinement le déchaînement de violence sur ce territoire insoumis. Le grondement de la mer et son ressac éternel lui apportaient un mince réconfort. Le poids du passé et sa cohorte de souvenirs douloureux trouvaient un faible apaisement dans la contemplation de ce paysage où s'affrontaient, en un combat millénaire, la violence et la beauté.

Il humecta ses lèvres sèches et sentit le goût du sel. Édouard avait toujours aimé vivre à proximité de la mer sans avoir jamais désiré naviguer. Il n'avait pas l'âme d'un marin, mais aimait à se qualifier de marin de terre. Passionné par l'océan et ses tumultes, il aurait toutefois été incapable de vivre sur un bateau. Il ne se sentait rassuré que sur la terre ferme. Pourtant, en ce moment, il aurait voulu partir et tout abandonner, comme ces marins qui larguent les amarres et s'éloignent pour tout oublier.

Dès qu'il le pouvait, Édouard venait se retirer là pour se ressourcer. Au lendemain de la guerre, il avait acheté pour une bouchée de pain ce vieux manoir en granit de la fin du XVIIIe siècle, bâti sur les hauteurs de l'île. L'imposante bâtisse se dressait, majestueuse, sur un promontoire escarpé qui dominait la mer, à l'écart des quelques maisons qui restaient encore habitées sur le reste de l'île. Il n'y avait guère plus d'une cinquantaine d'habitants hors saison, pour la plupart d'anciens marins, mais aussi quelques anciens urbains en quête d'un mode de vie différent, plus en phase avec la nature. Cette population hétéroclite coexistait en bonne harmonie, mais sans jamais croiser la route de « Monsieur Montergnac », que l'entretien de relations de bon voisinage indifférait totalement.

Le chemin devenait plus étroit et remontait doucement vers le manoir qui trônait sur les hauteurs de l'île. Le dos voûté, le vieil homme avançait lentement, luttant contre le vent et la fatigue qui l'envahissait.

À l'heure de dresser le bilan de son existence, Édouard se demandait comment il avait pu en arriver là. Quiconque parlait de lui aurait dit qu'il avait tout réussi. Il avait fait fortune dans l'immobilier après la guerre, et avait créé et dirigé un petit empire financier international. Il était respecté pour son passé de résistant et d'homme d'affaires. Il avait connu les femmes les plus belles, et en avait épousé quelques-unes. Il avait les moyens d'obtenir tout ce qu'il désirait. Il eut un sourire méprisant en repensant à toutes ces personnes qui avaient tenté pathétiquement de lui résister en prétextant ne pas être à vendre. Tout était à vendre. Toutes les consciences pouvaient être achetées, « il suffisait d'y mettre le prix », ricana-t-il.

Il avait écrit ses mémoires quelques années auparavant. Sa vie valait bien d'être couchée dans un livre, qui avait d'ailleurs connu un petit succès en librairie. Il y avait détaillé, en les enjolivant, ses actes de courage pendant la guerre. Bien peu de survivants auraient pu le contredire, il s'était chargé d'acheter leur témoignage admiratif, ou au pire leur silence. Le deuxième tome de ses mémoires relatait ses nombreux engagements politiques après la guerre et l'édification de son immense fortune. Il avait joui d'une réputation de chef d'entreprise redoutable du temps où il était encore à la tête de son empire financier. Toutefois, ses adversaires professionnels, s'ils l'avaient toujours craint, l'avaient aussi respecté.

Il n'avait évidemment pas tout révélé, une fortune comme la sienne ne se bâtit pas en gardant les mains propres. Aujourd'hui encore, il pensait que sa réussite justifiait bien ces quelques entorses à la morale et à la justice. Il regrettait de ne pas pouvoir révéler ses coups d'éclat, se réjouissant des quelques scandales qui impliqueraient des personnalités du monde financier et politique. Mais il craignait les tracas d'éventuels procès que ces secrets pourraient entraîner ; personne ne reconnaîtrait de gaieté de cœur avoir été joué par lui.

Par malice, il avait fait courir le bruit qu'une version non édulcorée de ses mémoires était prête à être publiée. Cette version comporterait de nombreuses révélations susceptibles de jeter quelques réputations aux orties. Il se délectait de la perspective de provoquer des crises d'angoisse chez certains qui pourtant avaient eu l'illusion de compter parmi ses amis. Ce brûlot n'était qu'une dernière farce et n'existait pas, mais nombre de ses relations, effrayées, s'empressaient autour de lui pour être tranquillisées. Le vieil homme les rassurait en échange de quelques nouvelles faveurs, car Édouard Montergnac n'avait aucun ami. Il n'avait que des relations sur lesquelles il exerçait des pressions qui lui conféraient du pouvoir.

Édouard s'arrêta pour reprendre son souffle. Il enrageait de ne plus pouvoir dominer ce corps qui lui échappait. Il avait toujours tout contrôlé dans sa vie : ses affaires, ses amis, même et surtout ses amours. Il ne laissait jamais rien au hasard, et pourtant une chose lui avait échappé. Il avait bien l'intention de réparer cette erreur, ce week-end.

Reprenant avec difficulté le cours de sa promenade sur le chemin de terre qui surplombait la plage de galets, Édouard regardait les vagues qui s'écrasaient au loin sur les rochers. Son corps aussi avait fini par le lâcher. Alors qu'il découvrait qu'il n'était pas immortel et que sa fin de vie serait avilissante, le destin lui avait cruellement révélé la trahison dont il avait été l'objet et qu'il n'avait jamais soupçonnée, relayant au second plan le choc du diagnostic médical.

Avant cela, il se considérait comme satisfait de sa vie, fier de son incontestable réussite. Mais depuis cet été, sa vie avait pris un tournant différent. Alors qu'il menait une existence qui lui convenait parfaitement, il se sentait aujourd'hui terriblement seul. Toute sa vie il avait été un solitaire, refusant de se dévoiler à qui que ce soit, pas même à Geneviève, sa première épouse, la seule femme qu'il avait jamais aimée, pour autant qu'il ait été capable d'amour… Si seulement elle l'avait aimé en retour, peut-être sa vie aurait-elle pu être différente, peut-être aurait-il pu partager avec elle la fierté de sa réussite professionnelle, et peut-être même aurait-il pu être heureux ?

Or tout n'était basé que sur des mensonges et des illusions. Édouard l'avait pourtant toujours su, mais il avait voulu croire que le bonheur était possible avec cette femme, *sa* femme. Il avait cru pouvoir forcer le bonheur, mais tout cela n'avait été qu'une pathétique mascarade. Mascarade du héros, mascarade de l'amour, mascarade d'une vie où il ne resterait que le mensonge et la trahison. Il avait cru que la mort de Nicolas avait mis un point final à toute cette hypocrisie, mais il ignorait alors qu'à son insu se préparait la trahison ultime.

Le vieil homme sortit un étui cylindrique de sa poche et en retira un cigare. Un vent humide lui cinglait le visage. Ses mains tremblaient sans qu'il puisse les contrôler. Il tenta sans succès d'allumer le Cohiba en protégeant son briquet des bourrasques, mais finit par jeter son cigare dans un buisson d'un geste rageur. Il reprit alors sa lente et pénible progression le long du chemin sinueux qui longeait la plage. Conformément aux prévisions météorologiques, le vent soufflait de plus en plus fort. La tempête approchait et bientôt l'île serait isolée pour plusieurs heures, voire pendant toute la durée du week-end. Il les aurait tous à sa merci avec impossibilité de quitter le manoir avant deux jours, ce qui devrait être suffisant.

Il avait fait envoyer la navette pour accueillir ses hôtes et les transporter jusqu'ici, avec pour consigne de lever l'ancre à midi dernier délai. Il savait qu'aucun des membres de sa famille n'oserait rater cette navette.

Que resterait-il de lui après sa mort ? Il avait décidé de laisser une trace, un souvenir de lui que personne ne pourrait oublier. Il ne quitterait pas cette terre avant d'avoir réglé ses comptes. Bientôt, ils apprendraient la vérité et ils devraient vivre le reste de leur misérable vie avec le souvenir indélébile qu'il allait leur laisser. Ce week-end, il n'y aurait plus aucun secret.

Cela devait-il vraiment se terminer ainsi ? Il pouvait encore faire marche arrière. Mais la haine et le désespoir qu'il ressentait étaient tels qu'il se savait incapable de revenir sur sa décision…

Chapitre 2

Île Korser, onze heures

Suzie regardait son père revenir vers le manoir. Le dos voûté, le vieil homme marchait lentement le long du chemin de terre qui menait vers le porche. Il luttait contre le vent de décembre qui ralentissait sa progression. Debout derrière la fenêtre, la jeune femme buvait de petites gorgées d'un thé qui avait trop infusé. Il lui semblait que son père avait considérablement vieilli depuis leur dernière rencontre, ici même, cet été.

D'aussi loin qu'elle pouvait se souvenir, cet endroit avait toujours été appelé « l'île » ou « le manoir de l'île ». Souvent les propriétaires de manoirs historiques donnaient un nom à leur propriété, pour les démarquer des autres, pour les singulariser. Une façon aussi pour eux de se donner un passé au travers de l'histoire d'une vieille maison. Mais pour celui-ci, c'était juste « le manoir ». L'immense, le triste, le glacial manoir de son père n'avait pas de nom. Pour Suzie, c'était « le manoir triste à mourir ». Cet endroit n'était chargé que de mauvais souvenirs, marqués par la solitude de sa petite enfance, l'ennui et la grisaille, tout ce qu'elle ne voulait plus jamais revivre.

C'était pourtant le seul endroit où elle pouvait voir son père et lui parler. Il n'était jamais disponible pour sa famille en dehors des quelques jours ou semaines qu'il venait passer sur cette île. Depuis trois ans, Suzie venait donc quelques jours chaque été, dans cette vieille bâtisse immense, avec Charlotte et ses deux insupportables gamins. La jeune femme était l'une des rares personnes qu'elle pouvait qualifier d'amies, pour autant qu'elle ait des amies. Lorsqu'ils étaient tous réunis l'été sur cette île, l'ambiance était complètement différente de ce qu'elle avait vécu, enfant, en ces lieux. Son père paraissait presque apprécier ces séjours où régnait une atmosphère quasi familiale. Lui, qui ne s'était jamais préoccupé de ses propres enfants quand ils étaient petits, semblait prendre plaisir à la venue de ceux d'une étrangère.

Quelle idée absurde que de vouloir réunir la famille ici en plein mois de décembre ! Le vieux manoir en pierre était glacial. Soizic et Marcel, le couple qui entretenait la maison et le jardin, n'étaient arrivés de Brest que la veille. Le week-end avait été décidé au dernier moment, ils n'avaient pas eu le temps de chauffer le manoir avant leur arrivée. Les différents radiateurs ou poêles à bois, disséminés un peu partout, n'avaient pas encore réussi à réchauffer l'atmosphère.

Suzie connaissait les deux Bretons depuis toujours, ils s'occupaient du manoir bien avant sa naissance. Elle ne comprenait pas cette fidélité qui liait son père et le vieux couple. Leurs relations n'étaient pourtant pas très chaleureuses, elle soupçonnait même Marcel de détester son père. Malgré cela, ils étaient toujours là alors qu'ils auraient dû être en retraite depuis de nombreuses années. Son père aurait dû embaucher des personnes plus jeunes et plus efficaces que ce couple de vieillards. Elle lui en avait parlé l'été dernier, mais Édouard lui avait sèchement rétorqué de ne pas se mêler de ses affaires. Le couple ne souhaitait probablement pas quitter l'île et son manoir. Et il devait être difficile de trouver quelqu'un d'aussi disponible que ces deux vieux époux pour s'occuper d'un manoir aussi isolé. D'après Charlotte, Soizic et Marcel faisaient partie de l'histoire des lieux. Tant qu'ils étaient là, le passé restait immuable. Leur présence était comme un rappel nostalgique de ce passé… De la psychologie de comptoir, oui !

Suzie était elle aussi arrivée la veille à Brest, rejointe par son amie, venue sans ses enfants. Elles avaient embarqué en fin d'après-midi. Les deux jeunes femmes n'avaient pas encore eu l'occasion de voir Édouard, qui restait enfermé soit dans son bureau, soit dans sa chambre. Curieusement, il ne les avait pas rejointes pour le dîner, ni même ce matin pour prendre avec elles un petit déjeuner, comme s'il évitait de les rencontrer. D'après Soizic, il s'était contenté d'avaler rapidement un café, accompagné d'une brioche, avant que les jeunes femmes descendent. Puis il était sorti faire sa promenade quotidienne sur la plage.

— Ton père me semble fatigué, constata Charlotte derrière elle, interrompant le flot de pensées de son amie. (Elle aussi observait Édouard qui cheminait péniblement vers la maison.) Je trouve qu'il a pris un sacré coup de vieux en quelques mois. Tu as pu lui parler depuis notre arrivée ?

— Non, pas plus que toi. Mais je suis d'accord, il semble avoir beaucoup vieilli depuis cet été.

— Tu crois qu'il est malade ? demanda Charlotte inquiète. On a l'impression qu'il a de plus en plus de difficultés à marcher.

Suzie soupira, agacée. Elle ne comprenait pas l'affection de son père pour Charlotte et ses enfants, et ne pouvait s'empêcher d'en éprouver une certaine jalousie. Mais elle comptait bien profiter de leurs bonnes relations pour obtenir qu'Édouard renfloue les comptes de sa maison d'édition à la faveur d'une humeur joyeuse.

L'air froid s'immisçait à travers les fenêtres mal isolées de la bibliothèque, Suzie s'éloigna en frissonnant. Elle s'installa avec Charlotte sur un canapé en vieux cuir fatigué.

— Je l'ignore, finit-elle par répondre. Et si c'est le cas, il est trop orgueilleux pour en parler.

— Il ne nous a tout de même pas demandé de venir ici en plein mois de décembre pour le plaisir de nous voir. Il a forcément quelque chose à nous dire. Ce n'est pas la meilleure période de l'année pour passer deux jours sur cette île.

Charlotte étendait ses longues jambes vers la cheminée dans l'espoir de se réchauffer un peu.

Suzie se blottit sous un épais plaid en laine avec Charlotte.

— Le bruit court que cette dinde de Chloé serait enceinte. Si c'est le cas, j'imagine que mon père fera comme avec toutes les autres : il l'épousera.

— Je ne savais pas qu'il avait l'intention de se remarier ! Il a soutenu le contraire cet été quand on a abordé le sujet, tu te souviens ?

— C'était compter sans la grossesse miraculeuse de Chloé.

— J'ai du mal à y croire… et compte tenu de l'âge de ton père, ça me semble improbable. Tu as raison de parler de miracle. Elle a quel âge ta petite gallinacée ? demanda Charlotte en glissant ses jambes sous le plaid. Elle sentait un courant d'air froid courir sur le sol et regrettait de n'avoir pas enfilé de chaussettes plus épaisses sous son jean.

— Elle n'a que trente et un ans ! s'écria Suzie. Tu te rends compte que je suis plus âgée que cette fille, et qu'elle risque de devenir ma belle-mère !

Charlotte sourit devant la mine indignée de son amie.

— J'avoue que je n'aimerais pas être à ta place. Je me demande comment tu vas pouvoir l'appeler… Que penses-tu de « Jolie maman » ? Non, « Maman Chloé », ça sonne mieux ! J'imagine vos futures sorties shopping entre filles, je t'envierais presque…

— Ravie que cela t'amuse… Mais je n'arrive pas à y croire. En réalité, je ne pense pas que papa nous a fait venir pour nous annoncer son mariage. Chloé est peut-être enceinte, mais sûrement pas de papa. Quand même, il a quatre-vingt-six ans !

— Tu sais, de nos jours, il existe des petites pilules très efficaces qui permettent…

— Arrête ! Ça me donne envie de vomir… Même si c'est avéré, l'annonce de la grossesse pouvait attendre le printemps. Pourquoi nous faire venir ici en plein mois de décembre ?

— Il veut peut-être annoncer son prochain mariage avant d'annoncer la grossesse de la future mariée. Un reliquat d'une tradition très conventionnelle, je te l'accorde.

— Je me refuse à y croire.

— Quand on a vu Chloé hier soir, j'ai pensé qu'elle pouvait être enceinte. Sa façon de se tenir, de poser une main sur son ventre, tous ces gestes caractéristiques des futures mamans… dit Charlotte en secouant la tête. Désolée, ma vieille, mais ça sent la grossesse à plein nez.

— C'est invraisemblable ! Elle pourrait être sa petite-fille ! Il nous aura tout fait ce vieil emmerdeur !

— En supposant que ce soit son œuvre.

Charlotte ferma les yeux et se dit que pour une fois elle regrettait d'avoir autant d'imagination…

— De toute façon, reprit-elle, je ne peux pas croire qu'il puisse envisager d'épouser une fille qui a… cinquante-cinq ans de moins que lui ! C'est inconcevable.

— Ce n'est pas la différence d'âge qui le gênerait, crois-moi. Il est tout à fait capable de se remarier pour narguer les conventions les plus traditionnelles, comme tu dis ! De toute façon, on va vite savoir pourquoi il nous a tous obligés à venir ici.

— Comment ça, *tous* ? Il y a d'autres punis, ce week-end ?

Suzie entortillait nerveusement une mèche de ses cheveux. Charlotte comprenait l'agacement de la jeune femme, que son père avait littéralement convoquée ce week-end sur cette île. Elle-même avait reçu d'Édouard, deux jours plus tôt, un billet de train pour rejoindre Brest, en première classe, accompagné d'un texte lapidaire lui demandant de venir ce week-end : « *Prière de me rejoindre les 13 et 14 décembre sur l'île Korser, ci-joint...* » La première réaction de Charlotte avait été de refuser de céder à cette injonction aussi tardive que cavalière. Elle pouvait très bien avoir des projets sérieux pour le week-end, notamment passer ces deux jours à courir les magasins pour dénicher les derniers cadeaux de Noël qui lui manquaient. Mais Suzie l'avait appelée pour la supplier de l'accompagner en Bretagne afin de ne pas se retrouver seule dans ce manoir glacial. Charlotte avait fini par accepter. Après tout, il lui restait encore huit jours pour terminer l'achat des cadeaux de Noël, elle avait largement le temps ! Elle ne connaissait pas l'île en hiver, et Suzie semblait vraiment tenir à sa présence. Les deux amies se voyaient de moins en moins depuis quelques années, peut-être Suzie souhaitait-elle renouer des liens un peu distendus. Et cela avait l'énorme avantage de lui permettre de quitter, le temps d'un week-end, la maison familiale où la cohabitation avec sa mère était orageuse en ce moment. Charlotte ne s'attendait toutefois pas à ce qu'il y ait d'autres invités sur l'île.

Suzie soupira.

— Oui, malheureusement, il y aura du monde. C'est pour cette raison que je pense qu'il compte nous faire part de modifications dans ses dispositions testamentaires. C'est d'ailleurs ce que m'a laissé entendre mon oncle Max. D'autant qu'il a aussi demandé à son ancien notaire d'être présent, ce soir. Et c'est pour cela que toute la famille rapplique sans râler.

— Toute ta famille sera là ? Mais alors, pourquoi as-tu tellement insisté pour que je te rejoigne si tu savais que c'était une réunion de famille ? interrogea Charlotte surprise.

— C'est mon père qui a insisté pour que tu viennes avec moi. Et tu sais que, quand il veut quelque chose, il vaut mieux le satisfaire.

— De mieux en mieux ! Et moi qui croyais que l'idée venait de toi.

— Non, pas cette fois. Il m'a dit qu'il t'avait envoyé un billet de train, il voulait que j'insiste auprès de toi pour que tu m'accompagnes.

Charlotte se renfrogna, elle avait imaginé que ce week-end avait été voulu par Suzie, pour qu'elles puissent passer du temps entre copines, mais il n'en était rien.

— Pourquoi ton père tient-il à ce que je sois là ? bougonna-t-elle.

— Tu ne t'en doutes pas un peu ?

Levant un sourcil, Charlotte regarda son amie, interloquée.

— Comment veux-tu que je le sache ? Tu veux bien m'éclairer ?

Suzie évitait de croiser son regard.

— Réfléchis, ma belle : comme tu es conviée à cette petite réunion, c'est qu'il a sûrement l'intention de te léguer quelque chose à toi ou à tes enfants. Ça me semble logique, non ? Ce n'était pas un peu l'objectif en venant ici, chaque été depuis trois ans, avec tes adorables petits garçons ?

Charlotte plissa les yeux, elle avait soudain une violente envie de secouer Suzie. Physiquement.

— Tu penses vraiment ce que tu viens de dire, Suzanne ? demanda-t-elle froidement, utilisant sciemment le prénom de son amie et non son diminutif. Je mettrai tes petites allusions mesquines sur le compte du manque de sommeil, mais sois certaine que si j'avais connu l'objet de cette réunion, je serais restée chez moi ! Malgré tes larmoyantes supplications.

Vexée, Charlotte se leva brusquement. Suzie lui saisit la main pour la retenir.

— Excuse-moi, implora-t-elle, consciente d'être allée trop loin avec la jeune femme. Je suis tellement stressée en ce moment que je dis n'importe quoi. Tu as raison, je manque de sommeil. Je ne dors plus beaucoup avec les problèmes que j'ai au sein de ma société ! Et j'avais d'autres projets que de venir me les geler ici.

Suzie regrettait d'avoir froissé son amie. Elle connaissait le caractère parfois ombrageux de la jeune femme et avait été idiote de la provoquer ouvertement. Elle comptait sur sa présence pour que l'humeur de son père lui soit plus favorable, elle avait absolument besoin qu'il lui fasse un chèque de plusieurs milliers d'euros, ce week-end. Elle devait s'excuser auprès de Charlotte.

— Allez, s'il te plaît, reviens t'asseoir, supplia-t-elle en tapotant le siège du canapé. Je regrette sincèrement ce que j'ai dit, d'autant que je ne le pensais pas ! Je sais que ce n'est pas ton genre, je suis terriblement injuste… Allez, s'il te plaît, pardonne-moi.

Charlotte s'éloigna de Suzie, elle s'approcha de la fenêtre pour regarder les nuages sombres qui se formaient à l'ouest. Le week-end ne s'annonçait pas aussi sympathique qu'elle l'avait espéré.

— Écoute, reprit Suzie d'un ton faussement enjoué. Depuis le temps que l'on se connaît, je crois que ce serait peut-être le moment de te parler de ma famille. Nous avons le temps avant que tout le monde débarque.

— Ne te fatigue pas. Après ce que tu viens de me dire, je préfère repartir avec la navette. Ton allusion était non seulement stupide, mais elle était aussi insultante. Je n'ai rien à faire ici parmi vous.

— Je sais, je suis complètement idiote et je t'assure que je ne le pensais pas. Je regrette sincèrement. C'est vrai que papa a beaucoup insisté pour que tu sois là, mais j'en suis ravie, parce que ces réunions sont une véritable épreuve à chaque fois. S'il te plaît… je regrette vraiment…

Le ton de Suzie devenait insupportablement geignard. Charlotte soupira, elle reprit sa place de mauvaise grâce près de son amie. Bien qu'elle trouvât parfaitement injustifiée et offensante l'allusion de Suzanne concernant le testament de son père, elle décida de ne pas envenimer les choses. Elle sentait la jeune femme très tendue depuis leur arrivée la veille sur l'île. Elle décida de quitter cette île avec la navette le jour même, mais jugea inutile de faire part de sa décision à Suzie. Charlotte n'était pas d'humeur à entendre de nouvelles supplications. Elle attendrait la navette qui déposerait la famille et repartirait à son bord quand elle retournerait à Brest. Il y aurait probablement un train pour Paris puis pour Bordeaux dans la journée. Sa décision était prise.

Suzie semblait néanmoins rassurée par le silence de Charlotte et se blottit contre elle sous le plaid.

— Comme tu vas faire connaissance avec ma famille, autant que tu saches à quoi t'en tenir. Tu devrais bien t'entendre avec mon oncle Max, tu verras, il est plus drôle et plus sympathique que papa. Mon père et lui sont jumeaux. Tu pourras constater que, même s'ils se ressemblent beaucoup physiquement, ils ont des caractères très différents.

Suzie se leva pour remplir sa tasse et celle de Charlotte. Le thé avait trop infusé et Charlotte déclina son offre. Même si elle avait souvent eu envie de connaître la famille de Suzie, les circonstances n'étaient pas les plus favorables pour une rencontre.

— Je vais commencer par le début. Comme tu le sais déjà, mon père s'est marié à plusieurs reprises. Malgré cela, ce n'est pas un grand amoureux et il semble qu'il n'ait réellement aimé que sa première épouse, la belle Geneviève Tavernier. C'était une femme extraordinaire d'après mon oncle Max. Ils se sont connus pendant la guerre. Mon père et elle étaient tous les deux dans la Résistance, du côté de Bordeaux. Elle a même été arrêtée et torturée par la Gestapo avec Max et un aviateur anglais dont l'avion avait été abattu lors des premiers bombardements anglais au-dessus de Bordeaux début 1941. L'aviateur avait été recueilli et caché par les premiers résistants au début de la guerre. Ces résistants étaient dirigés par le père de Geneviève, le célèbre Albert Tavernier. Papa a fini par épouser Geneviève en 1942, un peu avant la naissance de leur fils, mon demi-frère Nicolas.

— Tu as eu un autre demi-frère ? Je croyais que tu n'avais qu'un frère plus jeune que toi ?

Suzie but une gorgée de son thé et resta silencieuse une longue minute.

— C'est une histoire tellement triste… Nicolas a été tué en Algérie en 1961 dans des circonstances assez atroces. Je n'ai qu'un *demi*-frère en vie, précisa-t-elle en insistant sur le mot « demi ». À la mort de son fils, Geneviève est presque devenue folle de douleur. Ils ont divorcé très vite et ne se sont plus jamais revus. D'après ce que l'on dit, elle n'aurait pas supporté la perte de son unique enfant. Mon père pense qu'elle s'est suicidée peu de temps après. En tout cas, elle est sortie de sa vie… mais il y a encore quelques photos d'elle accrochées dans le bureau de mon père. Si tu en as l'occasion, demande-lui de te les montrer. Tu pourras constater à quel point elle était belle. C'est d'ailleurs la seule de ses ex-femmes dont il a conservé des souvenirs qu'il expose dans son bureau.

Charlotte écoutait finalement Suzie avec attention. Cette histoire de famille, qu'elle découvrait, lui semblait très romanesque.

— Au début des années soixante-dix, reprit Suzie, mon père rencontre ma mère. Elle était étudiante aux Beaux-Arts à Paris et vivait avec un peintre très connu à l'époque. Elle commençait à exposer ses propres peintures. Elle avait du talent. J'ai quelques-unes de ses toiles chez moi. *A priori*, mon père l'a aimée, mais pas comme il a aimé Geneviève, et c'est d'ailleurs ce que lui reprochait ma mère. Ils se sont mariés assez rapidement, mais ont divorcé en 1984. Je n'avais que dix ans quand ils se sont séparés, mais je m'en souviens assez bien. Nous sommes parties, ma mère et moi, vivre à Bordeaux dans un appartement que mon père avait acheté pour nous. C'était génial de se retrouver au soleil dans un superbe appartement ultramoderne, après avoir vécu pendant toute mon enfance dans ce manoir sinistre et glacial ! Je n'ai rien regretté, pas même mon père que je connaissais assez peu. Nous n'avons commencé à nous voir régulièrement qu'après la mort de ma mère, lorsque je me suis inscrite à la fac de droit. Il semblait vouloir se rapprocher de moi et a été plus présent. Il s'est beaucoup occupé de moi, c'était formidable d'avoir enfin mon père pour moi. Depuis la mort de ma mère, nous nous entendons assez bien, papa et moi. On peut même dire que nous sommes très proches.

Charlotte préférait ne pas contredire son amie, mais les souvenirs qu'elle avait de cette période et des relations de Suzie avec son père étaient quelque peu différents. Étudiante, la jeune fille se plaignait constamment de l'ingérence de son père dans sa vie. Quant à leur proximité actuelle, Charlotte en doutait un peu…

Suzie poussa un long soupir et reprit.

— Après ma mère, mon père s'est amouraché d'Amanda Popielski, une célèbre danseuse de ballet. On reprend le même scénario ; grossesse, mariage, naissance de François et divorce trois ans plus tard, en 1988, je crois… Amanda serait, paraît-il, une descendante d'une grande famille russe. Mon débile de demi-frère n'arrête pas de se vanter de ses origines, il serait soi-disant de la lignée des Romanov. Si tu veux mon avis, rien de tout cela n'est vrai, et s'ils ont des liens avec la Sainte Russie, il faudrait plutôt les rechercher chez les moujiks ! Cela dit, il faut bien avouer qu'Amanda était superbe, mais c'était aussi une véritable garce. Je ne sais pas comment ils se sont rencontrés, mais je suis persuadée qu'elle a connu mon père alors qu'il était encore marié avec ma mère !

Charlotte frissonna, la pièce se réchauffait lentement. Elle se leva pour raviver le feu qui se mourait. Une bûche se brisa, libérant des gerbes d'étincelles. La jeune femme remit du bois et resta un instant immobile, accroupie devant la cheminée, regardant les flammes s'élever en crépitant dans une lueur orangée. Consciente de ce que Suzie attendait qu'elle reprenne sa place sur le canapé pour poursuivre son récit, elle retourna s'asseoir.

— Entre en scène Barbara Pelletier, reprit Suzie, une femme que papa avait engagée pour s'occuper de ses rendez-vous personnels, une sorte d'assistante, superbe évidemment. Au début, je la trouvais plutôt sympathique, le genre *pom-pom girl* sportive, et toujours souriante. Mais finalement, elle est complètement nunuche. Après l'exceptionnelle Geneviève, belle, courageuse et brillante, je pense que mon père a recherché des compagnes radicalement différentes. De jolies écervelées qu'il dominerait et qui ne pourraient plus le faire souffrir comme Geneviève avait pu le faire en le quittant. Donc, avec Barbara la godiche, on recommence la même histoire, à savoir, grossesse, mariage, naissance de Caroline, ma demi-sœur, et divorce trois ans plus tard en 1992. Jusque-là, depuis Geneviève avec qui il est resté marié vingt ans, tu noteras que seule ma mère a dépassé les trois ans de mariage.

— Je te fais confiance, je suis un peu perdue dans la chronologie.

— Depuis huit mois maintenant, il s'affiche, comme tu le sais déjà, avec une certaine Chloé Sauvignon, une petite secrétaire de trente et un ans. Si elle est assez, comment dire… *habile*, elle est peut-être enceinte des œuvres de papa et en route pour des épousailles dans l'année à venir. Compte tenu de l'âge avancé de mon père, il lui suffira d'attendre quelques mois, au pire quelques années, avant de toucher un bon petit pactole. C'est un excellent calcul.

— Tu crois vraiment que ton père a les moyens d'entretenir autant d'ex-femmes et d'enfants ?

— Évidemment qu'il a les moyens ! Je vais te dire quelque chose qui va te scotcher : la fortune de mon père a été dernièrement estimée à plus de cinq cent cinquante millions d'euros !

— *Cinq cent cinquante millions d'euros* ! s'exclama Charlotte en détachant chaque mot. Tu te moques de moi ?

— Non, non, je t'assure. Mon père est beaucoup plus riche que tu ne l'imaginais. Il a multiplié par cent la fortune familiale en investissant dans l'immobilier, après la guerre notamment. Je t'avoue que je ne suis pas très au fait des affaires de mon père.

— Je ne peux pas le croire… Depuis le temps que l'on se connaît, tu as réussi à me cacher que tu étais une très riche héritière, c'est incroyable ! Comment se fait-il que tu ne m'aies jamais rien dit ? Quand je pense qu'à la fac, c'est toujours moi qui payais les cafés !

Suzie sourit.

— Il n'est pas toujours facile de placer dans une conversation « Tiens, au fait, j'ai oublié de te dire que papa est multimillionnaire ».

— Sans en arriver là, tu aurais pu trouver le temps de me le dire. On se connait depuis presque vingt ans ! Tu es, pour le moins, très cachottière ! Qu'est-ce que tu craignais ? Tu n'avais pas confiance en moi ?

— Mais non, ce n'est pas ça ! Je sais que j'ai eu tort de ne rien te dire, mais j'avais peur que tu me voies autrement et que tu fasses comme tous les autres. Tu sais que tu as été ma seule vraie amie. Et après, avec le temps, je n'ai pas vu l'intérêt de te le dire.

Charlotte soupira ; que répondre à cela ? Elle sentait sa contrariété grandir à mesure qu'elle apprenait toutes ces choses que Suzie lui avait cachées. Elle fixait la fenêtre sans la voir, se demandant ce qui la gênait le plus, le silence de son amie depuis tant d'années ou bien qu'elle-même n'ait rien remarqué. Ça ne la rassurait pas sur son légendaire sens de l'observation.

— Et puis, ce n'est pas mon argent, du moins, pas encore… reprit Suzie. Et mon père ne me file qu'une petite allocation mensuelle.

— Je n'en reviens pas ! Comment ai-je pu ne rien remarquer ? Je savais que ton père avait de gros moyens, mais pas qu'il était riche à ce point.

— C'est normal, tu ne le connais que depuis peu finalement, et tu ne l'as vu qu'ici, sur cette île. Mon père n'aime pas faire étalage de sa fortune, il trouve cela vulgaire.

— Il faut bien admettre qu'il n'a pas vraiment le train de vie d'un multimillionnaire. Je pense à la navette qui nous amène sur l'île, elle a au moins vingt ans et n'est pas franchement à l'avant-garde de la technologie. À chaque traversée, je me demande si on va arriver jusqu'au bout !

— Il fait partie de ces grosses fortunes discrètes, néanmoins influentes dans la sphère politique et économique. Il ne fréquente pas les milieux médiatiques qu'il méprise. Il ne s'affiche pas dans des voitures de sport ou avec un gros bateau de luxe à Saint-Tropez, et pourtant, il en possède, crois-moi.

— C'est vraiment étonnant. Surtout quand on pense à ce qu'il pourrait faire de ce manoir ! Attention, je le trouve superbe, mais compte tenu de l'immense fortune de ton père, on pourrait s'attendre à plus de confort ! C'est comme s'il ne voulait rien changer et le conserver dans le même état. C'est probablement pour ça qu'il garde Soizic et Marcel à son service ici, dit pensivement Charlotte en balayant du regard les murs de la bibliothèque.

— Mouais, à mon avis, c'est surtout parce qu'il ne pense qu'à lui ! Peu lui importe qu'on se les gèle tous ici. Et il est comme ça pour tout ! Nous, ses enfants, on ne mène pas vraiment la grande vie, tu peux me croire !

Charlotte jeta un regard en coin sur les vêtements de luxe et la montre de marque de son amie. Il lui faudrait travailler au moins six mois, et encore, en ne mangeant que des pâtes à l'eau, pour se les offrir. Elle n'osait imaginer combien de temps il lui faudrait travailler sans manger pour s'offrir son petit bolide, une luxueuse Porsche cabriolet avec laquelle elle était arrivée à Brest. Sans parler de son très bel appartement situé dans le « Triangle d'or » à Bordeaux, non loin du Grand Théâtre. Inutile d'être un fin limier pour en déduire que papa finançait tout ou partie du train de vie de cette ingrate. Et elle qui n'avait rien déduit de tout ce qu'elle avait pourtant sous les yeux ! Bravo, Sherlock ! Elles n'avaient pas la même notion de la grande vie. Compte tenu de l'étendue de la fortune d'Édouard, Suzie aspirait probablement à davantage. L'herbe est toujours plus verte ailleurs. Elle se prit à rêver… Si elle-même avait eu un papa richissime et généreux, elle n'aurait pas choisi une Porsche, mais aurait probablement opté pour une ancienne Jaguar type E, la version cabriolet évidemment. Rien ne vaut l'élégance à l'anglaise…

Elle soupira.

— Comment se fait-il qu'une riche héritière comme toi ne soit pas harcelée par une horde de coureurs de dot ? demanda-t-elle en revenant sur terre.

— Figure-toi que j'ai déjà un « casse-croûte » super sexy, que j'espère bien revoir très bientôt, et qui pourvoit à tous mes besoins. Et parallèlement, j'ai sur le feu un entrepreneur très intéressant qui ferait un excellent mari.

— Tiens donc ! Et qui est cet entrepreneur ? Je le connais ? J'imagine qu'il est, lui aussi, financièrement séduisant.

— Pas vraiment, mais il a une intéressante particule, qui pourrait faire de lui un époux très respectable.

— Respectable ? Je vois… Encore une belle histoire d'amour passionné. Tu es sûre de ton choix ? La particule ne fait pas forcément le bonheur.

— Dit celle dont le chéri l'a quittée depuis plus d'un an…

— D'abord, il ne m'a pas *quittée*, il a été *muté* aux États-Unis. Ensuite, il revient autant que possible pour nous voir, les enfants et moi. D'ailleurs il rentre dans quelques jours pour passer Noël avec nous. Enfin, je te rappelle qu'il revient définitivement auprès de nous dans six mois.

— Si tu le dis.

— Oui, et ne change pas de sujet. Nous ne parlions pas de moi.

— Tu as raison. Revenons à mon père. Tu comprends donc que la petite Chloé, qui travaille pour lui et connaît l'immense fortune familiale, a toutes les raisons du monde de s'appliquer pour se faire épouser. Mais elle risque de déchanter si elle s'imagine vivre la grande vie.

— Pourquoi ?

— Quand mon père est célibataire, il voyage beaucoup. Il s'installe le plus souvent dans des palaces ou séjourne parfois dans les différents appartements qu'il possède un peu partout dans le monde. Il mène grand train, une vie de rêve aux yeux de ses multiples amies. Il a aussi une superbe propriété dans la forêt de Rambouillet. Tu n'y es jamais allée ?

— Non, évidemment.

— Je t'y inviterai un jour. Mais figure-toi que quand il est marié, ce n'est pas dans un de ses nombreux appartements ou dans sa maison de Rambouillet qu'il se retire. Il vient à chaque fois s'installer ici et n'en sort pratiquement pas. Va savoir pourquoi ! C'est d'ailleurs dans ce manoir sordide que j'ai passé ma plus tendre enfance. Je peux te dire que ce mode de vie ne convient jamais à ses jeunes épouses qui s'attendaient probablement à autre chose ! Ma mère a tenu plusieurs années, je ne sais pas comment, mais les suivantes n'ont supporté la vie ici que quelques mois. Très vite ça devenait l'enfer. Soizic pourrait t'en parler, Amanda lui a rendu la vie infernale. Mais je ne t'en dis pas plus, tu verras ça cet été quand la jeune mariée sera installée ici à demeure.

— Il peut changer ses habitudes et préférer vivre de façon plus confortable, à Rambouillet. À son âge, ça serait même plus raisonnable. Je ne l'imagine pas passer tout un hiver ici, seul avec sa nouvelle femme et un bébé. Au fait, on n'a pas vu ta « peut-être future belle-mère » ce matin.

— Elle est probablement couchée. Si elle est enceinte, cette grossesse est son sésame pour une vie luxueuse. Elle ne peut pas se permettre de faire une fausse couche, elle doit déjà commencer à se ménager.

— C'est touchant cette habitude qu'a ton père d'épouser dès qu'un bébé s'annonce ! C'est ce côté vieille France qui fait tant défaut à nos amants aujourd'hui. Regarde-moi par exemple ; deux fois maman, et jamais épousée. Le couple moderne se reproduit mais n'épouse plus… c'est fâcheux… soupira Charlotte avec un sourire.

— À sa place, je n'aurais pas laissé passer l'occasion. Votre compagnon est un idiot ! Comment allez-vous, ma chère ? lança Édouard en surgissant dans leur dos, un sourire moqueur sur les lèvres.

La jeune femme se leva pour saluer son hôte. Aucune d'elles ne l'avait entendu rentrer dans la bibliothèque et elles ne savaient pas ce que le vieil homme avait pu surprendre de leur conversation. Quoi qu'il en soit, cela ne semblait pas avoir altéré sa bonne humeur et c'est chaleureusement qu'il embrassa sa fille et Charlotte.

— Bonjour, Édouard, je suis heureuse de vous revoir ! Je vous remercie pour les billets de train en première classe. Allez-vous enfin m'expliquer ce que je fais parmi vous ce week-end ?

— Si je vous ai demandé de venir, ma chère Charlotte, hormis le plaisir sincère de vous revoir, c'est pour que vous souteniez ma fille. Avec la venue de ses belles-mères, elle pourrait avoir grand besoin de vous.

Suzie, agacée par l'accueil chaleureux fait à son amie, n'était pas décidée à demander plus d'informations à son père. Mais le vieil homme semblait de bonne humeur, ce qui était finalement un bon signe pour atteindre son objectif, celui d'obtenir que papa renfloue les caisses vides de sa société. Cela valait bien de supporter la mièvrerie de ces deux-là.

S'asseyant entre les deux jeunes femmes sur le canapé, le vieil homme regardait le jeu des flammes dans la cheminée, un sourire lointain sur les lèvres. Il semblait épuisé par sa promenade matinale. Charlotte, qui l'observait à la dérobée, remarqua que ses mains tremblaient beaucoup. Le vieillard avait incontestablement maigri depuis l'été.

— Comment allez-vous, Édouard ? Vous semblez fatigué, ce matin.

Le vieil homme ne répondit pas. Il sourit, prit la main de Charlotte et y déposa un léger baiser, sans quitter des yeux les flammes qui dansaient dans l'âtre de la cheminée.

— Je vais téléphoner pour savoir comment cela se passe à la maison, reprit Charlotte après quelques minutes. Et si vous me le permettez, Édouard, il me semble plus convenable de rentrer chez moi. Je souhaiterais utiliser la navette pour retourner à Brest.

— Je ne vous le permets pas, ma jeune amie, parce que je souhaite que vous restiez parmi nous ce week end, répondit Édouard en lâchant brusquement la main de la jeune femme.

— Édouard, si j'ai bien compris, c'est une réunion de famille et je ne crois pas que ma présence soit indispensable. Elle pourrait au contraire se révéler gênante.

— Foutaise ! J'ai décidé que vous resteriez avec nous et vous resterez. Pour votre appel téléphonique, utilisez donc l'appareil qui est dans mon bureau. Si vous devez appeler chez vous, vous y serez plus tranquille. J'insiste, ma chère, ajouta le vieil homme alors que Charlotte secouait la tête pour refuser sa proposition.

— C'est très gentil à vous, j'ai l'habitude d'utiliser l'appareil qui est dans la cuisine, ça ne me dérange pas du tout.

— Soizic ne sort jamais de la cuisine le matin, coupa sèchement Édouard. Cessez donc de discuter, Charlotte ; pour une ancienne militaire, c'est insupportable ! Faites donc ce que je vous ai dit et allez dans mon bureau. Je n'y retournerai pas avant une heure. Je vous rappelle, ma chère enfant, que je tiens absolument à votre présence et que cela ne supporte aucune contestation !

Charlotte était stupéfaite. Depuis qu'elle le connaissait, jamais le vieil homme n'avait utilisé un ton aussi péremptoire pour lui parler. Il n'avait manifestement pas l'habitude qu'on lui résiste. Édouard avait toujours été d'une exquise courtoisie avec elle, mais son attitude tyrannique l'agaçait au plus haut point. S'il avait utilisé un ton plus conciliant, elle aurait certainement accepté sa demande et se serait résignée à rester. Mais l'autoritarisme du vieil homme l'avait hérissée et confortée dans sa décision de rentrer chez elle. Décidément, cette famille commençait à sérieusement lui taper sur les nerfs. Charlotte quitta la bibliothèque, bien décidée à ne pas céder aux caprices du vieil entêté.

Chapitre 3

Brest, onze heures trente

Le vent commençait à se lever. Frigorifiée, Amanda serra plus étroitement contre elle son manteau de cuir. Le bateau était amarré au port de plaisance de Brest et ne le quitterait pas avant une demi-heure. Elle détestait cette région, elle détestait ce temps, elle détestait encore plus devoir répondre aux injonctions d'un vieillard sénile ! Vivre isolée avec lui sur cette île désertique et sauvage avait été un calvaire ! Heureusement que son geôlier s'était lassé de l'entendre se plaindre de cette vie d'ermite et lui avait accordé un divorce auquel elle aspirait depuis le jour de leur mariage !

Elle ignorait pour quelle raison Édouard lui avait demandé de venir le rejoindre ce week-end, mais elle avait bien sûr compris que cette requête était en réalité un ordre et qu'il valait mieux se résigner à obtempérer. Avait-elle seulement les moyens de lui résister ? soupira-t-elle. Édouard lui versait une très généreuse somme d'argent chaque mois, mais cela impliquait une obéissance sans faille à chacune de ses lubies. Elle se devait d'être présente à chaque invitation, qui ressemblait davantage à une convocation, quels que soient ses projets ou occupations du moment. Édouard ne se privait pas de lui demander d'être sa cavalière lors de soirées assommantes, ou de lui tenir compagnie lorsqu'il venait passer quelques jours dans sa superbe propriété de la vallée de Chevreuse. Malgré ses nombreux divorces, Édouard tenait à garder autour de lui chacune de ses ex-femmes, dans un simulacre d'entente familiale auquel il était le seul à croire. Amanda savait que ces invitations avaient pour seul objectif de garder le contrôle de leur vie au-delà de leur séparation.

Depuis quelques mois, Amanda était assidûment courtisée par un chef d'entreprise à la retraite, son « cher Gontran ». Il avait à peine plus de soixante ans et était encore sportif et séduisant. Son soupirant avait surtout l'avantage d'avoir brillamment réussi professionnellement dans la vente de matériels agricoles. Il disposait donc de quelques millions qui pourraient la mettre à l'abri des caprices d'Édouard. Amanda entretenait vaillamment la flamme de celui qu'elle appelait son « plan B » sans réellement s'engager. Elle craignait en effet de perdre la généreuse allocation que lui versait Édouard si elle venait à épouser son amoureux transi. Heureusement pour elle, son amant avait un défaut important : son enfant unique, une pimbêche de dix-sept ans qu'elle ne supportait pas et qui le lui rendait bien. La jeune fille vivait encore chez son père. Son « cher Gontran », en bon papa qu'il était, souhaitait éviter toute crise de nerfs de sa fille chérie, et préférait donc garder leur relation cachée. Il n'en était que plus amoureux de cette femme superbe qui acceptait humblement une liaison que beaucoup auraient voulu vivre au grand jour…

Admirable Amanda… La situation était donc idyllique pour Amanda qui pouvait ainsi conserver la confortable rente que lui versait son ex-mari, tout en maintenant allumée la flamme de la passion chez son amant.

Elle sortit un briquet et un paquet de cigarettes de son sac, et alluma nerveusement une Sobranie rose. Un taxi venait de la déposer près du port de plaisance, elle marchait lentement le long du quai pour rejoindre le bateau d'Édouard, mais n'avait aucune envie de monter à bord malgré le froid piquant qui l'enveloppait. Elle ne devait probablement pas être la seule que le vieil homme avait convoquée ce week-end. Dans le train reliant Paris à Brest ce matin, elle avait reconnu Caroline, la fille de Barbara. Une fille étrange toujours habillée en noir, avec un maquillage agressif. Elle avait fait mine de ne pas voir la jeune fille, mais se doutait bien qu'elles se retrouveraient sur le bateau d'Édouard. Pourquoi l'avait-il convoquée, elle aussi ? Elle devinait que d'autres personnes étaient déjà sur le bateau, probablement des habitants de l'île qui profitaient de la navette. Elle reculait le moment de les rejoindre, mais le froid se faisant de plus en plus vif, elle devait se résigner à monter à bord.

Elle aurait préféré mettre sa fourrure pour venir ! Au moment de partir, cet idiot de David n'avait pas pu remettre la main dessus, mais elle soupçonnait son jeune amant de l'avoir revendue à son insu. Son long manteau en cuir, bien que très élégant, ne suffisait pas à la protéger du froid humide qui la frigorifiait.

Elle avait connu le jeune homme à Paris lors d'un café-concert auquel son fils François l'avait emmenée deux ans plus tôt. Il lui avait présenté le chanteur, qui se trouvait être l'un de ses amis. Elle était très vite tombée sous le charme de ce jeune homme de vingt-six ans, aux allures de mauvais garçon, tout en ayant conscience que le mauvais garçon en question ne répondait à ses avances que pour des raisons bassement pécuniaires. Mais elle se savait encore belle, assumant avec flamboyance une cinquantaine d'années bien installée. Elle ne doutait pas de pouvoir encore séduire, même et surtout de jeunes hommes.

Son mariage avec un homme de trente-quatre ans son aîné, pour lucratif qu'il fût, l'avait dégoûtée à jamais de coucher avec des hommes aussi vieux. Pour la première fois, elle avait une liaison avec un homme beaucoup plus jeune qu'elle. Elle n'allait pas se priver de ce bain de jouvence. Elle avait toutefois conscience que, compte tenu de leur différence d'âge, David ne restait avec elle que pour financer un train de vie qu'il n'aurait jamais pu s'offrir. Malgré cela, elle ne pouvait résister à son charme. David était cependant bien trop jeune et bien trop séduisant pour lui être fidèle. Elle se doutait bien qu'elle n'était pas la seule dans la vie de son amant et, malgré sa jalousie, elle préférait fermer les yeux et ne rien laisser paraître. D'autant qu'elle-même entretenait une liaison avec son plan B.

Depuis quelque temps, David ne dissimulait plus ses autres relations, laissant perfidement traîner des preuves de ses infidélités. Le jeune homme prenait un plaisir sadique à souffler le chaud et le froid dans leur relation ; un jour très amoureux, le lendemain extrêmement distant. Elle finançait ses frasques depuis le début de leur liaison, mais commençait à trouver la facture un peu salée. David avait tendance à augmenter ses dépenses, en sortant avec ses amis musiciens à qui il payait restaurants, hôtels et sorties en boîte de nuit sans restriction. Amanda l'avait accepté jusque-là, mais la passion tendait à s'émousser et la séduction de son amant avait de moins en moins d'impact sur elle. Depuis quelque temps, le jeune homme lui dérobait des bijoux et maintenant son vison ! Cette dernière incartade allait probablement sonner le glas de leur relation. Elle devait mettre un terme à sa liaison avec son bel adonis. D'autant que ses finances n'étaient pas extensibles, la rente qu'Édouard lui accordait pouvait être diminuée, voire pire, carrément supprimée ! Sans compter qu'il n'était pas éternel et pouvait quitter ce monde à tout moment. Finie alors sa liberté, il lui faudrait se résoudre à se remarier et dire adieu à de potentiels jeunes amants et autres petits plaisirs de célibataire fortunée. Amanda frissonna en pensant à cette déprimante perspective. Elle aspira une dernière bouffée et écrasa sa cigarette sur le sol.

Alors qu'elle songeait à la fin inéluctable de sa liaison avec David, Amanda observait un homme diablement séduisant, nonchalamment adossé contre un réverbère. Grand, les cheveux bruns coupés court, le regard franc, il la regardait, un petit sourire aux lèvres. Il avait cette attitude du mâle dominant qui la séduisait beaucoup. Pourquoi ne pas passer le temps qu'il lui restait avant d'embarquer pour cette maudite île de façon agréable, en discutant avec un jeune et beau garçon ? Amanda sortit une nouvelle cigarette de son sac et, d'un geste, lui fit comprendre qu'elle n'avait pas de quoi l'allumer.

— M'étonnerait que tu sois son genre… beaucoup trop vieille… mais j'ai hâte de voir comment tu vas t'y prendre, ça pourrait être instructif.

Surprise, Amanda se retourna vivement pour se retrouver nez à nez avec une jeune fille aux cheveux de jais, aux yeux et aux lèvres maquillés de noir.

— Caroline ! Tu m'as fait peur ! Je ne suis pas une copine et je te prierai d'adopter un autre ton avec moi !

La jeune fille la regardait avec un sourire moqueur.

— Je me demande pourquoi je suis encore étonnée par ton manque total d'éducation. Mais avec la mère que tu as, on ne pouvait pas espérer mieux… J'imagine qu'elle est là, elle aussi, soupira Amanda en jetant un regard chargé de regret vers le jeune homme. Il n'avait rien perdu de la scène et les observait sans bouger, un sourire un brin goguenard aux lèvres. Décidément, ce week-end ne s'annonçait pas des plus amusants et Amanda se demanda encore avec inquiétude pour quelles obscures raisons Édouard tenait tant à les réunir chez lui.

— Amanda ! Quel plaisir de te revoir !

Amanda afficha un sourire forcé avant de se retourner pour saluer la jeune femme qui venait de l'interpeller bruyamment.

— Barbie chérie ! J'avais peur d'être la seule à rejoindre ce cher Édouard, ce week-end !

— Je me trompe ou vous étiez encore en train de vous disputer, Caro et toi ?

— Il y avait longtemps que je n'avais pas vu ta fille. Il semble qu'elle n'ait pas beaucoup changé, sauf ce truc étrange sur la figure, dit Amanda en faisant des gestes circulaires de la main devant son visage. Cette petite peste a indéniablement manqué des principes éducatifs les plus élémentaires, reprit-elle les sourcils froncés.

— Ce que toi, par contre, tu as réussi à inculquer à ton fils, rétorqua Barbara avec un sourire moqueur. Tu sais qu'il est là, sur le bateau, et qu'il attend sa maman avec beaucoup d'impatience !

Amanda plissa les yeux, contrariée. Elle écrasa d'un pied rageur la cigarette qui n'avait même pas été allumée. Ainsi François était lui aussi de la partie ; ils ne s'étaient pas revus depuis leur effroyable dispute, deux mois auparavant, lors d'un dîner avec des amis. Elle appréhendait leurs retrouvailles. François lui avait reproché sa liaison avec David en des termes si injurieux qu'elle préférait oublier cette soirée. Jamais une de leurs disputes n'avait été aussi violente et Amanda n'avait aucune envie de revoir son fils, encore moins au milieu de tous ces imbéciles !

Mais que manigançait donc ce vieux fou d'Édouard ? Et en plein mois de décembre en plus ! Amanda se dirigea d'un pas rapide vers le bateau, bousculant au passage Caroline et Barbara, qui lui emboîtèrent le pas, non sans jeter au préalable un regard, agressif pour l'une et appréciateur pour l'autre, au jeune homme qui avait observé la scène d'un air amusé.

Chapitre 4

Brest, onze heures quarante-cinq

Dans le taxi qui les emmenait au port, Geneviève jeta un regard inquiet à son mari. Un mauvais crachin commençait à tomber, accentuant la sensation de froid humide qui ne l'avait pas quittée depuis son arrivée en Bretagne. Arthur avait absolument tenu à l'accompagner en France pour ne pas la laisser affronter seule son passé et surtout son ex-mari. Mais la santé du vieil homme, fragilisée par un récent infarctus, l'inquiétait beaucoup, rajoutant cette angoisse à celle de se retrouver face à Édouard. Elle savait, en acceptant de venir, qu'Arthur ne l'aurait jamais laissée seule dans cette épreuve. Elle craignait que la fatigue du voyage ne soit dangereuse pour lui, mais elle devait être là, elle n'avait pas le choix.

Elle ne cessait de penser à son fils. Comme elle, Nicolas avait adoré cette île. Elle y avait été heureuse même s'ils avaient été la plupart du temps seuls. Édouard avait été très souvent absent pour son travail, elle avait passé la majorité de son temps avec son fils et le couple de Brestois qui était devenu sa famille.

Nicolas les considérait comme des oncle et tante et leur était très attaché. La vie sur cette île avait été joyeuse, ils recevaient fréquemment les amis que Nicolas invitait, le manoir résonnait alors des cris et des rires des enfants. Mais la douceur de ces moments avait été balayée par la disparition de son enfant. Ces instants de bonheur avaient été effacés à jamais et son retour en ces lieux était empreint de douloureux souvenirs.

Après la mort de son fils unique, la vie lui avait semblé insupportable, au point qu'elle avait pensé mettre un terme à ses jours. Elle avait quitté la France dès que le divorce avec Édouard avait été prononcé. Elle s'était réfugiée chez une amie en Écosse où elle s'était laissé submerger par son chagrin. Elle était restée cloîtrée dans ses souvenirs, déambulant des heures durant dans la lande écossaise, mais n'avait pas trouvé le courage de se suicider. Pendant presque un an, elle n'avait fait que survivre, surveillée discrètement par son amie Jane, qui veillait à ce qu'elle ne manque de rien. Elle lui avait tout raconté. La guerre, la torture, Nicolas, Édouard, et Arthur… Arthur qu'elle avait aimé de toute son âme, mais qui l'avait quittée pour rejoindre sa jeune épouse et leur bébé qui venait de naître en Angleterre. Elle avait raconté l'assassinat de son père, la mort de sa mère en déportation, son mariage avec Édouard, sa résignation puis le bonheur retrouvé. Elle était de nouveau heureuse d'avoir ce merveilleux petit garçon qu'était Nicolas. Jane avait tout écouté, tout compris, et avait décidé de rechercher cet homme que Geneviève avait tant aimé. Et le destin avait encore frappé. Arthur Brighton était en vie, il était divorcé et vivait à Londres. Alors, grâce à Jane, Arthur était revenu dans la vie de Geneviève.

Et malgré elle, malgré cette douleur lancinante qui ne la quittait pas, elle avait de nouveau cru au bonheur, un bonheur acceptable où ses souvenirs devenaient peu à peu supportables. Plusieurs années s'étaient écoulées. Elle pouvait aujourd'hui penser à Nicolas avec sérénité, sans ressentir cette souffrance physique qui auparavant oppressait son cœur, lui coupant presque le souffle.

Et voilà qu'elle se retrouvait à présent sur ce ponton, accompagnée de son mari, avec la certitude qu'elle n'aurait jamais dû revenir en ces lieux.

***

— Monsieur et madame Brighton, puis-je vous aider à monter à bord ?

L'homme qui venait de les aborder était grand, probablement plus d'un mètre quatre-vingt-dix, et semblait assez jeune, entre trente-cinq et quarante ans. Surprise, Geneviève observait les yeux bleu-gris du jeune homme, qui lui rappelaient vaguement quelque chose. Les traits de son visage étaient trop durs pour que l'on puisse dire qu'il était beau, mais son regard était doux, et l'intonation de sa voix profonde et chaleureuse.

— Je suis Victor Capestan, reprit-il, Édouard m'a chargé de vous accueillir pour vous emmener sur l'île.

— Je vous remercie… Capestan… répéta-t-elle, songeuse. Je connaissais bien Jacques Capestan. Est-il de votre famille ?

— C'est mon père.

— Votre père ? C'est formidable ! Mon cher petit Jacques, comment va-t-il ?

— Il va très bien, sourit Victor, amusé par le terme *petit Jacques* utilisé pour désigner son père. Vous pourrez le revoir au manoir ce soir. Édouard a voulu réunir toute sa famille ainsi que tous ses amis. Le frère d'Édouard sera lui aussi présent, ajouta-t-il.

— Maximilien et Jacques seront là ? Je suis étonnée, je pensais être la seule qu'Édouard avait conviée, reprit Geneviève en fronçant les sourcils. Mais cela me fera évidemment un immense plaisir de les revoir tous les deux. Je connais votre père depuis si longtemps… C'était encore un petit garçon en Gironde pendant la guerre. Arthur aussi l'a bien connu. Mon chéri, tu te souviens du petit Jacques quand nous étions à Pardaillac ? demanda-t-elle en se tournant vers son mari. Je t'ai dit qu'il était devenu notaire et s'occupait des affaires patrimoniales d'Édouard. Eh bien, ce beau jeune homme est son fils.

— Vous allez les revoir très vite puisque nous faisons une halte au Conquet pour les récupérer, confirma Victor en serrant la main d'Arthur.

La vieille dame et son mari se dirigèrent lentement vers le bateau amarré non loin de là, escortés par Victor qui avait pris leur valise dans le coffre du taxi. Il s'empressa de faire embarquer les deux derniers arrivants. Les passagers qu'il devait récupérer à Brest étaient à présent tous là. Il n'y avait que les invités d'Édouard à bord de la navette, et tous s'observaient en silence. Ils allaient pouvoir prendre la mer pour rejoindre l'île en longeant la côte. Après avoir fait un arrêt au Conquet pour embarquer son père et Maximilien, le bateau mit le cap sur la petite île Korser non loin de Molène.

Victor observait son père et Maximilien. Tous deux avaient été tellement surpris et heureux de revoir Geneviève et Arthur qu'ils étreignaient chaleureusement. Max et Jacques découvraient avec une grande émotion que Geneviève était encore en vie, et qu'elle s'était remariée avec Arthur. Les vieux amis s'embrassaient avec effusion. Geneviève et Jacques ne pouvaient retenir leurs larmes. Le bruit assourdissant des moteurs de la navette couvrait les paroles qu'ils échangeaient, empêchant les autres membres de la famille de comprendre un traître mot de ce qu'ils se disaient. Ils observaient la scène avec curiosité, se demandant qui pouvaient bien être ces deux passagers supplémentaires qu'Édouard avait manifestement invités.

***

Victor était profondément troublé, il ne s'attendait pas à voir son père aussi ému de retrouver les Brighton. Il ne se souvenait pas d'avoir jamais vu son père pleurer. En le voyant essuyer ses larmes, il fut surpris par la force des liens qui unissaient son père à Geneviève. Finalement, il ne connaissait pas beaucoup de choses les concernant. Jamais il ne s'était intéressé au passé des Capestan. Il se reprocha son manque d'intérêt pour son histoire familiale. Le vieil homme rechignait à en parler, même à son propre fils. Victor se promit d'insister pour que son père lui raconte son histoire, qui était aussi la sienne après tout. En les regardant, aussi heureux de se revoir, le jeune homme comprit que cette amitié qui les unissait tous les quatre avait été tissée pendant la guerre.

Ce lien, même après plusieurs décennies d'absence, semblait indestructible.

Il ne put s'empêcher de ressentir un malaise grandissant en pensant au piège que leur avait préparé Édouard et auquel il avait participé.

Chapitre 5

Île Korser, onze heures trente

Contrariée par l'attitude d'Édouard, Charlotte était bien décidée à rentrer le jour même chez elle en prenant la navette qui devait déposer la famille Montergnac sur l'île.

Elle avait pourtant été heureuse d'être invitée par son amie à venir passer le week-end avec elle en Bretagne. Lorsqu'elle avait découvert cette île trois ans plus tôt, la jeune femme avait immédiatement été fascinée par la beauté de l'endroit, et elle y revenait chaque été avec bonheur. La situation de ce vieux manoir rustique la fascinait, il aurait fallu n'avoir aucune once de romantisme pour ne pas être touchée par la beauté sauvage de cette île et de son manoir isolé.

Maintenant qu'elle savait que l'invitation émanait d'Édouard et non de Suzie, elle regrettait d'avoir accepté de la rejoindre. Le ciel s'assombrit encore, comme complice de son humeur. Charlotte n'avait pas imaginé, en venant ce week-end, qu'il y aurait toute la famille d'Édouard, et que le sujet du testament serait abordé. La perspective d'assister à un déballage de querelles familiales ne lui paraissait pas être la meilleure façon de passer un moment de détente. Elle avait la désagréable impression d'avoir été piégée. Qu'importe, elle allait téléphoner à sa famille et prévenir de son retour au bercail le soir même.

En entrant dans le bureau d'Édouard, Charlotte se dit qu'il correspondait tout à fait à l'idée qu'elle se faisait d'un tel endroit. La pièce n'était pas très grande, deux portes-fenêtres s'ouvraient sur une terrasse face à l'océan. Deux larges fauteuils club en cuir se faisaient face de chaque côté d'une belle cheminée en pierre dans laquelle trônait un joli poêle à bois qui diffusait une chaleur agréable. Une odeur d'encaustique et de vieux papiers flottait dans la pièce. Une jolie lampe de table jetait des ombres dorées sur les reliures en cuir des livres qui comblaient les rayonnages couvrant deux des murs du bureau.

Derrière un superbe bureau en chêne, de nombreuses photographies étaient posées dans leur cadre en argent sur une étagère en bois sombre, probablement de l'acajou. Se souvenant de ce que lui avait conseillé Suzie, Charlotte s'en approcha en contournant le bureau. Elles représentaient Édouard à différents moments de sa vie parmi d'importantes personnalités du monde politique et financier. Elle le reconnut sur certaines d'entre elles, aux côtés de plusieurs grands patrons d'entreprise et même du général de Gaulle ! Sur deux d'entre elles, Charlotte reconnut Édouard jeune, très beau garçon, en uniforme de l'armée de terre, et constata qu'il portait des galons de commandant. Il posait fièrement à côté d'une belle jeune femme, probablement Geneviève, passant un bras protecteur autour de ses épaules. Édouard avait l'air heureux auprès de cette superbe blonde aux yeux bleus, mais en regardant de plus près la photographie, Charlotte eut l'impression que le regard clair de Geneviève était empreint d'une profonde mélancolie.

Mal à l'aise, la jeune femme ne voulait pas rester trop longtemps dans cette pièce dans laquelle elle se sentait comme une intruse. Elle prit place sur un confortable fauteuil en cuir et s'installa derrière l'immense bureau.

Sur le côté, dans un coffre-fort resté ouvert, Charlotte aperçut un manuscrit grossièrement relié. Sur la première page était inscrit en gros caractères rouges le mot « Mémoires ». Ainsi donc Édouard avait-il écrit un nouveau chapitre de son histoire. Il avait déjà écrit deux livres par le passé, que Charlotte n'avait pas lus, mais dont elle découvrit la reproduction des couvertures en format A4 encadrées sur le mur derrière le bureau. La première couverture du livre couvrait la période 1939-1948, la deuxième concernait la période 1949-1981. Compte tenu de ce qu'elle savait du passé du vieil homme, ces deux ouvrages devaient être très intéressants, Charlotte se promit de se les procurer et de les lire dès son retour en Gironde. Elle pourrait d'ailleurs demander une dédicace à Édouard si elle revenait le voir cet été. Que pouvait bien raconter ce dernier opus ? Ça la démangeait de jeter un coup d'œil sur les premières feuilles, mais elle n'osa pas sortir le manuscrit du coffre pour le feuilleter. Elle préféra se contenter de faire ce pour quoi elle était là : téléphoner chez elle.

Elle ne trouva pas immédiatement le téléphone, qui était dissimulé sous un dossier ouvert. Quand enfin elle le dénicha, Charlotte appela sa famille. Ses enfants lui manquaient, comme à chaque fois qu'elle s'absentait.

Elle annonça à sa sœur son intention de rentrer plus tôt que prévu à la maison. Tout se passait bien chez elle, Héloïse avait eu l'intention d'emmener les enfants sur le petit marché de Noël de Bordeaux en fin d'après-midi, mais elle attendrait son retour pour qu'elles puissent s'y rendre ensemble le dimanche. Alors qu'elles discutaient, Charlotte feuilletait distraitement le dossier posé sur le bureau. Elle confirma son retour sur Bordeaux tard dans la soirée et raccrocha. Se rendant compte soudain de son indélicatesse, elle commença à remettre en ordre les pages qu'elle avait dérangées. Cette fois, la curiosité fut la plus forte et Charlotte feuilleta rapidement le dossier. La documentation concernait un établissement hospitalier privé, situé en Touraine, spécialisé, semblait-il, dans le traitement des maladies neurodégénératives et dans la prise en charge de personnes atteintes notamment de la maladie d'Alzheimer. Il y avait, outre des factures, une description des soins que cet établissement prodiguait. Édouard était malade et semblait envisager de se retirer dans ce très chic établissement privé. Charlotte était étonnée, cela ne ressemblait pas à l'homme qu'elle pensait connaître. Bien que physiquement diminué depuis les dernières vacances d'été, il paraissait encore posséder toutes ses facultés intellectuelles et ne donnait pas l'impression de devoir être hospitalisé. L'existence de factures démontrait pourtant qu'Édouard avait déjà fait des séjours dans cet institut. Pourtant, Charlotte n'imaginait pas cet homme orgueilleux dans une telle structure, aussi luxueuse soit-elle, entouré de malades grabataires et de personnels soignants à la fois condescendants et autoritaires. Elle le voyait plus volontiers dans un superbe appartement entouré d'une meute de domestiques à son service, qu'il mènerait à la baguette comme il semblait l'avoir toujours fait.

Peut-être était-il plus malade qu'elle ne le pensait. Il avait beaucoup maigri depuis cet été et ne semblait plus pouvoir maîtriser les tremblements de sa main quand ils survenaient. Charlotte parcourut à nouveau le dossier. Troublée, elle le remit soigneusement en ordre, puis sortit du bureau. Édouard était décidément un homme surprenant.

***

La jeune femme retourna dans sa chambre afin de récupérer ses affaires.

Il lui fallait faire vite afin d'être sur le port avant l'arrivée de la navette et embarquer pour le retour. Son week-end était fichu. Elle passerait son temps dans le train, et reprendrait le travail le lundi, sans avoir pu se détendre comme elle l'avait espéré en venant là. Elle rédigea une courte lettre pour Suzie en s'excusant de repartir aussi rapidement. Elle espérait que Suzie comprendrait qu'elle préfère ne pas s'immiscer dans ses affaires de famille. Charlotte ne recontacterait pas son amie avant plusieurs semaines, laissant ainsi le temps atténuer son ressentiment envers Suzie. Elle était déçue par le silence de la jeune femme sur l'immense fortune de son père, qu'elle assimilait à un manque de confiance. Mais elle était surtout vexée par son allusion insultante, insinuant qu'elle aurait agi pour obtenir d'Édouard qu'il la couche sur son testament. Elle écrivit ensuite un rapide mot d'excuse à l'intention d'Édouard, aussi lapidaire que son invitation. Soulagée d'avoir rédigé ces messages, Charlotte sortit de sa chambre, descendit les marches de l'escalier et déposa les enveloppes bien en évidence sur la console dans le vestibule. Son sac à dos à l'épaule, elle quitta le manoir et se dirigea tranquillement vers le petit embarcadère en empruntant le sentier qui descendait doucement vers la plage. Il commençait à crachiner, elle rabattit sur sa tête la capuche de son manteau. Le chemin sablonneux se déroulait en pente douce sous ses pas. Charlotte accéléra le rythme. Le vent soufflait déjà avec force, elle craignait d'arriver trop tard et de voir repartir la navette vers Brest sans elle. Mais ce ne fut pas le cas, elle arriva en même temps que le bateau dans la petite baie qui abritait le port privé, et attendit tranquillement que les passagers débarquent pour pouvoir monter à bord.

Elle s'amusa à essayer de reconnaître les personnes qu'elle croisait à la descente du bateau. Finalement, beaucoup étaient rapidement identifiables et correspondaient d'assez près à l'image qu'elle se faisait de chacun d'eux, d'après les descriptions que lui en avait faites Suzie.

Elle reconnut facilement sa demi-sœur, Caroline, avec un maquillage gothique agressif. La jeune fille devait avoir dix-neuf ans, mais en paraissait beaucoup plus ainsi maquillée. Puis vint probablement Barbara, la mère de la jeune fille, reconnaissable à son allure sportive. Les deux femmes se ressemblaient d'ailleurs beaucoup, toutes les deux brunes et élancées, de taille moyenne. La mère suivait sa fille de près et semblait se disputer avec une femme blonde, beaucoup plus grande, un peu plus âgée et encore très séduisante. Certainement Amanda. Un peu hautaine, la quinquagénaire n'en avait pas moins une allure folle ! Un vieil homme descendit à la suite d'Amanda ; sans aucun doute le frère jumeau d'Édouard tant la ressemblance était encore frappante. Il était cependant en bien meilleure condition physique que son frère et avait gardé une superbe prestance. Suivait un autre homme un peu plus jeune, très grand, avec une magnifique crinière blanche, peut-être le notaire dont lui avait parlé Suzie.

Puis elle croisa le regard d'un jeune homme, bâti comme un athlète, dont la beauté était remarquable. Grand, blond, les yeux bleu clair, pas plus de vingt-cinq ans. « Exactement le type de beau gosse auquel les filles s'accrochent comme des berniques », se dit-elle. Cela ne pouvait être que François, le demi-frère de Suzie et le fils d'Amanda. Charlotte se demanda pourquoi son amie avait omis de préciser que son frère était un aussi beau garçon.

Enfin, elle remarqua une vieille femme aux cheveux blancs attachés en un chignon sophistiqué. Elle était assez grande et se tenait très droite, comme on avait dû le lui enseigner depuis sa plus tendre enfance. Bien qu'elle semblât très âgée, Charlotte ne pouvait lui donner un âge précis. Elle tenait par la main un grand et beau vieil homme, aux yeux extraordinairement bleus, comme ceux de Jean d'Ormesson, à qui il ressemblait d'ailleurs étonnamment. Charlotte devait le regarder fixement parce qu'il lui jeta un regard amusé en passant devant elle. Elle n'avait aucune idée de qui il pouvait s'agir. Suzanne ne lui avait pas parlé d'amis d'Édouard invités ce week-end.

La jeune femme était déconcertée de voir autant de beaux vieillards à la fois. Elle avait l'impression d'assister à un défilé publicitaire vantant les mérites de la prise quotidienne de pilules contenant de la DHEA !

Le couple qu'elle n'avait pas identifié et l'homme à la belle crinière blanche prirent place dans un buggy conduit par le frère d'Édouard, tandis que le reste des passagers s'élançait sur le chemin de terre qui menait au manoir.

Saisissant son sac à dos, Charlotte s'engagea sur la petite passerelle.

— Qu'est-ce que vous faites ?

Charlotte sursauta. Un homme visiblement de méchante humeur se tenait devant elle, lui interdisant de monter à bord de la navette. À son allure, Charlotte devina qu'il était, ou avait été, militaire. Elle les identifiait immédiatement, ces gars-là, à leur façon d'être, de parler, de se comporter, et même de s'habiller. Et celui-ci avait indubitablement servi dans l'armée.

— Bonjour ! Alors au début j'avais pensé rentrer sur Brest à la nage, mais finalement je pense qu'il est préférable de prendre la navette, ironisa-t-elle avec un sourire forcé.

Elle n'aimait pas beaucoup le ton proche de l'agressivité du jeune homme. S'il avait des problèmes, elle n'y était pour rien, un peu de courtoisie, merde !

— Il n'est pas prévu que la navette reparte sur le continent. Vous ne pourrez pas rentrer avant dimanche matin, et encore, si les vents nous le permettent, bougonna Victor. Je suppose que vous êtes la copine de Suzie, elle aurait dû vous prévenir qu'Édouard avait l'intention de tous vous garder pour le week-end.

— Vous voulez dire que je suis coincée ici tout le week-end parce qu'Édouard ne veut pas que je reparte ?

— Ce n'est pas ce que j'ai dit. Vous restez parce que les conditions climatiques sont dangereuses et que le bateau va rester à quai. La navigation dans ces eaux est difficile en temps normal, alors en cas de tempête, on ne prend aucun risque. On se retrouve au manoir, sauf si vous voulez tenter votre chance à la nage, ajouta-t-il en lui tournant le dos.

Il adressa un signe d'adieu à une personne restée à bord, mais que Charlotte ne vit pas, et s'empara de deux valises tandis qu'un jeune garçon, sur le ponton, chargeait le reste des bagages des voyageurs dans un second buggy.

— Vous permettez ? dit-il en avançant, l'obligeant à reculer sur la passerelle pour descendre sur le quai. Je vous conseille de ne pas traîner, les pluies peuvent devenir rapidement violentes en cette saison, poursuivit-il avant de monter dans le véhicule et de prendre le chemin du manoir, laissant la jeune femme passablement énervée sur le quai.

Il commençait à sérieusement l'agacer, G.I. Joe !

Charlotte n'avait pas prévu que le bateau resterait sur l'île. Elle n'avait aucune envie de retourner au manoir, d'autant que Suzie et Édouard avaient dû trouver les lettres qu'elle leur avait laissées. Mais le vent s'était levé et le fameux crachin breton lui fouettait le visage par rafales de plus en plus violentes. Comme le bateau ne retournait pas à Brest, elle n'avait pas vraiment le choix. Pestant contre le Rambo mal embouché et contre ce vieil entêté d'Édouard, elle reprit donc le chemin du manoir en accélérant le pas pour rejoindre le groupe des invités d'Édouard qui n'avait pas eu la chance de remonter vers le manoir en buggy.

Chapitre 6

Île Korser, douze heures trente

Assis derrière son bureau, Édouard Montergnac tentait de deviner si Charlotte avait parcouru le dossier qu'il avait posé en évidence. Il remarqua que les feuilles avaient été minutieusement repositionnées comme il les avait laissées. « Méticuleuse, la petite », pensa-t-il. Mais le trombone qu'il avait glissé dans le dossier ne figurait plus entre les mêmes pages. Elle n'avait pas pu s'empêcher de feuilleter les documents. Il ne savait pas s'il devait en être heureux ou déçu. Les pièces se mettaient en place, comme sur un échiquier ; la jeune femme était la pièce maîtresse de son plan, il espérait qu'elle ne le décevrait pas.

Il avait connu tellement de déceptions durant toute sa vie, surtout avec Geneviève. Édouard se souvenait d'avoir réalisé que la petite Geneviève Tavernier, qu'il avait croisée une ou deux fois pendant son enfance, était devenue une jeune fille de dix-huit ans, très séduisante. Il la regardait alors qu'elle apportait le courrier à son père au château de Pardaillac, un beau matin d'août 1940. Il revoyait ses longs cheveux blonds, sa robe bleue qui remontait le long de ses cuisses dorées par le soleil quand elle pédalait sur le chemin qui menait au château. Dès le premier regard qu'ils avaient échangé, il s'était senti submergé par le désir de posséder cette magnifique créature. Son regard fier, un peu agressif, son allure, sa grâce. Il avait usé de tout son charme pour séduire la jeune fille, et elle avait fini par céder à ses avances. Comme beaucoup de jeunes gens à cette époque troublée, ils n'avaient pas le temps d'attendre la fin de ce maudit conflit pour s'aimer… elle était si belle et si amusante, un bain de fraîcheur dans le cloaque de cette période maudite…

Le château de Pardaillac… Il appartenait depuis des générations à sa famille, et nul n'imaginait à l'époque que cet endroit servait parfois de refuge au groupe de résistants auquel il appartenait, après que ses camarades et lui avaient procédé à des opérations de sabotage à travers toute l'Aquitaine. Ce mouvement de résistance s'était organisé autour d'Albert Tavernier, le père de Geneviève. Louis-Édouard Montergnac, le père d'Édouard, et Tavernier étaient des amis d'enfance. À cette époque, Louis-Édouard travaillait à la préfecture de Bordeaux, ce qui lui permettait de transmettre de nombreuses et précieuses informations à Tavernier sur les activités de l'occupant. Ils avaient regroupé autour d'eux un noyau de personnes qui n'acceptaient pas l'occupation allemande. Mais ce mouvement de résistance, à l'origine passive et intellectuelle, s'était durci face aux exactions commises par l'armée allemande, pour peu à peu organiser des missions de sabotage. Ces opérations étaient pour la plupart mises sur pied par Tavernier, un meneur d'hommes très charismatique.

Édouard et son frère jumeau Maximilien avaient insisté pour participer à ces actions de résistance auprès de Tavernier, pour lequel ils éprouvaient tous deux une grande admiration. Peu à peu, leurs missions de simple sabotage devinrent plus violentes et Édouard se rappelait avoir tué pour la première fois alors qu'il avait à peine vingt ans ! Bon nombre de leurs opérations avaient été couronnées de succès. Mais l'armée allemande et la Gestapo ne tardèrent pas à réprimer dans le sang chacune de leurs actions.

En juillet 1941, la Gestapo avait arrêté Geneviève ainsi que plusieurs de leurs amis, dont Maximilien et ce fumier d'aviateur anglais, Arthur Brighton. Le groupe devait rejoindre le Pays basque et organiser le retour de l'Anglais dans son pays. Mais quelques-uns d'entre eux avaient été arrêtés avant même de quitter le château de Pardaillac. Ils avaient été emmenés au Bouscat, dans une belle maison bourgeoise qui abritait le quartier général de la fameuse « section IV », chargée de démanteler les réseaux de résistants. C'est derrière les hauts murs de la propriété que les prisonniers subissaient ce que les nazis appelaient avec cynisme des interrogatoires « renforcés ». Si les Bouscatais ignoraient ce qui s'y passait exactement, certains jours les hurlements qui s'en échappaient ne laissaient guère de place au doute.

Louis-Édouard avait proposé à Albert Tavernier de faire assassiner l'Anglais, Geneviève et même son propre fils Maximilien, pour sauver le reste des membres de leur réseau. Grâce à ses contacts, Montergnac affirmait pouvoir les éliminer avant qu'ils soient torturés. C'était, selon lui, faire preuve d'humanité que de tout faire pour leur épargner d'atroces souffrances. Et cela protégerait les autres membres du réseau. Nul ne doutait que les malheureux parleraient sous la torture. S'ils survivaient, ils seraient déportés en Allemagne ou exécutés au camp de Souge.

Albert Tavernier refusa catégoriquement la suggestion de son ami, ne pouvant se résoudre à autoriser l'assassinat de sa propre fille. Sans rien dévoiler à son ami, dont il commençait à se méfier, il organisa rapidement une audacieuse et dangereuse opération de sauvetage avec le reste des membres de son réseau. Connaissant son amour pour Geneviève, Tavernier demanda à Édouard de l'aider à sauver sa fille, son propre frère et les camarades du réseau qui avaient été arrêtés. Il exigea toutefois de tenir Louis-Édouard à l'écart de leur projet. Apprenant que les prisonniers devaient tous être déportés en Allemagne, le commando attaqua le convoi qui les transférait vers la gare Saint-Jean. L'opération fut un succès, mais Édouard fut néanmoins légèrement blessé.

Tavernier avait miraculeusement réussi à sauver sa fille ainsi que Max et Brighton. Mais le réseau était en grand danger et il lui fallait sauver un maximum de ses camarades encore en vie. Ils n'étaient que quelques survivants de leur réseau avec l'aviateur de la Royal Air Force dont il devait organiser le retour en Angleterre. Geneviève, très affaiblie, ne parla jamais de ce qu'elle avait subi, mais son corps martyrisé portait les traces de son supplice. Édouard n'avait pu rester près d'elle. Il ignorait où son père l'avait cachée. Tavernier avait fait transférer sa fille, Max et l'Anglais dans un monastère du Pays basque, dont ils avaient tous interdiction de sortir. Ils devaient y rester cachés plusieurs mois, jusqu'à ce qu'ils soient physiquement rétablis et que leur départ pour l'Angleterre soit organisé.

En mars 1942, Tavernier réussit à organiser le retour de Brighton, ainsi que des quelques membres du réseau encore en vie. Lui-même devait les rejoindre à Londres peu de temps après, avec sa femme, Madeleine, et leur fille, Geneviève.

Édouard et Maximilien avaient décidé de rester en France pour continuer, dans la clandestinité, le combat contre les nazis en attendant le retour de Tavernier de Londres. Mais victime, encore une fois, d'une dénonciation, Tavernier avait été arrêté à Bordeaux avec Madeleine. Geneviève, alors chez Louis-Édouard pour faire ses adieux à la famille Montergnac, fut sauve. Après son arrestation, Tavernier avait rapidement été exécuté au camp de Souge, tandis que sa femme était déportée dans un camp en Allemagne. Leur réseau était définitivement détruit. Geneviève, qui n'avait pu partir pour l'Angleterre, resta cachée à Pardaillac auprès des Montergnac. Elle tenta de retrouver sa mère lorsque la guerre fut terminée, mais apprit que la malheureuse était morte en déportation. Louis-Édouard fit en sorte de la cacher jusqu'à la fin de la guerre, soi-disant en mémoire d'Albert Tavernier, son ami d'enfance, mais surtout parce que Geneviève était enceinte d'Édouard. Les deux jeunes gens s'étaient mariés dans la clandestinité en juillet 1942. En octobre naissait leur fils, Nicolas. Édouard n'était pas présent pour la naissance du bébé. Parti pour continuer le combat avec son frère Max dans le Limousin, il ne put retrouver sa femme et son fils qu'à la fin du conflit.

Alors que la guerre se terminait, Édouard revint à Bordeaux et décida de reprendre la gestion des affaires familiales, tandis que Max préféra s'installer à Paris et reprendre ses études de médecine. Les affaires familiales étaient plutôt florissantes, grâce à Louis-Édouard qui avait su naviguer dans les eaux troubles de cette période. Tandis que son frère et lui risquaient leur vie chaque jour en combattant les nazis, leur père collaborait sans état d'âme avec l'ennemi. Édouard avait compris assez vite comment les affaires de la famille avaient échappé à la rapacité de l'occupant allemand. Il savait que son père était à l'origine de l'arrestation des parents de Geneviève, la survie financière de sa famille et des affaires Montergnac nécessitant que le réseau Tavernier disparaisse. Édouard n'en avait jamais rien dit. Il lui était difficile de dévoiler la trahison de son père, qui aurait forcément rejailli sur lui. Maintenant que la guerre était finie, Louis-Édouard devait rendre des comptes, pas seulement devant la justice, mais devant lui, son propre fils. Il se fichait que son père ait eu l'intention de livrer Brighton aux nazis, il haïssait cet Anglais prétentieux ! Il savait que l'arrestation de Geneviève et Maximilien était un accident, ils n'auraient jamais dû être arrêtés. Ils ne l'avaient été que parce qu'ils se trouvaient encore avec Brighton au château au moment de la rafle, que son père avait lui-même organisée. Même si leur arrestation était un accident, Édouard ne pardonna pas à son père d'avoir ensuite proposé de sacrifier son propre fils, et surtout Geneviève, la femme qu'il aimait.

Louis-Édouard s'était dangereusement compromis avec l'occupant, son amitié avec le héros qu'était

Albert Tavernier ne le protégerait plus. La mort de son ami avait laissé des traces et l'opinion publique bordelaise était de plus en plus suspicieuse à son égard. Mais Édouard, lui, avait combattu dans la Résistance et s'était forgé une réputation de grand résistant. Il n'était pas question que son père salisse le nom et l'honneur des Montergnac. La trahison de son père ne devait pas compromettre un avenir qu'il voulait brillant après la guerre : il ne fallait à aucun prix que soient divulguées les preuves de la trahison paternelle.

Il avait donc secrètement rencontré Louis-Édouard peu de temps après le débarquement en Normandie et lui avait froidement intimé de disparaître définitivement. Cela revenait à dire qu'il exigeait que son père mette fin à ses jours, pour éviter tout risque de procès et d'humiliation publique.

Louis-Édouard fut retrouvé pendu peu de temps avant l'arrivée des alliés à Bordeaux. Édouard fit en sorte de faire disparaître toutes les traces de compromission. Il ne restait plus de preuves de la trahison de son père.

Édouard n'éprouvait ni regret ni remords d'avoir provoqué la mort de son père. Cet homme n'avait jamais été, pour lui, une figure paternelle respectable et respectée. Louis-Édouard Montergnac avait sacrifié son ami d'enfance, il avait été prêt à sacrifier jusqu'à son propre fils pour prospérer pendant cette sale guerre.

Alors qu'il repensait à cet épisode de son passé, qu'il avait longtemps rejeté au fond de sa mémoire, Édouard réalisa que le seul homme qu'il avait jamais admiré et respecté était Albert Tavernier. Cet homme s'était battu jusqu'au bout pour sa famille, pour son pays et pour ses convictions. Tout au long de son combat, il avait su garder une réelle intégrité, ce qui relevait du miracle dans cette période où la trahison était monnaie courante. Édouard était fier d'avoir combattu aux côtés d'un tel homme, le seul vrai héros qu'il eût connu.

À l'heure où sa vie touchait à sa fin, le vieil homme se surprenait à penser presque chaque jour à celui qui restait le seul à ne l'avoir jamais trahi.

Chapitre 7

Île Korser, treize heures quinze

En arrivant devant le manoir, Victor se retourna pour vérifier que Charlotte les suivait. Édouard lui avait bien précisé que tous ses invités devaient être présents, en particulier cette jeune femme, et qu'en aucun cas elle ne devait pouvoir repartir avec la navette. Celle-ci devait rapidement retourner sur Brest afin de ne pas être prise dans la tempête et il craignait qu'elle ne s'en aperçoive.

Il pensa au dossier qu'il avait constitué sur Charlotte à la demande d'Édouard. La jeune femme était née le 10 avril 1974 à Bordeaux. Elle était la fille d'Antoine Valentin, un avocat réputé à Bordeaux, décédé dans un accident de voiture en 2005, et d'Éléonore Valentin, une médium qui avait une solide réputation parmi les adeptes de ces étranges pratiques. Elle n'était pas mariée, et avait deux enfants, dont le père était un officier de l'armée de terre, un dénommé Patrick Dalincourt. Son compagnon était en poste depuis dix-huit mois aux États-Unis, à Norfolk. Il n'était rentré que deux fois pour revoir sa famille. Son séjour devait se terminer cet été avec une mutation en région parisienne. Par une curieuse coïncidence, Victor connaissait très bien le compagnon de Charlotte puisqu'ils étaient tous les deux de la même promotion de l'école de formation des officiers de Saint-Cyr. Ils n'avaient jamais été proches. Victor avait préféré contacter un très bon camarade, lui aussi en poste à Norfolk. Il avait ainsi découvert que Dalincourt avait une liaison avec une jeune étudiante américaine de vingt-cinq ans.

Charlotte était elle aussi officier mais avait choisi de servir dans la gendarmerie. Victor avait appris que six mois plus tôt, elle avait quitté le service actif, sous prétexte qu'elle ne surmontait pas le décès d'un enfant dans l'une de ses enquêtes. Ses informateurs lui avaient confié que la jeune femme avait démissionné après avoir physiquement agressé le père ainsi que le grand-père du petit garçon qui avait été tué. Sa hiérarchie n'avait pas pu la soutenir, et la jeune femme avait choisi de partir. Depuis, elle travaillait occasionnellement comme enquêtrice au profit du cabinet d'avocats bordelais fondé par son père, et s'était par ailleurs lancée dans la photographie. Elle travaillait parfois pour une entreprise qui proposait des reportages photo à des touristes narcissiques.

Victor ignorait pourquoi Édouard tenait tant à la présence de cette jeune femme, ce week-end. Il se reprocha encore une fois d'avoir accepté d'enquêter sur chacun des invités, et notamment sur cette femme dont il connaissait bien le compagnon. Il avait de plus découvert bon nombre des travers et secrets de chacun des membres de cette famille, et avait la désagréable impression de trahir ses amis. Et tout cela ne lui plaisait pas du tout.

***

Aidé de Marcel, Victor déchargea rapidement les quelques valises qu'il avait transportées dans le buggy, et les déposa dans le hall d'entrée du manoir. Le petit groupe était arrivé, trempé, malgré les parapluies que Victor avait eu la bonne idée de distribuer sur le bateau. Ils furent accueillis dans le vestibule par Suzie et Soizic, la solide Bretonne de soixante-quinze ans, qui faisait office de cuisinière chez Édouard.

— Alors, ma belle, tu essayais de me laisser seule dans la fosse aux lions ? Pas très sympa… lui chuchota Suzie dès son arrivée, en lui tendant une serviette de toilette.

Charlotte s'en saisit et frotta vigoureusement sa chevelure blonde.

— Tu savais que ton père avait décidé de m'empêcher de partir ? Impossible de repartir à cause de ce cerbère, répondit-elle avec mauvaise humeur en désignant du menton Victor, qui repartait en buggy, probablement pour le mettre sous abri. Je vais devoir prévenir ma famille que je ne rentrerai pas aujourd'hui finalement !

— Quoi qu'il en soit, je suis soulagée que tu restes avec moi, je me sentirai moins seule… Va te changer, on se retrouve dans le petit salon dans une demi-heure.

Suzie semblait sincèrement heureuse de la voir revenir au manoir, mais Charlotte n'en était pas pour autant de meilleure humeur. Elle avait vu repartir la navette pour Brest peu de temps après qu'elle avait repris le chemin du manoir. Il valait mieux pour l'argousin bodybuildé qu'elle ne tombe pas sur lui dans les minutes à venir ! Elle quitta le vestibule d'un pas martial pour rejoindre la cuisine, afin de téléphoner à sa sœur. En traversant le hall, elle aperçut Max et Jacques qui se dirigeaient vers le bureau d'Édouard. Elle lui aurait bien dit deux mots aussi à ce vieil emmerdeur !

— Cette île est toujours aussi accueillante, ronchonna Amanda en secouant son parapluie.

— J'ai l'impression d'avoir toujours connu cette île sous la pluie ! renchérit Barbara en tapant des pieds.

— Et impossible de prendre un buggy pour remonter au manoir ; en cette saison, c'est intolérable ! Regardez mes chaussures ! Elles sont fichues ! Et où est Édouard ? Il pourrait au moins être là pour nous accueillir ! Soizic ! vociféra Amanda en se tournant vers la vieille cuisinière qui ramassait manteaux et parapluies. Préparez-nous rapidement quelque chose de chaud, je suis trempée jusqu'aux os. Je vais me changer, j'espère que les chambres sont prêtes. Si je ne me réchauffe pas rapidement, je vais attraper la mort !

— On peut rêver… soupira la vieille femme en se dirigeant lentement vers le couloir qui menait à la cuisine.

— Soizic, appela doucement Geneviève. Soizic, c'est moi, Geneviève.

La cuisinière se retourna, interloquée, et porta les mains sur sa poitrine.

— Madame Geneviève, murmura-t-elle d'une voix rauque. Madame Geneviève ! C'est pas possible ! C'est bien vous ? J'étais sûre que vous étiez… que je ne vous reverrais jamais ! Madame Geneviève, répéta-t-elle en se jetant dans les bras de la vieille dame.

Les deux femmes s'étreignirent avec émotion sous le regard médusé des autres invités.

— Je suis venue avec mon mari à la demande d'Édouard. Je suis tellement heureuse de vous revoir.

— C'est pas Dieu possible de vous revoir comme ça ! Ça me faisait tellement de souci, depuis toutes ces années, de ne pas savoir ce que vous étiez devenue ! Il aurait pu nous prévenir, Monsieur Édouard, que vous seriez là ! C'est Marcel qui va être content lui aussi !

— Moi aussi ça me fait terriblement plaisir de vous revoir, vous et votre mari ! Ça fait si longtemps, je n'imaginais pas que vous seriez encore ici !

— Cette île, c'est toute notre vie à Marcel et à moi, et on était tellement heureux du temps de… (Soizic essuya maladroitement ses yeux humides avec son tablier.) C'est pas comme maintenant avec tout ça, renifla-t-elle en désignant les autres d'un air méprisant. Vous verrez, il y a beaucoup de choses qui ont changé depuis votre départ. C'est moi qui vous montrerai votre chambre… C'est bien dans la chambre bleue que Madame Geneviève va dormir ? demanda-t-elle en se tournant brusquement vers Suzie.

— Je pense que oui. Papa a demandé à Gwenaëlle de préparer cette chambre hier après-midi.

— Cette petite menteuse ne m'a rien dit ! On ne me dit jamais rien ici, même pas que Madame Geneviève serait de retour ! Venez donc vous réchauffer, vous et votre mari, près de la cheminée dans la cuisine. Je vais vous faire un bon chocolat chaud, comme vous l'aimez. Faudrait pas que vous tombiez malade, vous deux, reprit-elle en jetant un regard oblique à Amanda.

Tandis qu'elle parlait, Soizic avait saisi d'autorité le bras de Geneviève et l'emmenait, suivie d'Arthur, vers la cuisine.

— Je suppose que si on veut des boissons chaudes, il faudra attendre la fin de ces émouvantes retrouvailles ! dit Amanda, sarcastique. Quelqu'un pourrait me dire qui sont ces deux vieux qu'Édouard a invités avec nous ?

— Je crois bien qu'il s'agit de la première femme de papa et de son mari, répondit Suzie d'un air pensif.

— Quoi ? Mais je pensais qu'elle était morte ! s'exclama Barbara. Il m'a toujours dit que sa première femme s'était suicidée après la mort de leur fils !

— Il faut croire que non. Soizic l'a reconnue et l'a appelée Geneviève. Pour ma part, je ne connais qu'une Geneviève, et c'est la première femme de papa, répondit Suzie.

— C'est extraordinaire ! La fameuse Geneviève serait donc encore en vie…

— Et je suppose que le vieil homme avec elle, c'est son dernier mari. Non seulement elle n'est pas morte, mais en plus elle se serait remariée ! C'est papa qui a dû être surpris. Je serais curieuse de savoir ce qu'elle a pu faire depuis toutes ces années !

— Ça va être assommant ! geignit Amanda. Ça n'est déjà pas drôle de se retrouver tous ici, mais avec le retour des momies, ça va être d'une tristesse ! Quand je pense à ce que j'ai dû annuler pour me retrouver coincée ici…

— On se doute de ce que tu as dû annuler ! l'interrompit brutalement François. Inutile de nous donner des précisions salaces sur tes rendez-vous avec tes gigolos !

— Bien, bien, bien… dit Suzie qui tapait dans ses mains à la façon d'une maîtresse d'école, interrompant ainsi le silence gêné qui avait suivi les propos agressifs de François. Il est presque treize heures trente, j'imagine que vous avez tous faim. Je vous propose d'aller rapidement vous changer dans vos chambres, vous connaissez le chemin. Et rendez-vous dans une demi-heure dans le petit salon pour déjeuner. Il y aura des sandwichs et nous prendrons une petite collation chaude !

— *Une petite collation chaude dans le petit salon*, singea Caroline. Toujours aussi snob, la frangine…

— Bonjour, Caroline, ça me fait plaisir de te revoir, moi aussi. N'oublie pas de te faire une petite retouche maquillage, tu ressembles à un panda ! répondit Suzie avec un sourire mauvais.

— Mais quel âge avez-vous toutes les deux ? Ça me désole de constater que finalement rien ne change entre vous, les filles, s'agaça Barbara. Tu pourrais être plus aimable, Suzie. Et toi, Caro, arrête de toujours te moquer de ta sœur, s'il te plaît.

— Demi-sœur ! protestèrent en chœur Suzie et Caroline.

Chapitre 8

Treize heures quinze

La jeune Chloé était allongée sur son lit et regardait distraitement une fissure qui courait le long du mur. Elle n'avait pas revu Édouard depuis leur dispute de la veille au soir et se demandait avec inquiétude ce que le vieil homme pouvait bien faire depuis lors.

— Je ne comprends pas pourquoi tu m'obliges à manger avec ta fille et son idiote de copine ! lui avait-elle dit avec exaspération. Je me sens de plus en plus fatiguée. J'aurais voulu ne pas avoir à les supporter et pouvoir manger dans ma chambre tranquillement !

— Tu me fatigues, Chloé. Laisse-moi te rappeler que je suis le maître chez moi et que tu es comme les autres, simplement invitée.

— Je pensais être un peu plus pour toi…

La jeune femme avait alors affiché une mine faussement boudeuse en espérant qu'Édouard baisse sa garde et vienne la cajoler comme il le faisait après chaque chamaillerie. Elle se gardait bien de contrarier son riche et vieil amant, se contentant de se plaindre de ne pas le voir assez.

Elle était sa maîtresse depuis bientôt dix mois et leurs escarmouches se concluaient souvent par un superbe cadeau de réconciliation que lui offrait Édouard. Chloé vivait encore dans son minable studio, en banlieue parisienne, et espérait que bientôt Édouard lui laisserait la possibilité de s'installer dans l'un de ses superbes appartements à Paris. Elle continuait à travailler au sein des entreprises Montergnac, où elle était secrétaire dans un obscur service administratif. Depuis que *Monsieur Montergnac* l'avait remarquée lors d'une de ses nombreuses visites au siège social de l'entreprise, sa vie avait pris une dimension différente. Sa liaison avait rapidement été connue de ses collègues et de ses chefs de service, et personne n'osait plus critiquer ses retards quand elle revenait d'un voyage avec *Monsieur Montergnac*, voire ses absences. Elle retrouvait souvent son amant pour des escapades dans les plus belles villes d'Europe, séjournant dans de luxueux hôtels. Il semblait fier de s'afficher au bras d'une jeune et jolie femme, mais Édouard tardait à officialiser leur liaison. Même s'il était très généreux avec elle, Chloé ne voulait pas se contenter de ce qu'elle considérait comme des aumônes. Elle voulait être officiellement *Madame* Édouard *Montergnac*, pour faire la nique à cette garce de Suzie qui la traitait avec mépris.

La veille, elle avait voulu rester allongée pour se reposer, demandant que son repas lui soit monté dans sa chambre. Elle savait que Suzie et l'une de ses amies étaient arrivées avec la dernière navette et n'avait aucune envie de les voir. Mais Édouard lui avait refusé cette faveur et exigé qu'elle se joigne à eux. Le pire est qu'il n'était même pas apparu pour le souper. Heureusement,

Suzie ne s'était pas occupée d'elle et Chloé avait surtout discuté avec Charlotte, qui s'était révélée finalement amusante et sympathique.

Édouard ne l'avait pas rejointe pour la nuit. Ce n'était pas vraiment pour lui déplaire, mais elle craignait que le vieil homme ne commence à se lasser d'elle, elle ne pouvait se permettre que cela arrive !

Elle n'était évidemment pas amoureuse du vieil homme, mais la vie qu'il lui offrait était suffisamment luxueuse pour faire fi des quelques réticences qu'elle éprouvait en sa compagnie. Compte tenu de l'âge de son amant, elle espérait ne pas devoir supporter de partager l'intimité du vieillard trop longtemps. Malgré ses quatre-vingt-six ans, Édouard avait été jusqu'à l'été un amant assez actif ! Elle répondait avec le maximum d'enthousiasme aux ardeurs de son vieil amant, dissimulant son dégoût pour son corps flasque et son odeur d'homme usé, que les parfums luxueux qu'il utilisait ne parvenaient pas à couvrir.

Mais Chloé était soucieuse car depuis plusieurs semaines ses relations avec le vieillard étaient de plus en plus rares, ce qui ne laissait pas de l'inquiéter pour son avenir. Elle avait redoublé d'efforts, inventant mille jeux érotiques, mille caresses pour exciter le vieil homme, mais Édouard était indifférent et parfois même réfractaire à toutes ses tentatives de séduction. Il se contentait le plus souvent de l'inviter pour une soirée dans un superbe restaurant, ou un week-end à Rome, à Venise, ou dernièrement à Vienne, sans pour autant partager son lit. Chloé s'était bien rendu compte de la dégradation de l'état de santé d'Édouard. Le temps pressait, il fallait absolument qu'elle parvienne à se faire épouser !

Sa grossesse était survenue à point nommé, la mettant, pensait-elle, à l'abri de la lassitude de son amant à son égard. Elle savait qu'il avait épousé chacune de ses ex-femmes après qu'elles étaient tombées enceintes. Elle espérait bien qu'il agirait de même avec elle.

Elle était restée seule, à s'inquiéter des raisons de la froideur de son amant, se promettant de faire les efforts nécessaires pour que le vieil homme n'ait pas la tentation de s'éloigner d'elle avant de lui passer la bague au doigt. Il fallait qu'elle reste jusqu'au bout sa jeune maîtresse amusante et rafraîchissante, avec laquelle un nouveau mariage serait une agréable perspective. Édouard était déjà très vieux, elle devait être la dernière Mme Montergnac !

Chloé espérait que ce week-end serait l'occasion pour son amant d'annoncer un événement important pour la famille. Cela ne pouvait être que leur mariage ! Mais Édouard ne lui avait pas encore fait de demande officielle. Sa grossesse était pourtant avancée, elle entamait sa onzième semaine. L'annonce de la venue d'un enfant ne l'avait absolument pas ému, il s'était contenté de sourire et de lui souhaiter que tout se passe bien avant de lui proposer de l'emmener passer un week-end à Venise.

Cette petite effrontée de Gwenaëlle lui avait apporté son petit déjeuner au lit ce matin, à la demande d'Édouard. L'insolente lui avait bien fait comprendre qu'elle n'était pas payée pour servir les repas en chambre. Elle avait posé brutalement le plateau sur la petite table, renversant un peu de café. Gwenaëlle avait ajouté, avant de tourner les talons, que Monsieur Édouard voulait qu'elle descende pour le déjeuner, et que ce n'était pas parce qu'elle était « soi-disant » malade qu'elle ne pouvait pas bouger ses fesses ! « Attends un peu que je devienne la nouvelle Mme Montergnac, pensa Chloé, et c'est tes fesses qui vont bouger pour virer d'ici ! »

En attendant, elle devait descendre pour rejoindre la horde des ex et leurs rejetons, ce qui ne l'enchantait pas du tout. Se levant en prenant mille précautions, la jeune femme ouvrit la lourde armoire en bois sombre, choisit une robe en laine épaisse et commença à s'habiller.

Chapitre 9

Treize heures trente

Avant de retourner dans sa chambre pour se changer et enfiler des vêtements secs, Charlotte préféra prévenir sans attendre sa famille qu'elle ne pourrait pas être de retour le soir même. Sur le chemin qui conduisait au manoir, alors qu'elle se retournait pour regarder l'océan, elle avait constaté avec stupeur que la navette était repartie vers le continent. Ce que le jeune homme grincheux lui avait dit était donc faux, et elle avait compris qu'il avait agi sur instruction d'Édouard. Sinon, pourquoi lui aurait-il menti ? L'entêtement du vieil homme à l'empêcher de partir l'intriguait, elle était curieuse d'en connaître la raison. Cet homme était décidément prêt à tout pour obtenir ce qu'il voulait, et en l'occurrence, il voulait qu'elle reste sur l'île. Elle doutait que la raison de sa présence parmi eux soit réellement le soutien qu'elle était supposée apporter à Suzie lors de la réunion de famille.

Elle se dirigeait d'un pas rapide vers la cuisine, il n'était évidemment pas question d'utiliser le téléphone dans le bureau d'Édouard. Située dans l'aile ouest, la cuisine était l'une des pièces les plus agréables du manoir. L'été, deux grandes portes-fenêtres apportaient une belle luminosité en s'ouvrant sur un jardin verdoyant, qu'embaumaient des herbes aromatiques noyées parmi un fouillis de fleurs et de légumes dans un carré potager. Une belle flambée crépitait dans l'âtre d'une vieille cheminée en pierre qui trônait au milieu du mur le plus long. Une superbe cuisinière à bois sur laquelle était posée une énorme marmite servait aussi à réchauffer cette pièce immense. Charlotte ne put s'empêcher d'aller regarder ce qui mijotait sous le couvercle. Un mélange de carottes, de pommes de terre, de blancs de poireaux et de ce qui lui sembla être des navets flottait délicatement à la surface d'une eau bouillonnante, dégageant un parfum des plus appétissants. Elle reposa doucement le couvercle. Elle se serait bien réchauffée en buvant un bol de ce délicieux bouillon !

S'approchant du téléphone fixé sur le mur à côté de la cuisinière, elle composa le numéro de sa maison, mais la sonnerie retentit dans le vide. Charlotte avait récemment quitté le centre-ville de Bordeaux pour s'installer dans une grande maison qu'elle venait d'acquérir et qu'elle restaurait peu à peu. Depuis la mort de son père, trois ans auparavant, dans un accident de voiture, sa mère vivait seule, mais supportait difficilement cette solitude. Elle passait ses journées à tenter d'entrer en contact avec son défunt mari, mais malgré son soi-disant don, cela n'était pas encore arrivé. Charlotte lui avait proposé de venir s'installer chez elle, ce qu'elle avait accepté sans hésiter. Puis Hortense, la sœur aînée de sa mère, veuve elle aussi, et dont Charlotte était très proche, les avait rejointes. Enfin, sa sœur Héloïse, qui était en instance de divorce, avait également emménagé récemment avec ses deux petites filles. Charlotte avait choisi cette promiscuité familiale parce que la vie en commun était plus gaie et plus légère pour ses enfants, qui vivaient ainsi mieux la longue absence de leur père, en poste aux États-Unis depuis dix-huit mois. Cela permettait aussi à sa mère d'être plus entourée, ce qui l'avait indéniablement aidée à surmonter la mort tragique d'Antoine Valentin. Mais cette nouvelle vie de famille n'allait pas sans quelques heurts avec Éléonore, dont le mode de vie très fantasque était parfois difficile à supporter.

Avec tout ce petit monde, pourquoi n'y avait-il personne pour répondre au téléphone ? Que faisaient-ils donc tous ?

Ce fut sa mère qui décrocha enfin à la troisième tentative. Éléonore semblait très énervée. Elles eurent un échange étrange durant lequel sa mère la supplia de rentrer parce qu'elle avait eu la vision, improbable malheureusement, de la mort de l'oncle Armand ! Puis elle lui passa enfin sa sœur Héloïse qui était déçue qu'elle ne rentre pas le soir même. Leur mère avait en effet profité de son absence pour organiser un repas le samedi soir, avec son beau-frère. Armand était le frère cadet de leur père, mais ils étaient très différents l'un de l'autre. Charlotte supportait assez mal le caractère intrusif et exubérant d'Armand.

Son père, Antoine Valentin, avait été un excellent avocat et avait créé avec son frère un cabinet juridique réputé à Bordeaux. Mais il avait trouvé la mort lors d'un accident de la route trois ans auparavant, et Armand Valentin avait alors pris une place plus importante au sein du cabinet, où il travaillait avec Héloïse.

Héloïse n'approuvait pas les pratiques de l'oncle Armand, notamment pour ce qui concernait le choix de leurs clients. Armand considérait que la moralité, ou l'absence de moralité, de leurs clients, importait peu. Il monnayait à prix d'or ses services, estimant que chacun devait pouvoir bénéficier des meilleurs conseils, quelle qu'en soit la finalité. Spécialisé dans le droit des affaires, Armand était un avocat redoutable, dépourvu de scrupules, sans aucun état d'âme. Le cabinet prospérait, et Armand s'était imposé dans le microcosme aquitain comme l'un des meilleurs avocats, ayant parmi sa clientèle les voyous en col blanc les plus fortunés.

Héloïse, quant à elle, était spécialisée en droit pénal et se retrouvait parfois à devoir défendre les rejetons de ces mêmes voyous dont certains, se croyant au-dessus des lois comme papa et maman, avaient maltraité, voire sexuellement agressé leurs victimes, avec le même sentiment d'impunité que leurs parents fraudant le fisc à grande échelle.

Mais ce que les deux sœurs trouvaient insupportable par-dessus tout, c'était cette ridicule cour assidue qu'Armand faisait à Éléonore. Il était évident qu'Armand tentait de séduire Éléonore, qui ne se sentait pas vraiment concernée par les difficultés relationnelles de ses filles avec leur oncle. Une liaison avec Armand n'était malheureusement plus à exclure. Il avait une réputation de séducteur et Charlotte, bien qu'elle le regrettât, ne doutait pas un instant que son pouvoir de séduction puisse venir à bout des faibles défenses d'Éléonore, si ce n'était déjà fait…

La jeune femme était contrariée, elle détestait l'idée qu'Armand profite de son absence pour venir chez elle.

Elle lui avait interdit sa maison depuis maintenant six mois, depuis ce terrible drame qui l'avait conduite à démissionner… Elle n'arrivait pas encore à lui pardonner ce qu'il avait fait lors de cette affaire. Éléonore connaissait les relations exécrables entre sa fille et Armand, mais elle l'avait malgré tout invité, ce qui allait encore provoquer une dispute entre elles à son retour. « Qu'elle fasse ce qu'elle veut, mais hors de ma maison ! » Charlotte pesta de nouveau contre Édouard à cause duquel elle se retrouvait coincée sur cette île !

Enfin, avec un peu de chance, les visions de sa mère se révéleraient exactes. Espérant, pour la première fois, que sa mère soit réellement médium, Charlotte conseilla à sa sœur de proposer à l'oncle Armand de rester pour la nuit et de dormir sur le canapé de la bibliothèque.

***

Alors qu'elle raccrochait, elle vit Soizic arriver, suivie de la vieille femme et du beau vieillard aux yeux bleus qu'elle avait croisés sur le port.

— Ah, Charlotte ! Vous tombez bien ! Il va falloir vous réchauffer, ça serait pas le moment d'attraper froid. Venez donc vous asseoir avec nous pour boire un bon chocolat chaud !

— Je vous remercie, Soizic, c'est très gentil. (Charlotte se tourna vers les deux visiteurs et les salua de la tête.) Je suis Charlotte Valentin, une amie de Suzic, dit-elle pour se présenter. Édouard nous a invitées à le rejoindre ce week-end.

— Suzie, c'est la fille aînée de Monsieur Édouard, précisa Soizic en versant du lait dans une casserole.

— C'est cette jolie jeune femme brune qui nous a accueillis avec vous, Soizic ? Ainsi c'est la fille d'Édouard, et vous êtes son amie, dit Geneviève en s'asseyant délicatement près de la cuisinière à bois. (Elle fit signe à son mari de venir prendre place près d'elle.) Vous êtes la jeune femme que nous avons croisée sur le ponton. Et si ce n'est pas trop indiscret, que faites-vous ici ce week-end, Charlotte ? Vous permettez que je vous appelle par votre prénom ?

— Je vous en prie. Je suis ici à la demande de M. Montergnac, qui organise une grande réunion familiale et qui a eu la gentillesse de m'y convier.

Charlotte, sans pouvoir se l'expliquer, se sentait un peu impressionnée par la vieille femme. Son maintien, sa diction et la distinction qui émanait d'elle forçaient le respect, ou pour le moins, dressaient une barrière entre elle et le commun des mortels. Éléonore, sa mère, aurait dit que la vieille femme avait une « aura puissante ». Le fait est que la vieille femme avait une présence que Charlotte aurait qualifiée d'éclatante.

— Et que faites-vous dans la vie, Charlotte ?

— Eh bien, je travaille parfois comme enquêtrice au sein d'un cabinet d'avocats.

— Enquêtrice ? Et quel genre d'enquêtes menez-vous ? demanda Geneviève.

Elle se demandait si ce n'était pas Charlotte qui avait retrouvé sa trace à la demande d'Édouard.

— Je doute que cela vous passionne…

— Peut-être aura-t-on l'occasion d'en discuter plus longuement au cours de ce week-end.

— Ce sera avec un réel plaisir, madame…

— Je vous en prie, Charlotte, appelez-moi Geneviève !

— Madame Geneviève, c'est la première dame de Monsieur Édouard ! intervint Soizic qui s'affairait autour de la cuisinière à bois.

— … Geneviève, répéta Charlotte qui se souvenait d'avoir entendu ce prénom un peu plus tôt.

Il semblait évident que les informations de Suzie, qui prétendait que la première épouse de son père s'était suicidée, n'étaient plus très fraîches. La jeune femme regardait, effarée, Geneviève, persuadée qu'elle ne parviendrait jamais à appeler cette femme extraordinaire par son prénom.

— Je suis Geneviève Brighton. Et voici mon époux, Arthur Brighton, ajouta-t-elle avec un petit sourire.

Charlotte ne l'avait manifestement pas reconnue avant qu'elle ne se présente. Elle ne devait donc pas être l'enquêtrice d'Édouard, sinon elle les aurait identifiés tout de suite.

— Je suis ravie de vous rencontrer, dit Charlotte en souriant au vieil homme. Si vous le permettez, je monte me changer avant de rejoindre Suzie qui doit déjà m'attendre. Merci pour le chocolat, Soizic, ce sera pour une prochaine fois.

La jeune femme quitta la cuisine, fort troublée d'avoir rencontré en chair et en os l'ex-épouse d'Édouard, que tous croyaient morte.

Chapitre 10

Quatorze heures

Suzie était confortablement installée dans un fauteuil près de la cheminée. La famille n'allait pas tarder à investir le petit salon, mettant fin à une douce tranquillité. Soizic avait apporté des Thermos de café et de thé ainsi que de nombreux sandwichs. La vieille cuisinière était enchantée du retour de Geneviève et chantonnait doucement.

— J'espère que Monsieur Montergnac sera gentil avec Madame Geneviève et avec son mari !

— Pourquoi voulez-vous qu'il soit gentil avec quelqu'un ? Ou alors il serait plus malade que je ne le pense.

— Tout de même, ça fait tellement longtemps. Ils sont vieux tous les deux, il faut qu'ils fassent la paix, pour le petit Nicolas.

— Là où il est, ça lui fera une belle jambe !

Soizic lui jeta un regard noir et sortit en claquant aussi fort qu'elle le put la lourde porte en chêne derrière elle.

Suzie se sentait un peu inquiète depuis l'arrivée des invités de son père. Elle ne comprenait pas la raison de la présence de Geneviève et de son époux parmi eux. Il ne faisait aucun doute qu'Édouard les avait tous réunis pour leur faire part de ses dispositions en matière de succession, et que cela n'aurait rien à voir avec l'annonce d'un mariage imminent dont Geneviève n'aurait rien à faire. Suzie pressentait que cette révélation ne serait pas du goût de tous, et notamment du sien !

Tout à ses pensées, elle n'entendit pas Charlotte arriver et sursauta lorsque son amie posa la main sur son épaule.

— Je t'ai fait peur ? Désolée, je pensais que tu m'avais entendue entrer. Tu ne devineras jamais qui j'ai rencontré dans la cuisine avec…

— Ce n'est plus un mystère, coupa Suzie, j'ai moi aussi rencontré la première femme soi-disant morte de papa. Je me demande bien pour quelle raison il l'a invitée ici ce week-end.

— C'est vrai que ça donne une autre dimension à la réunion de la famille Addams. Tu avais raison à propos d'elle, c'est une femme hors du commun. On a du mal à imaginer qu'elle a plus de quatre-vingts ans, dit Charlotte en s'asseyant sur un fauteuil face à elle. (Suzie était visiblement tendue et se mordillait la lèvre inférieure, signe, chez elle, d'une grande nervosité.) Cette histoire est vraiment incroyable, reprit-elle. Tu ne te doutais de rien ?

— Non, mon père ne m'avait rien dit. Je savais uniquement qu'il y aurait un couple d'amis supplémentaire qu'il m'avait demandé de loger dans la chambre bleue.

Je ne sais pas ce qu'il nous mijote, mais ça ne me dit rien qui vaille, ça ne sent pas bon du tout.

— Qu'est-ce qui ne sent pas bon ? demanda Barbara derrière elle.

— La présence de Geneviève parmi nous, répondit Suzie en se levant. Tu ne trouves pas ça bizarre, toi ?

— Tu sais, les lubies de ton père ont cessé de m'étonner depuis bien longtemps.

— À ta place, je serais moins insouciante. À ton avis, pourquoi nous a-t-il tous réunis ce week-end ?

— Mais parce qu'il va se remarier et compte nous présenter la nouvelle prétendante. Sinon pourquoi serions-nous là ? Thé ou café ? ajouta-t-elle en s'approchant des Thermos.

— C'est complètement stupide ! lança Amanda qui venait d'entrer dans le petit salon, Suzanne a raison, tu ne devrais pas être aussi insouciante, ça frise le ridicule à ton âge.

Amanda était la seule personne qui persistait à refuser d'appeler Suzie par son diminutif, ce qui ne manquait pas d'énerver la jeune femme qui détestait son prénom.

— Et quelle est votre théorie ? répondit Barbara, en haussant les épaules et en se versant une tasse de café.

— Son testament bien sûr, je pensais qu'il vous l'avait dit et que c'est pour cela que vous aviez tous rappliqué comme des sangsues, rétorqua Suzie.

— Tu sais très bien que quand ton père nous invite à le rejoindre, il n'est jamais question de discuter, ce que tu ne fais pas non plus, ma petite fille, comme ta présence parmi nous le prouve, dit Amanda sèchement. De toute façon, nous saurons très vite ce qu'il en est. J'espère que ton père va enfin daigner se montrer !

Avisant Charlotte, elle leva un sourcil interrogateur.

— Charlotte Valentin, dit celle-ci pour répondre à l'interrogation silencieuse d'Amanda. Je suis une amie de Suzie.

— J'ignorais que l'on pouvait inviter des copines. Si j'avais su… Je ne me présente pas, j'imagine que Suzanne a fait les présentations caricaturales dont elle est coutumière. On ne pourrait pas boire autre chose que ton pisse-mémé ? J'ai besoin de quelque chose de plus fort pour tenir tout un week-end ici.

— Si, bien sûr, dit Suzie en se dirigeant vers un meuble bas qu'elle ouvrit. Je te laisse te servir, tu devrais trouver ton bonheur là-dedans.

— Pourquoi penses-tu qu'il va nous parler de son testament ? Il a l'intention de changer quelque chose ? demanda Amanda en s'approchant du meuble.

Édouard avait toujours des alcools de grande qualité, elle examina quelques bouteilles, porta son choix sur un whisky et se servit une généreuse rasade d'un liquide ambré.

— C'est Max qui me l'a dit.

— Max t'a dit qu'Édouard allait modifier les dispositions de son testament ?

— Pas tout à fait. Il m'a seulement dit que papa tenait à tous nous réunir ce week-end. Et comme son ancien notaire sera parmi nous, Max pense qu'il est possible que mon père nous fasse part de nouvelles dispositions testamentaires.

— Tant qu'il ne touche pas à mon allocation, il peut bien faire ce qu'il veut. De toute façon, nous n'allons pas tarder à être fixés, je pense qu'Édouard va profiter du repas pour nous parler de tout cela, dit Barbara.

— Je constate que ton altruisme est toujours débordant.

— Je pense seulement, ma chère Suzie, qu'il y a peu de risques que quelque chose change. Édouard a seulement envie d'être entouré parce que c'est un vieillard et qu'il se sent seul.

Agacée, Amanda soupira bruyamment.

— Dire que tu es naïve serait un doux euphémisme… Je pense que tu devrais consulter, ma pauvre Barbara.

Barbara haussa les épaules.

— Je ne vois pas ce qu'il y a d'extraordinaire à ce qu'il veuille voir ses enfants avant Noël.

— Mais bien sûr, il a même prévu le costume du Père Noël pour le repas de ce soir. Tiens, j'entends même le son d'une grosse cloche.

Charlotte ne put réprimer un sourire en voyant le regard outré de Barbara.

***

Appuyée contre un mur un peu à l'écart des membres de la famille, Charlotte observait les invités qui arrivaient les uns après les autres.

Max, le frère d'Édouard, ainsi que Jacques Capestan, son notaire, venaient de les rejoindre, suivis du jeune homme rencontré sur le bateau et qui lui avait délibérément menti pour qu'elle ne reparte pas sur le continent. Suzie lui avait appris qu'il s'agissait de Victor Capestan, le fils du notaire. Elle avait bien l'intention d'obtenir des explications même si elle savait qu'il devait avoir agi de la sorte sur ordre d'Édouard. Elle avait décidé de faire contre mauvaise fortune bon cœur.

Cette soirée promettait finalement d'être intéressante, notamment en raison de la présence de Geneviève et d'Arthur Brighton. Elle était curieuse d'en savoir un peu plus à leur sujet.

François fit son entrée dans le petit salon. Il se dirigea nonchalamment vers le bar pour se servir un verre. Il évita soigneusement d'approcher sa mère, à qui il n'adressa aucun regard, pour se diriger vers Barbara et Caroline.

Charlotte surprit à de nombreuses reprises le regard de Victor posé sur elle. Elle eut l'impression que le jeune homme souhaitait lui parler sans oser l'aborder. Cette attention n'échappa pas non plus à Suzie qui parut en prendre ombrage, à moins que cela ne fût la présence de toute sa famille qui la rendait si renfrognée.

— Quelqu'un a-t-il vu mon cher frère depuis notre arrivée ? demanda Max, en avalant avec gourmandise plusieurs toasts au saumon. On a voulu aller le saluer dans son bureau en arrivant avec Jacques, mais il n'a pas voulu nous ouvrir !

— D'après Soizic, il ne nous rejoindra que pour dîner, ainsi que M. et Mme Brighton, répondit Barbara.

Suzie jeta un regard agacé à Amanda qui s'approchait doucement de Victor, d'une démarche chaloupée.

— C'est amusant, je ne vous avais pas reconnu ce matin sur le quai, vous étiez encore très jeune la dernière fois que je vous ai vu. Vous êtes le fils de ce cher Jacques, n'est-ce pas ? Vous avez quoi… trente ans aujourd'hui ? demanda-t-elle d'une voix traînante.

Elle prit un canapé au foie gras et le mangea avec une moue gourmande, sans quitter le jeune homme des yeux.

— J'ai trente-sept ans, madame.

— Ha, ha, ha ! s'esclaffa Amanda en rejetant la tête en arrière dans un mouvement d'une sensualité très étudiée. Il me donne du « madame » ! Nous n'avons que quelques années de différence, vous savez, et vous pouvez m'appeler Amanda, ajouta-t-elle en se penchant vers lui, dévoilant ainsi un décolleté très généreux.

Suzie, que l'entreprise de séduction d'Amanda agaçait de plus en plus, s'approcha du couple et demanda à Victor de lui servir un verre de champagne. Le jeune homme s'éloigna en lui jetant un regard amusé, laissant la place à Max qui s'avançait vers sa belle-sœur.

— Toujours éblouissante, ma chère Amanda, dit Max en s'inclinant très courtoisement devant elle pour lui faire un baisemain. Il semble que les dieux vous aient dotée d'une beauté à l'épreuve du temps.

— Vous ne paraissez pas vous soucier de ce qui se trame ici ce week-end, maugréa Suzie. On rira moins dans quelques heures quand papa nous aura appris qu'il compte modifier son testament.

— Ne t'inquiète pas, tu as toujours été la préférée de papa, tu l'auras ta part du gâteau, ce qui ne devrait plus être très long d'ailleurs, jeta François d'un ton agacé.

Un long silence suivit la réplique du jeune homme, qui avait décidément un don pour réfrigérer une ambiance.

— Pour une fois, je suis d'accord avec Suzanne, dit Amanda. Nous sommes tous ici pour les mêmes raisons. Eh oui, même toi, François, ajouta-t-elle sèchement en regardant son fils. Et la présence de ces deux momies surgies du passé devrait pour le moins nous intriguer.

— Geneviève et Arthur sont des amis très chers et je ne vous permets pas de les insulter ! gronda Jacques d'une voix forte.

— Très bien, reprit-elle en balayant de la main l'intervention du notaire. Mais la présence de ces « chers amis » ne cadre pas avec la réunion familiale. Je pense…

— Ça, c'est étonnant ! dit Caroline d'une voix forte en se penchant vers François.

— … qu'Édouard ne nous a pas convoqués uniquement pour nous annoncer son prochain mariage, et si c'était le cas, je ne vois pas ce que les « chers amis » viennent faire ici, reprit Amanda en plissant les yeux pour foudroyer la jeune fille du regard.

— Absolument, reprit Suzie. Cette convocation est forcément en rapport avec son testament. Je sais que tu es d'accord avec moi, Max, et c'est sûrement pour cela que vous êtes parmi nous, Jacques. Mon père ne vous a rien dit ?

— Si cela était le cas, je ne vous en dirais rien.

— Nous saurons tous bien assez tôt ce que mon frère a derrière la tête. Qui prend du whisky ? demanda Maximilien en se resservant généreusement.

Amanda lui tendit machinalement son verre.

— Peut-être que notre jeune amie en sait davantage, dit-elle en regardant Chloé avec un sourire froid. Après tout, c'est vous qui partagez l'intimité de notre cher Édouard, n'est-ce pas ?

La jeune femme, la moue boudeuse, continuait à feuilleter une revue. Recroquevillée sur une méridienne, elle ignora ostensiblement la question d'Amanda.

— Je ne comprends pas ce que tu crains, Suzie, dit Barbara. Édouard a tout bonnement retrouvé sa première femme et souhaite qu'elle fasse partie de la famille. Il veut tous nous réunir, et nous présenter Geneviève que l'on croyait tous morte, et peut-être sa prochaine épouse, ajouta-t-elle avec une moue dégoûtée. Tout le monde sait comme il aime être entouré des siens.

Max éclata de rire bruyamment.

— Ma pauvre Barbie, parfois je me demande dans quel univers parallèle vous vivez.

— Ah ! Je ne suis pas la seule à m'interroger, dit Amanda.

— Certainement pas le vôtre, rétorqua la jeune femme avec mépris. Je dis simplement qu'il ne faut pas forcément voir le mal partout. Geneviève a accepté de venir ici ce week-end, c'est probablement parce qu'elle a envie de tirer un trait sur le passé et de se rapprocher d'un homme avec qui elle a vécu très longtemps.

— N'importe quoi ! dit Suzie en haussant les épaules.

Elle suivait du regard Amanda de nouveau à l'assaut de Victor, devant le buffet de canapés. « Goûtez plutôt celui-ci, il est exquis ! » minaudait-elle en enfournant un toast dans la bouche d'un Victor acculé contre la table.

— Geneviève adorait Nicolas et elle tient Édouard pour responsable de sa mort, dit sèchement Jacques Capestan. Je n'imagine pas la Geneviève que je connaissais pardonner à Édouard la mort de son fils unique. Malgré le plaisir que j'ai à les revoir, elle et Arthur, je me demande bien, tout comme toi, Suzie, pourquoi elle réapparaît maintenant.

Victor profita d'un moment d'inattention d'Amanda pour fuir le petit salon sous le regard amusé de Charlotte.

Chapitre 11

Quatorze heures quinze

Geneviève regarda l'heure sur la petite pendule posée sur le manteau de la cheminée. Il était plus de quatorze heures, elle se sentait épuisée.

Ils avaient quitté leur appartement de Londres la veille et voyagé en train jusqu'à Paris. Le changement de gare avait été éprouvant pour un couple de leurs âges. Dans le taxi qui les emmenait vers la gare de Montparnasse, Geneviève avait regardé défiler les bâtiments et les monuments noyés derrière un rideau de pluie. Elle n'était pas revenue en France depuis plus de quarante ans et ne reconnaissait plus rien. En débarquant à Brest la veille au soir, la vieille femme avait senti le piège se refermer sur elle. Elle retournait là où elle avait juré de ne plus jamais revenir. Arthur avait choisi un bel hôtel, pas trop loin de l'embarcadère, pour ne pas avoir trop de route à faire le lendemain et pouvoir se reposer le plus longtemps possible. Les consignes d'Édouard étaient claires : les Brighton devaient embarquer sur la navette qui les emmènerait sur la petite île à midi dernier délai. La traversée avait été houleuse et fatigante. Mais quel bonheur de revoir ses vieux amis Max et Jacques ! Geneviève ne comprenait pas pourquoi son ex-mari avait invité tous ces gens ce week-end. Elle savait que ses amis n'étaient pas là parce que Édouard voulait lui faire plaisir en lui permettant de les revoir. Elle n'était pas dupe des intentions d'Édouard, rien ne lui ferait croire qu'il pouvait faire quoi que ce soit pour lui faire plaisir. La haine de son ex-mari à son égard était palpable, elle l'avait ressentie rien qu'au son de sa voix. Oppressée, Geneviève sentait qu'Édouard préparait une vengeance dont elle ignorait quelle forme elle prendrait. Malgré la peur sourde qui commençait à l'envahir, elle savait qu'elle n'avait pas vraiment le choix, elle devait venir et entendre ce qu'Édouard avait à lui apprendre.

Elle s'assit lourdement sur le lit dans cette chambre où elle avait vécu pendant presque vingt ans. Tout avait été refait à neuf, il y avait même un petit cabinet de toilette près de la fenêtre. Elle regarda tendrement Arthur qui somnolait dans la bergère près de la cheminée. La vie avait été cruelle et généreuse à la fois avec elle. Geneviève vieillissait auprès de l'homme qu'elle avait toujours aimé, mais son fils n'était plus là. C'était comme si le destin n'avait pas voulu lui accorder le bonheur de vivre avec les deux seules personnes qui avaient jamais compté pour elle. Puis, alors qu'elle allait avoir quarante-deux ans, un dernier bonheur était arrivé dans sa vie. Elle avait donné naissance à une petite fille, une adorable petite fille qui l'avait apaisée. Et même si la ressemblance avec son frère la faisait parfois souffrir, c'était comme si Nicolas survivait à travers elle.

Geneviève s'étendit sur son lit, écoutant le vent siffler et s'écraser contre les volets secoués de violents soubresauts. Elle entendait au loin le bruit des vagues qui se fracassaient contre la falaise. Elle avait toujours aimé les tumultes de l'océan, c'est pour cela qu'elle avait apprécié de vivre sur cette île… Elle ferma les yeux et se laissa lentement glisser dans le sommeil. Geneviève allait s'endormir quand un bruit sourd contre la porte la sortit brutalement de sa torpeur. Arthur s'était endormi dans le fauteuil et semblait ne rien avoir entendu. Geneviève s'était levée et avait entrouvert la porte.

— M'dame Brighton, le déjeuner est servi dans la salle à manger sous forme de sandwichs si vous le voulez, dit la jeune Gwenaëlle.

— Je vous remercie, mais mon époux s'est endormi. Nous préférons nous reposer, nous vous rejoindrons plus tard.

— Soizic propose de vous en monter quelques-uns avec du thé et du café si vous préférez vous reposer. Monsieur Édouard ne sera pas présent ce midi de toute façon.

— Ce serait gentil, je vous remercie.

— Nous pourrions descendre et nous joindre à eux si tu le souhaites, lui dit doucement Arthur quand elle eut refermé la porte.

— Je suis désolée de t'avoir réveillé, soupira-t-elle en s'asseyant face à lui. Je pense surtout qu'il serait préférable de nous reposer. Je ne sais pas à quoi rime cette invitation ce week-end. J'ignorais que toute la famille d'Édouard serait présente, et j'ai la désagréable impression d'avoir été manipulée. Je n'ai pas l'intention d'être courtoise et d'entrer dans son jeu. Je te propose de ne pas les rejoindre avant le dîner. Qu'en dis-tu ?

— Je dis que comme d'habitude tu as raison, répondit Arthur avec un sourire. Je ne serais pas contre quelques sandwichs et un bon thé. Ensuite, nous irons nous allonger, nous nous reposerons plus confortablement que dans ces fauteuils.

Après avoir mangé et bu ce que Soizic leur avait gentiment fait monter, Geneviève s'était allongée près de son mari, la tête posée sur son torse.

Elle ignorait ce qu'Édouard avait derrière la tête, mais elle ne le laisserait pas entraver son bonheur comme il l'avait fait autrefois. Arthur était sa raison de vivre, et elle savait qu'elle ne lui survivrait pas. Elle écoutait le rythme lent et régulier des battements de son cœur. Elle releva doucement la tête, regarda son mari endormi. Elle n'avait pas sommeil.

L'invitation d'Édouard la laissait perplexe. Que voulait-il lui dire qu'elle ne sache déjà ? Pourquoi la faire venir au milieu de sa nouvelle famille qu'elle trouvait très déplaisante ? Sur les nerfs, elle préféra s'installer dans la bergère près de la cheminée pour ne pas réveiller son mari.

Elle avait connu Édouard alors qu'il n'avait que dix-neuf ans et elle dix-huit. Il était très beau, elle avait cru alors être amoureuse de lui. Mais la violence contenue de son amant l'effrayait de plus en plus. Elle devinait chez cet homme, encore très jeune, une agressivité et une dangerosité qui la dérangeaient et l'inquiétaient parfois. Elle savait que l'époque cruelle dans laquelle il avait mûri avait forgé son caractère et l'avait endurci. Mais elle avait compris que cette violence croissait sur un terreau fertile. La guerre n'avait fait que favoriser l'éclosion d'une cruauté déjà ancrée en lui. Puis Arthur était apparu dans sa vie, son père l'ayant récupéré après que son avion avait été abattu en avril 1941 au-dessus de Bordeaux.

Arthur était tout le contraire d'Édouard, calme et plein d'humour malgré la gravité de sa situation en France. Elle s'était immédiatement sentie attirée par ce beau jeune homme blond, attentionné et si amusant ! Elle était tombée amoureuse de lui malgré ce qui les séparait. Elle le savait marié, et sa jeune femme enceinte l'attendait en Angleterre. Quand ils avaient été arrêtés par la Gestapo en juillet 1941, elle avait vécu l'enfer. Plus encore que ses propres souffrances, c'était celles d'Arthur qu'elle n'avait pas supportées.

Son père, son héros, Albert Tavernier, avait réussi à les sauver d'une mort certaine. Il avait organisé le retour d'Arthur en Angleterre. Le jeune Anglais avait alors rejoint sa femme et leur petite fille, née pendant qu'il était en France, mais elle n'avait jamais cessé de penser à lui.

Après leurs retrouvailles, jamais ils n'avaient abordé cet épisode effroyable de leur histoire. Ils savaient ce que chacun avait dû endurer. La douleur atroce, l'avilissement et le courage avaient scellé à jamais leur amour.

Maintenant, elle partageait sa vie, et ce bonheur durait depuis plus de quarante ans. Elle ne pouvait envisager de continuer à vivre sans lui.

Que lui voulait Édouard ? Pourquoi lui avait-il demandé de venir au manoir ce week-end ? En entendant sa voix au téléphone trois jours auparavant, elle l'avait immédiatement reconnu.

— Tu n'es pas étonnée de m'entendre ? avait-il demandé d'une voix trop douce.

— Non. Pourquoi m'appelles-tu, Édouard ?

Il avait soupiré.

— Tu savais que je t'avais reconnue l'autre jour à Londres ! Rien ne t'étonne jamais, tu es restée la même, froide comme la glace !

— Que me veux-tu, Édouard ? avait-elle répété d'une voix atone.

— Bon sang, Génie, tu pourrais au moins faire semblant d'être contente de m'entendre ! Ça te tuerait d'être chaleureuse avec moi une fois dans ta vie ?

— Je te le demande pour la dernière fois, Édouard. Que me veux-tu ?

— Je voulais savoir ce que tu étais devenue depuis tout ce temps. Et savoir comment se porte ton… Anglais. Il doit avoir… attends un peu… dans les quatre-vingt-sept ans… Qui aurait pu imaginer que nous vivrions tous aussi longtemps ?

— Si tu m'appelles pour avoir des nouvelles d'Arthur, cette conversation est sans intérêt, tu as perdu ton temps, adieu, Édouard.

— C'est bon, Geneviève, ne raccroche pas, avait-il dit précipitamment en élevant la voix. Je vais te dire pourquoi je t'ai appelée. Tu es toujours là ?

— Je t'écoute, mais fais vite, je n'ai pas de temps à perdre.

— Tu l'auras voulu. J'aurais préféré être moins direct, mais tu ne me laisses pas le choix. Tu ne sais pas tout sur la mort de Nicolas, il y a des choses que je t'ai cachées, et il est temps que tu les apprennes.

Geneviève n'avait pas répondu, une vague glacée courait le long de son dos. Nicolas… Il osait lui parler de Nicolas.

— Je t'interdis de parler de mon fils… avait-elle sifflé, furieuse.

— Je ne cherche pas à te faire souffrir, mais il y a des choses que tu dois savoir.

— Je t'écoute, avait-elle fini par répondre d'une voix étranglée, après un long silence.

— Je ne peux rien te dire par téléphone, mais rejoins-moi ce week-end au manoir, et je te dirai tout. Si tu ne viens pas, tu ne sauras jamais ce qui est réellement arrivé à Nicolas. J'enverrai la navette te récupérer le samedi 13 à midi très exactement. Ne sois pas en retard. Tu peux venir avec ton Anglais, avait-il ajouté sèchement.

— Pourquoi maintenant ?

— Quoi maintenant ?

— Pourquoi me révéler cela maintenant ?

Édouard avait soupiré.

— Je te rappelle que je te croyais morte.

Geneviève avait raccroché, assommée par ce que lui avait dit son ex-mari.

***

Édouard et Nicolas ne s'étaient jamais compris. Petit garçon, Nicolas souffrait énormément de l'indifférence de son père à son égard et faisait de gros efforts pour lui plaire. Son engagement dans l'armée et son départ pour l'Algérie n'étaient motivés que par le désir de plaire à son père pour enfin correspondre à l'image idéale du fils qu'Édouard rêvait d'avoir. Mais il avait été tué de la pire des façons là-bas, loin d'elle. Elle aurait pu accepter la mort de son fils s'il n'y avait pas eu ces tortures qu'il avait endurées, ces souffrances qu'elle ne connaissait que trop bien.

Édouard s'était chargé de faire rapatrier la dépouille de Nicolas, mais ne lui avait pas laissé la possibilité de le revoir, préférant, disait-il, préserver le souvenir de son fils. Elle aurait tellement voulu le serrer une dernière fois dans ses bras, l'embrasser, caresser ses cheveux et lui murmurer des paroles de réconfort, d'amour… Mais Édouard ne lui avait même pas laissé ce choix. Elle avait été sous sédatif pendant trois jours et, quand elle avait émergé du brouillard dans lequel elle avait été plongée contre sa volonté, la dépouille de Nicolas avait déjà été enterrée.

Geneviève n'avait pas pardonné à Édouard de lui avoir pris son fils jusque dans la mort. Quelle mère n'aurait pas voulu assister à l'enterrement de son enfant ? Jamais elle n'avait cru à son prétendu souci de lui épargner de souffrir davantage, il l'avait délibérément empêchée de faire ses adieux à son fils unique. Ce n'était qu'une vengeance supplémentaire.

Elle ne lui pardonnait pas plus aujourd'hui qu'hier. Contrairement à ce que l'on dit, le temps n'avait pas fait son œuvre, il n'avait en rien apporté le pardon et le réconfort.

Arthur dormait paisiblement. Épuisée, elle s'allongea délicatement contre lui, en prenant garde de ne pas le réveiller.

Chapitre 12

Quatorze heures quarante-cinq

Alors que les invités d'Édouard terminaient de déjeuner dans le petit salon, Charlotte préféra se retirer dans la bibliothèque afin de les laisser entre eux. Elle s'installa sur l'un des fauteuils en cuir près de la cheminée après avoir récupéré sur une étagère un livre dont la jaquette colorée jurait parmi les ouvrages anciens reliés cuir. Elle ne parvint pas à se concentrer sur la lecture et se laissa aller contre le dossier du fauteuil, le livre sur les genoux. C'était la première fois que Charlotte se trouvait dans le manoir par temps de pluie. La bibliothèque n'était pas très grande et s'était considérablement réchauffée depuis le matin. Trois des murs étaient entièrement couverts d'étagères emplies de livres, de niches abritant divers bustes ou sculptures en marbre. Plaquée contre le quatrième mur, une cheminée en pierre de taille réchauffait la pièce par cette journée battue par la pluie et les vents, lui conférant un confort douillet. Les trois étés passés là avaient été chauds et ensoleillés et elle était ravie de découvrir les lieux sous un ciel gris et pluvieux. Elle pouvait laisser libre cours à son imagination romanesque ; l'ambiance de cet endroit commençait à s'insinuer dans ses os. Le décor était trop parfait, elle imaginait une belle jeune femme, en longue robe blanche que le vent faisait virevolter autour d'elle, se tenant en haut de la falaise, songeant à son amoureux parti en mer et dont elle attendait le retour… tout cela était d'un sentimentalisme mièvre… elle adorait.

La voix de Suzie retentit dans le vestibule, coupant court à sa rêverie. La jeune femme semblait toujours être sur les nerfs et sermonnait Gwenaëlle qui n'avait pas encore desservi les restes du repas dans le petit salon. Fin du rêve.

Plus elle apprenait à connaître la famille d'Édouard, plus son malaise augmentait. Charlotte découvrait une facette du caractère de son amie Suzie qui ne lui plaisait pas beaucoup. Elle se demandait si elle avait jamais vraiment connu la jeune femme.

Elle n'aimait pas les sous-entendus de Suzie insinuant que son amitié pour Édouard n'était mue que par un intérêt bassement pécuniaire, ramenant tous rapports humains à une question d'argent. Elle connaissait suffisamment son amie pour comprendre que la jeune femme n'avait pas lancé cette petite phrase sans y croire, ne serait-ce qu'un peu. Suzie n'était pas une femme soumise à ses émotions. Calculatrice, c'était une excellente joueuse d'échecs, qui ne laissait rien au hasard. Cette allusion avait peut-être été lâchée sous le coup de la fatigue ou de l'émotion, mais elle reflétait ce que pensait intimement Suzie.

Édouard avait-il l'intention de leur annoncer son prochain mariage ? Le vieil homme paraissait si diminué depuis leur dernière rencontre qu'une telle éventualité semblait surréaliste, voire indécente. Il avait incontestablement conservé toutes ses facultés mentales et elle ne croyait pas une seconde qu'il se laisserait entraîner une nouvelle fois dans une union ridicule. Et comment croire qu'une jeune femme, aussi *motivée* soit-elle, puisse être enceinte d'un vieillard tellement affaibli ? Cela tiendrait du miracle.

Fermant les yeux, la jeune femme laissa son esprit vagabonder, puis elle se souvint d'avoir vu de la documentation sur le bureau d'Édouard le matin ; de quoi s'agissait-il déjà ? Une clinique de soins palliatifs, un genre de maison de repos. L'existence de factures signifiait qu'il avait déjà dû y séjourner. Elle aurait bien demandé à Édouard ce qu'il en était mais redoutait que l'irascible vieillard ne l'envoie balader sans ménagement.

Tout laissait donc à penser qu'il souhaitait annoncer son hospitalisation. Charlotte craignait que le vieil homme ne puisse se débrouiller seul bien longtemps. Peut-être était-il atteint d'une maladie dégénérative rapide, comme les tremblements de sa main, qu'elle avait relevés le matin, le laissaient malheureusement présager. Il était possible qu'Édouard ait voulu réunir les gens qu'il aimait pour les revoir une dernière fois… C'était, selon Charlotte, la raison la plus probable qui expliquait la convocation des membres de sa famille, les Brighton y compris. Et elle pensa, étonnée et un peu émue, qu'Édouard éprouvait pour elle suffisamment d'affection pour l'associer aux personnes à qui il désirait faire ses adieux.

Heureusement que le pauvre vieux n'avait pas assisté au déballage de récriminations et d'inquiétudes égoïstes qu'elle avait entendu dans le petit salon. Cela n'aurait pu que le déprimer, et Charlotte fut heureuse qu'il n'en ait pas été témoin. Elle ressentit de la pitié pour cet homme si entouré et pourtant si seul.

Elle entendit des pas qui s'approchaient et reconnut la voix du notaire et de Max, le frère jumeau d'Édouard.

Charlotte quitta la douce chaleur de la bibliothèque alors que les deux hommes y entraient, pour rejoindre sa chambre. Il était à peine plus de quinze heures, elle avait le temps de faire une sieste. Ce week-end allait être interminable…

Chapitre 13

Quinze heures

Édouard avait entendu Max et Jacques tambouriner à sa porte pour venir le saluer à leur arrivée, mais il ne les avait pas reçus, préférant rester seul dans le calme de son bureau. Il se sentait de plus en plus tendu. Il avait vu le groupe d'invités arriver le long du chemin menant au manoir, et notamment Geneviève… Geneviève avec qui il avait vécu les années les plus heureuses de sa vie sur cette île avant qu'elle n'efface d'un trait leur passé commun après la mort de Nicolas.

Il avait espéré qu'elle finirait par surmonter la disparition de Nicolas et qu'elle lui reviendrait, qu'elle serait de nouveau à lui, comme au début de leur amour. Mais il avait dû se rendre à l'évidence : jamais Geneviève ne se relèverait de ce drame. En l'espace de quelques jours, ses superbes cheveux avaient perdu leur éclat et blanchi. Elle avait beaucoup maigri et était devenue une vieille femme. Elle, qui n'avait que trente-neuf ans, en paraissait soudain soixante. Tout cela devait se terminer, Geneviève ne supportait même plus de continuer à porter son nom. Il lui avait alors accordé, sans discuter, un divorce dans lequel elle ne lui demandait rien, sauf les affaires personnelles de Nicolas. Il était temps pour lui de tourner la page. Il n'avait pas imaginé une seconde qu'elle puisse survivre à son fils.

Et voilà que quarante-six ans après la mort de Nicolas, le destin avait remis Geneviève sur sa route à un moment crucial pour lui. Il l'avait crue morte sans chercher à en savoir davantage et voilà qu'il la retrouvait par hasard dans cette rue de Londres où il venait pour la première fois. Il avait rendez-vous avec un spécialiste qui lui avait confirmé que la tumeur qui grossissait dans son cerveau était inopérable et qu'il ne lui restait que peu de temps à vivre. La violence de cette annonce l'avait laissé hagard. Il savait que la mort était inexorable, mais pensait avoir encore quelques belles années devant lui. Il se sentait en forme, ayant toute sa vie pris soin de lui. Malgré son âge avancé, il se sentait encore jeune. Il faisait du sport tous les jours, un peu de vélo d'appartement et une longue marche dans la forêt de Rambouillet quand il résidait dans sa superbe propriété des Yvelines. Il suivait un régime alimentaire très strict et s'était converti de longue date au végétarisme. Et il avait encore une jeune et belle maîtresse qu'il ne se contentait pas de sortir pour la parade ! Or il apprenait que ses dernières années seraient marquées par une déchéance physique dégradante et humiliante.

Sonné par la perspective de sa fin misérable, il avait croisé la route de la seule femme qui eût jamais vraiment compté pour lui et qu'il croyait morte.

Elle était devenue une vieille femme, pourtant il l'avait tout de suite reconnue. Elle était toujours belle, malgré les épreuves et le temps qui ne l'avaient pas épargnée. Il avait été étonné de ressentir une émotion aussi forte après toutes ces années d'oubli. Elle ne l'avait pas vu, du moins le croyait-il, et il n'avait pas osé la rattraper pour la toucher, lui parler, abasourdi par cette rencontre.

Dès son retour en France, il avait fait enquêter sur elle et avait voulu tout savoir sur ce qu'elle avait bien pu faire durant toutes ces années loin de lui. Il s'était reproché de ne pas l'avoir fait plus tôt pour au moins avoir la confirmation que sa femme s'était bien suicidée. Il était tellement sûr de lui à cette époque… Il avait mandaté Victor pour la retrouver. Il avait alors appris que Geneviève vivait avec Arthur Brighton, cet Anglais qu'ils avaient tous deux connu en 1941 après son parachutage en France et qu'il détestait tant ! Geneviève et lui s'étaient retrouvés. Ils s'étaient mariés en 1963 et avaient eu un bébé la même année, sans que lui, Édouard, n'en sache rien !

Elle semblait l'avoir complètement rayé de sa mémoire et ne le détestait même pas puisqu'elle n'avait rien entrepris qui pût le faire souffrir. Pourtant elle connaissait sa haine pour Arthur et aurait pu se servir de leur mariage ou de la naissance de leur fille pour le blesser. Mais elle l'avait éliminé de sa vie comme on chasse une mouche importune. Il aurait préféré sa haine à cette terrible indifférence ; c'était comme si leur passé commun n'avait jamais existé, comme s'il n'avait jamais compté pour elle.

Alors, avec la même force qu'il l'avait aimée, il la haït…

Chapitre 14

Dix-sept heures

Allongé sur son lit, Jacques Capestan n'arrivait pas à trouver le sommeil. Pas de sieste pour lui aujourd'hui, il était beaucoup trop énervé pour cela. Il n'était pas resté longtemps dans la bibliothèque en compagnie de Max, préférant se reposer un peu avant le repas du soir.

Il pensait à ses retrouvailles avec Geneviève et Arthur. Il était tellement heureux que sa vieille amie soit toujours en vie, et surtout, il se réjouissait d'avoir appris que les anciens amoureux avaient fini par se retrouver et se marier. Ils avaient même eu une petite fille, qui avait maintenant quarante-quatre ans. Geneviève était enfin heureuse, elle était même grand-mère ! Mais il savait que revenir sur cette île raviverait de douloureux souvenirs.

Jacques avait toujours connu Geneviève. Elle les gardait régulièrement, lui et sa sœur qui avait trois ans de plus, depuis qu'il était bébé et que ses parents travaillaient dans les vignes des Montergnac près de Bordeaux. À l'époque, il n'avait pas beaucoup de relations avec les frères Montergnac qui étaient plus âgés que lui et allaient en pension à Paris. En revanche, il était très attaché à cette jeune fille si enjouée et si belle qui venait chaque jour après l'école s'occuper d'eux. Comme elle habitait près de chez eux, les enfants ne la quittaient pratiquement jamais.

Quand la guerre avait éclaté, il n'avait que sept ans, mais il s'était très vite rendu compte que son père et celui de Geneviève s'absentaient souvent, et qu'ils partaient armés. Il voyait sa mère pleurer, et c'est Geneviève qui venait s'occuper de lui et le réconforter en racontant des histoires de chevaliers courageux et de princesses guerrières. Édouard et Max étaient revenus et n'étaient pas repartis à Paris pour leurs études. Édouard était tombé amoureux de la jeune fille et ne supportait pas le petit garçon qu'il était et qui suivait Geneviève comme son ombre. Il avait fini par éviter de se trouver avec elle quand Édouard arrivait. Le jeune homme lui faisait peur à l'époque.

Parfois, Geneviève et lui se cachaient, quand elle voyait Édouard arriver, pour que le petit garçon ne soit pas obligé de partir. Ça les amusait beaucoup de se cacher et elle riait comme une enfant qu'elle était encore. Elle n'avait que dix-huit ans.

Quand l'avion d'Arthur avait été abattu en avril 1941, le jeune homme avait heureusement pu se poser en catastrophe dans le Médoc et avait été recueilli par Albert Tavernier et son père. Ils lui avaient fait traverser l'estuaire de la Gironde pour se cacher dans le Blayais, à Pardaillac, le château des Montergnac. Édouard et Max commençaient à participer aux sorties armées des adultes. Aux yeux de Jacques, Édouard n'avait jamais été un gentil garçon ; mais les frères jumeaux étaient courageux, de cela, Jacques ne doutait pas un instant. C'est Arthur et Geneviève qui, avec leur joie de vivre, l'aidaient à rester un enfant insouciant et joueur. Dans son imaginaire de petit garçon, il les voyait comme le chevalier courageux et la princesse guerrière des histoires que lui racontait la jeune fille.

Mais vers la fin de juillet 1941, Geneviève et Arthur avaient été arrêtés par la Gestapo avec Max. Jacques n'avait qu'un souvenir confus de cette arrestation, il était terrorisé. Il se rappelait le courage de la jeune fille qui avait ordonné à sa mère d'aller se cacher dans le chai avec ses deux enfants. La Gestapo les avait emmenés brutalement. Le petit garçon avait craint de ne plus jamais revoir Geneviève. Mais Albert avait ramené Arthur, Max et sa fille et ils étaient tous partis se cacher dans le Pays basque avec la maman de Geneviève. Ils avaient trouvé refuge au sein d'un monastère. Il y faisait très froid, un peu comme dans ce manoir aujourd'hui. Sa mère qui était aussi avec eux lui avait défendu d'aller voir ses amis, mais le petit garçon avait bravé l'interdit pour revoir Geneviève. Il avait découvert, horrifié, une jeune fille défigurée par les coups, le corps meurtri, recroquevillée comme un bébé dans son lit. Elle ne semblait pas le reconnaître. La mère de Geneviève était à ses côtés, elle pleurait, mais l'avait autorisé à rester avec elle auprès de la jeune fille. Alors il l'avait rejointe tous les jours pour lui tenir la main et lui chuchoter les histoires qu'elle-même lui avait racontées quand il était petit.

Arthur et Max se remettaient plus vite qu'elle et bientôt le jeune aviateur vint le rejoindre chaque jour au chevet de Geneviève. Peu à peu, la jeune fille revenait à la vie, mais elle n'était plus comme avant. Certes, elle restait toujours aussi gentille avec lui, mais elle ne riait plus, elle ne lui faisait plus de câlins, elle ne lui racontait plus de merveilleuses histoires. La jeune fille d'avant avait disparu. Et avec elle, c'est l'enfance du petit Jacques qui s'envolait.

Puis, en mars 1942, Arthur était reparti en Angleterre rejoindre sa femme et son petit bébé, avec quelques survivants du réseau d'Albert Tavernier. Geneviève avait alors beaucoup pleuré, et Jacques avait compris que la princesse guerrière était tombée amoureuse du chevalier. Mais leur histoire se finissait mal, car le chevalier avait déjà une princesse, que son esprit chevaleresque lui interdisait d'abandonner.

La suite de l'histoire était un peu confuse pour lui, il avait appris après qu'Albert et Madeleine Tavernier avaient disparu ainsi qu'un grand nombre des amis de leur réseau de résistance. Son père était l'un des rares survivants, il était parti avec les fils Montergnac dans le Limousin, semble-t-il, et ils n'étaient revenus qu'à la fin de la guerre. Quand Geneviève avait épousé Édouard en juillet 1942, Jacques s'était senti très triste. Il savait instinctivement qu'elle ne serait pas heureuse avec ce chevalier-là. La naissance de Nicolas combla de joie la jeune maman, et elle sembla redevenir la jeune fille insouciante de son enfance. Jacques adorait ce bébé, et venait chaque jour en sortant de l'école pour faire ses devoirs auprès de Geneviève et de son petit garçon. Ce bonheur, tout simple, dura jusqu'au retour d'Édouard en 1945. Le couple avait alors quitté le château de Pardaillac pour s'installer, d'abord à Paris, puis en Bretagne.

Jacques avait été désespéré par le départ de Geneviève et de Nicolas. Sa propre mère venait de mourir, il restait seul avec son père et sa sœur aînée. Édouard avait alors fait en sorte qu'il puisse poursuivre sa scolarité. Jacques se doutait bien que Geneviève était derrière cette généreuse attention. Quoi qu'il en soit, les Montergnac avaient toujours été là pour lui, et grâce à eux, il avait pu faire de brillantes études. Dès qu'il le pouvait, il venait passer quelques jours avec Geneviève et Nicolas en Bretagne. Ils étaient restés très proches, mais la jeune femme ne se confia jamais à lui. Il voyait bien qu'elle n'était pas vraiment heureuse, d'autant plus qu'Édouard avait des idées bien précises sur ce que devait faire Nicolas et que cela rendait Geneviève très anxieuse. Mais il ne pouvait rien faire. Il était devenu notaire et Édouard l'avait aidé à s'installer. Constatant que le jeune homme était très compétent, il lui avait d'abord confié quelques affaires puis avait fini par lui laisser la totalité de ses biens patrimoniaux à gérer.

Quand Geneviève était partie, en 1962, après la mort de Nicolas, Jacques avait à peine trente ans. Tout comme Édouard, il s'était persuadé que Geneviève avait décidé de mourir quelque part, pour rejoindre son fils. À cette même époque, il avait rencontré celle qui allait devenir sa femme et la mère de son fils unique, Victor. Geneviève avait peu à peu quitté ses pensées, mais son souvenir revenait parfois. Il regrettait qu'elle n'ait pas connu sa douce épouse. Ils avaient eu tellement de mal à avoir un enfant ! Ils étaient mariés depuis presque dix ans quand Agnès s'était enfin retrouvée enceinte. Mais de façon incompréhensible, elle n'avait pas accepté sa grossesse, et était tombée en dépression sévère. La naissance de leur fils n'avait pas suffi à lui donner une raison de vivre. Elle avait préféré mettre fin à ses jours, en avalant des cachets pour ne plus jamais se réveiller.

Le petit Victor était à peine âgé de six mois… Les raisons du suicide de sa femme étaient un mystère pour Jacques. Il n'avait pas compris pourquoi son épouse était aussi déprimée, aussi désespérée. Elle était si douce, si tendre, et elle voulait tellement un enfant. Désemparé, Jacques se retrouvait seul avec un nouveau-né. Heureusement, sa sœur s'occupa de son petit bonhomme comme s'il était le sien. Jacques s'était installé près de chez elle en Gironde et Victor put grandir parmi ses cousins et cousines, en enfant choyé.

En repensant à ce drame, Jacques se demandait si sa tendre Agnès se serait suicidée si elle avait connu Geneviève. Elle lui aurait peut-être insufflé cette force qu'elle avait en elle et qui lui avait fait surmonter le pire. Peut-être avait-elle été victime de ce que l'on appelait aujourd'hui une dépression post-partum. Il ne savait rien à l'époque de ce symptôme et se reprochait encore souvent de ne pas avoir compris à quel point sa femme souffrait. Agnès avait affronté seule ses angoisses, et avait préféré mettre un terme à ses souffrances. Geneviève aurait su l'aider, elle était si forte… S'il avait su qu'elle était en vie, il lui aurait demandé de s'occuper de sa femme, de l'aider, et peut-être qu'Agnès aurait pu surmonter son mal-être… Mais comme les autres, il l'avait crue morte.

Aussi quand son fils était venu l'accueillir au Conquet en l'avertissant qu'il allait revoir une vieille connaissance, le choc avait été rude. Il avait cru un instant qu'il allait défaillir. Victor ne pouvait pas comprendre à quel point ces retrouvailles étaient violentes pour le vieil homme qu'il était devenu. Jamais il ne lui avait raconté cette relation quasi filiale qu'il avait eue avec Geneviève pendant tant d'années. Et à présent, allongé sur son lit, il repensait à tout ce qu'il avait vécu avec sa vieille amie, et ressentait encore ce profond attachement qui le liait à elle, comme une odeur familière qui surgissait de son enfance.

Il ne comprenait pas pourquoi Édouard l'avait recherchée près d'un demi-siècle après qu'elle l'avait quitté. Pourquoi la faire revenir ici, sur cette île où elle avait tant de souvenirs douloureux ? Jacques, qui connaissait bien Édouard, savait que cette invitation recelait de sombres projets, mais il était décidé à ne pas laisser le vieil homme faire souffrir sa chère Geneviève. À aucun prix.

Chapitre 15

Dix-neuf heures

Debout près de la cheminée du petit salon, Suzie tapotait nerveusement un ongle impeccablement manucuré contre son verre. Elle jeta un coup d'œil à sa montre, il était plus de dix-neuf heures et la table n'était pas encore dressée dans la salle à manger.

Après un frugal déjeuner, les invités avaient rejoint, pour la plupart, leur chambre. La pluie tombait sans discontinuer depuis l'arrivée de la famille, ce qui ne permettait aucune promenade digestive, et chacun avait bien pris soin d'éviter les autres avant de les retrouver le soir pour le dîner.

Elle-même était restée confinée dans sa chambre. Elle détestait ces réunions familiales et considérait que les lubies de son père en la matière étaient complètement hypocrites. Jamais ils n'avaient formé une famille et jamais ils n'en formeraient une, et cette volonté de les forcer à se retrouver tous ensemble n'était, pour Édouard, qu'une façon bien à lui de s'amuser à leurs dépens. Il savait qu'ils se détestaient tous, ou pour le moins se méprisaient, mais il leur imposait de se retrouver dans un simulacre de réunion de famille qui, à son grand plaisir, tournait toujours en querelles stupides. Il assistait en observateur goguenard à ces disputes qui ne faisaient que révéler leur médiocrité à tous. Quel plaisir avait-il à cela ? Son père était un mystère pour elle. Elle jeta un coup d'œil rapide sur sa Jaeger-LeCoultre. Il était déjà dix-neuf heures quinze ! Soizic et cette bécasse de Gwenaëlle allaient encore être en retard pour servir le dîner !

Son père devait les rejoindre pour le repas, et il mettrait enfin un terme à toutes leurs spéculations. Elle craignait que son père ne décide de faire des coupes drastiques dans le soutien financier qu'il lui apportait, et ça, elle ne pouvait se le permettre. Charlotte était présente comme son père le lui avait instamment demandé, il ne pourrait pas lui refuser les quelques milliers d'euros dont elle avait besoin et qui ne représentaient rien pour lui.

Sa maison d'édition était dans une situation très précaire ; sans son soutien, elle serait contrainte de mettre la clé sous la porte et de licencier ses cinq employés. Elle aimait à se présenter comme une chef d'entreprise, notamment auprès de son nouvel amant. Elle avait mis la main sur un très beau parti, un homme d'affaires qui n'était pas « financièrement séduisant » comme le qualifiait Charlotte, mais qui la ferait entrer dans une des plus vieilles familles françaises. Elle avait donc besoin de ce vernis de crédibilité qui la distinguait de toutes ces filles à papa, incapables de travailler. En se présentant comme éditrice, elle pouvait se sentir plus forte et naviguer avec aisance dans le marigot parisien où évoluait brillamment son prétendant. N'avait-elle pas toutes les qualités requises pour faire une baronne digne de ce nom ? Thibault était issu d'une famille de la vieille noblesse française. C'était comme une sorte de *pedigree*, elle épouserait un homme dont le lignage était prestigieux. Quant à la passion, elle la trouverait ailleurs, discrètement. Elle n'était pas bêtement romantique comme Charlotte.

Son amie était tombée raide dingue d'un homme très séduisant qui la ferait sûrement souffrir. Comment un tel étalon pourrait-il se contenter d'une fille comme Charlotte ? Son amie avait de plus commis l'erreur de faire deux gamins avec lui, qu'elle se coltinait seule pendant que monsieur se la coulait douce aux États-Unis. Charlotte lui avait un jour confié adorer être enceinte et s'occuper de ses deux nourrissons, mais ça ne serait sûrement pas son cas. Elle détestait ce qu'impliquait une grossesse, ces modifications physiques qui enlaidissaient le corps des femmes. Toutes ses amies qui avaient vécu cette épreuve avaient vu leur corps irrémédiablement alourdi. Elles devenaient assommantes, avec leurs conversations uniquement centrées sur leurs mouflets, sur leurs nuits hachées à cause de ces braillards, sur les douleurs de l'accouchement ou des premières dents… Et terminées les soirées improvisées, les vacances à l'autre bout du monde décidées au dernier moment. Pas question pour elle d'avoir ce genre de contraintes. Suzie ne considérait pas qu'avoir un enfant était un passage obligé dans la vie d'une femme. Pourquoi les femmes auraient-elles dû s'infliger une telle épreuve alors que les hommes n'avaient que la partie plaisante du processus de reproduction ? Elle laissait la sacro-sainte mission de procréer aux masochistes. Quand elle épouserait son baron, elle espérait que son époux ne se sentirait pas l'obligation de prolonger la lignée. Il lui était arrivé parfois, uniquement quand elle se sentait seule et déprimée, d'envier Charlotte, d'envier ses relations avec sa famille, avec Patrick. Elle aurait souhaité rencontrer un homme avec qui elle se sentirait enfin heureuse, avec qui elle pourrait être elle-même et qui l'aimerait telle qu'elle était, et pas uniquement pour sa plastique qu'elle savait superbe. Toutes les belles femmes étaient-elles condamnées à ne jamais connaître de vraies relations amoureuses ? Mais elle savait que ce petit bonheur tout simple n'était pas pour elle. Elle ne saurait s'en contenter. Elle avait besoin d'une relation passionnelle et se lassait quand le feu des premiers jours était éteint. La routine de la vie à deux, très peu pour elle ! De toute façon, elle ne croyait pas à ces histoires d'amour passionné et éternel. Toutes les relations qu'elle avait eues avaient mal fini, ses amants n'étant en réalité intéressés que par son héritage, elle l'avait vite compris. Les seules unions qui duraient étaient basées sur les intérêts communs. Elle fournirait des moyens illimités à son mari tandis qu'il lui conférerait la reconnaissance sociale à laquelle elle aspirait. Suzie attendait avec impatience une demande en mariage qui tardait à arriver. Mais plus le temps passait, plus elle s'inquiétait du manque d'empressement de son amant et commençait à envisager avec crainte que son projet matrimonial ne capote.

Et pour couronner le tout, Victor lui avait à peine adressé un regard. Il l'avait saluée de loin, négligemment, d'un geste de la tête à peine esquissé. Les tentatives de séduction d'Amanda l'avaient fait fuir rapidement et elle n'avait pas pu lui parler depuis son arrivée. Il lui semblait que Victor s'intéressait de trop près à Charlotte. Elle l'avait surpris à de nombreuses reprises en train de l'observer. Que pouvait-il lui trouver ? Charlotte était certes jolie, mais beaucoup moins qu'elle, et ce n'était pas prétentieux que de l'affirmer, c'était un fait. Suzie se savait objectivement belle, et l'intérêt de Victor pour Charlotte lui échappait totalement. Elle ne tarderait pas à lui préciser le statut de mère de famille de son amie, en espérant que cela n'exacerberait pas ses fantasmes. Victor cherchait manifestement à l'éviter depuis qu'il avait débarqué. S'il imaginait qu'elle allait se jeter à ses pieds, il se trompait lourdement. Le temps des amourettes d'été était révolu. Les deux jeunes gens se connaissaient depuis l'enfance. Ce n'était un secret pour personne qu'ils entretenaient une relation plus intime de façon épisodique depuis presque vingt ans. Ils se retrouvaient parfois quand Suzie revenait sur cette île. Mais son petit détective, bien que beaucoup plus séduisant que son petit baron, n'était surtout pas aussi bien né ! En arrivant sur l'île, elle avait décidé de le tenir à distance et voilà que c'était lui qui lui battait froid ! Insupportable pour son ego…

Et son père qui venait rajouter à son angoisse en les convoquant tous pour probablement redistribuer les cartes de sa succession !

Décidément, rien n'allait comme elle le voulait. Elle avait hâte que cette soirée se termine. Soizic finit par lui faire un signe pour la prévenir qu'ils pouvaient passer à table. Marcel fit enfin résonner le gong dans le vestibule, indiquant aux habitants du manoir que le repas était prêt. Il était presque vingt heures.

Chapitre 16

Vingt heures

En entrant dans la salle à manger, Charlotte fut surprise de voir Édouard déjà installé en bout de table. Il portait un blazer bleu marine, avec un foulard écru autour du cou. Mais quelle que soit l'élégance de sa tenue, elle ne pouvait dissimuler la détérioration de la condition physique du vieil homme.

— Bonjour, papa, dit Caroline en se penchant vers lui pour l'embrasser. Tu as l'air fatigué !

— Ne t'inquiète pas pour moi, je suis beaucoup plus solide qu'il n'y paraît.

Charlotte observa avec attention le ballet de chacun des membres de la famille qui, l'un après l'autre, venait embrasser le vieux patriarche, chacun faisant mine de s'inquiéter de son état de santé. Même François avait mis de côté sa morgue habituelle pour adopter une attitude moins dédaigneuse.

Édouard semblait prendre un réel plaisir à ces démonstrations d'affection dont, Charlotte en était persuadée, il savait qu'elles n'étaient pas toutes sincères.

Elle découvrait un vieillard qu'elle ne connaissait pas, ne l'ayant jamais vu évoluer au sein de sa famille.

Celui qu'elle pensait connaître n'avait rien à voir avec ce vieil homme manipulateur. Il s'était toujours comporté avec beaucoup de gentillesse avec ses enfants lors de leurs vacances estivales. Il prenait le temps de raconter des histoires, voire l'Histoire, à ses fils qui buvaient ses paroles et éprouvaient une admiration sans bornes pour cet homme qui avait été un grand résistant, qui avait côtoyé le général de Gaulle et bien d'autres. Elle savait que ses deux garçons retrouvaient chez Édouard l'image d'un grand-père qu'ils avaient perdu et qui leur manquait, c'est pourquoi ils étaient tellement heureux de le revoir chaque été.

Charlotte se félicita de l'absence de ses enfants ; elle n'aurait pas aimé qu'ils découvrent un aspect de la personnalité d'Édouard qui les aurait forcément déçus.

— Tu devrais te ménager, mon chéri, j'ai l'impression que tu as beaucoup maigri depuis cet été, lui dit Amanda. Un jour ou l'autre, tes excès dans tous les domaines te tueront, ajouta-t-elle en jetant un regard froid vers la jeune Chloé.

— C'est une crainte ou un souhait, ma chère Amanda ?

— Voyons, mon Doudou ! s'exclama Amanda en l'embrassant. Tu n'as rien perdu de ta causticité en tout cas.

— Tu ne crois pas si bien dire, reprit Édouard avec un sourire sans joie. Je pense que vous allez tous adorer mon sens de l'humour ce soir.

Charlotte surprit un échange de regards inquiets entre les convives. Elle baissa la tête pour dissimuler l'ébauche du sourire qu'elle n'avait pu retenir. Aucun des membres de cette sinistre soirée, hormis Geneviève et Arthur qui n'étaient pas encore descendus, ne trouvait grâce à ses yeux et elle se prenait à comprendre l'attitude froide et manipulatrice d'Édouard.

Chacun prit place autour de la table, Charlotte se trouvant assise entre le fils du notaire, Victor Capestan, et François. Amanda était visiblement déçue de ne pas être placée plus près de Victor à qui elle ne cessait de lancer des regards langoureux.

Alors que chaque convive s'installait autour de l'immense table de la salle à manger, Geneviève fit son entrée au bras de son mari, Arthur. Jacques se leva immédiatement pour les guider vers leur place sans dissimuler le plaisir qu'il avait à les revoir.

Charlotte observa la réaction d'Édouard. Le vieil homme plissa imperceptiblement les yeux et ses doigts se crispèrent autour du verre avec lequel il jouait distraitement peu de temps avant. Il desserra son étreinte et eut un petit sourire quand son regard croisa celui de Charlotte.

— Vous voilà enfin, dit-il d'une voix forte en se levant courtoisement. J'espère que vous avez pu vous reposer. Venez donc prendre place parmi nous. Soizic, un verre de porto, je vous prie. « Ton » porto, ma chère Geneviève, tu vois, je me souviens de tout.

— Moi aussi. Je n'ai rien oublié, Édouard, répondit-elle sèchement, sans un regard pour son hôte.

La vieille dame était d'une élégance très « Belle Époque » avec une longue jupe de velours noir et un chemisier rose pâle boutonné sous le menton, incrusté de petites verroteries qui scintillaient sous la lumière de l'énorme lustre de la salle à manger. Ses cheveux blancs, qu'elle devait encore garder longs, étaient relevés en un chignon, le tout lui conférant une allure que Charlotte aurait adoré avoir même à trente-cinq ans ! Arthur Brighton avait lui aussi une prestance étonnante pour un homme de cet âge. Il portait une élégante veste noire, une écharpe et une chemise blanches avec un col Mao. Il avait passé un bras autour de la taille de son épouse qui semblait très crispée. Tous deux formaient encore un très beau couple et l'on sentait qu'un lien puissant les unissait.

Jacques échangea quelques mots chuchotés avec ses amis. Charlotte crut entendre les mots « chevalier » ou « princesse » qui les firent sourire, et semblèrent détendre un peu Geneviève.

Puis Soizic entra, suivie de Gwenaëlle qui portait une grande soupière qu'elle posa sur une desserte. Les deux femmes commencèrent à servir à chaque convive une soupe épaisse.

Charlotte se sentait affamée, elle avait peu mangé à midi, préférant se réfugier dans la bibliothèque et laisser les membres de la famille entre eux. Elle n'avait, en conséquence, grignoté que quelques malheureux toasts bien insuffisants à la rassasier. Elle reconnut le fumet alléchant de la soupe qui mijotait depuis le matin dans la cuisine.

Chacun mangeait sa soupe sans que personne se parle ni se regarde. Max aspirait chaque cuillerée avec un bruit de succion insupportable, indifférent aux regards écœurés que lui lançaient les autres convives.

Dehors, la tempête montait en puissance. Charlotte entendait des trombes d'eau fouetter les volets de la salle à manger. Elle était bien heureuse d'être à l'abri, derrière les murs de granit du manoir, bâti pour affronter les siècles.

— Dites-moi, monsieur Capestan. J'ai vu la navette retourner à Brest ce midi. Pourquoi m'avez-vous menti ? demanda-t-elle à voix basse à son voisin quand elle eut reposé sa cuillère.

— Édouard m'a dit avoir une surprise pour vous. J'avais pour consigne de vous empêcher de repartir au cas où vous auriez décidé de rentrer chez vous. Ce n'est pas très élégant, je le concède, mais j'espère que vous ne regretterez pas d'être restée.

— J'espère aussi... je n'aime pas être contrainte, et je ne suis pas fan des surprises. Vous avez une idée de ce que prépare Édouard ?

— Pas la moindre, et j'avoue que je commence à avoir des doutes... Pas sûr que le week-end soit agréable pour tout le monde, ajouta-t-il d'un air pensif.

Alors que Soizic et Gwenaëlle apportaient les plats contenant un appétissant pot-au-feu aux coquilles Saint-Jacques, Charlotte surprit le regard agressif que lui lançait Suzie. Elle comprit que Victor devait être le « casse-croûte » dont elle lui avait parlé le matin. Elle n'aimait manifestement pas que Charlotte empiète sur ses plates-bandes. Décidément, le jeune homme risquait d'avoir un emploi du temps chargé ce soir, entre Suzie et Amanda.

C'est avec gourmandise que la jeune femme, indifférente aux regards hostiles des deux prétendantes de son très courtisé voisin, poursuivit son repas et dégusta le succulent mélange de légumes et de coquilles Saint-Jacques qui fumait dans son assiette.

Charlotte remarqua qu'Édouard n'avait mangé qu'une partie de sa soupe et avait repoussé son assiette sans toucher au plat principal. Le vieil homme semblait fébrile, ses mains tremblaient alors qu'il jouait avec son couteau dont il tapait nerveusement la lame sur la table.

— Si je vous ai demandé à tous de venir ici ce week-end, finit-il par annoncer, c'est pour vous faire part d'une importante décision.

Le vieillard marqua un temps d'arrêt, souriant à l'assemblée qui manifestement retenait son souffle.

— J'ai décidé, reprit-il, de céder toutes mes parts dans mes sociétés. Je vais tout vendre dès lundi et lorsque tout sera liquidé, je ferai don des fruits de ces ventes à différentes associations, humanitaires, culturelles, qu'importe.

Édouard balaya des yeux les membres de sa famille qui le regardaient bouche bée. Il semblait particulièrement apprécier l'émotion que ses propos avaient provoquée.

— Je souhaiterais donc votre avis quant au choix des bénéficiaires de ces dons. Suzie ? François ? Caroline ? Des idées à me proposer dès ce soir ? demanda-t-il d'un air goguenard.

Chacun des membres autour de la table semblait statufié par l'annonce d'Édouard, comme si le temps s'était brusquement arrêté.

— Ça n'est pas possible ! Papa, tu n'as pas le droit. Tu ne peux pas déshériter ta propre famille ! dit Suzie d'une voix étranglée en jetant des regards éperdus à la cantonade.

— Mais je n'ai pas l'intention de vous déshériter, ma chérie. Vous hériterez de ce qui restera. Je te rappelle tes cours de droit, que tu as rapidement oubliés, semble-t-il : on hérite quand la personne est décédée ; or je suis toujours en vie, et je fais ce que je veux de ce qui m'appartient et que j'ai gagné. Jacques vous confirmera tout cela.

— Mais tu ne peux pas faire don de millions d'euros comme ça !

— Je vous ai pourtant fait don de centaines de milliers d'euros depuis des années ! Dois-je vous rappeler le montant de la rente dont vous bénéficiez tous ici ? Quinze mille euros mensuels que vous recevez tous, sans un remerciement, et sans rien faire de surcroît !

Charlotte regarda Suzie, stupéfiée par ce qu'elle venait d'entendre. Elle se souvint des termes utilisés le matin même par son amie, qualifiant de « petite allocation » ce que lui versait son père.

— Si vous aviez eu un peu de jugeote, continuait Édouard, vous en auriez placé une partie. Mais malheureusement, l'intelligence n'est pas ce qui vous caractérise. Comme aucun d'entre vous n'a pris la peine de faire de brillantes études, ou de se trouver un travail, vous vous êtes contentés de vivre à mes crochets, comme des parasites !

— Tu exagères, papa, protesta vivement Suzie. Moi je travaille, j'ai créé ma maison d'édition !

— À part me demander de renflouer ton entreprise, tu fais de la figuration ! Tes collaborateurs, eux, travaillent. Tu te contentes de détourner à ton profit l'argent de la société pour mener grand train. Ta rente n'est donc pas suffisante ? Il faut aussi que tu te serves dans la caisse ? Et tu n'es même pas capable de le faire avec intelligence.

Édouard s'interrompit, il prit une profonde inspiration, comme pour calmer la colère qui avait commencé à le submerger. Charlotte jeta un regard rapide à Suzie qui, cramoisie, gardait la tête baissée.

— Dès la fin de ce week-end, reprit Édouard plus calmement, je donnerai des instructions pour commencer à vendre mes biens et mes parts de mes entreprises. D'après mes conseillers juridiques et financiers, d'ici à la fin du mois de février, tout devrait pouvoir être terminé. Vous savez tous comme l'argent peut aider à surmonter les difficultés.

— Tu te comportes avec ta famille comme un tyran, dit Amanda d'une voix blanche. Tu sais bien que beaucoup ici ont besoin de cet argent. J'imagine que tout cela t'amuse beaucoup, Édouard.

— De quel argent parles-tu, Amanda ? De celui que je te verse à toi depuis notre divorce ? L'appartement que je vous ai donné à toi, à Barbara, à Max, à chacun de mes enfants… Tout ça ne vous suffit pas ? La rente de quinze mille euros n'était pas suffisante non plus ? Ou bien tu penses à l'argent que tu espères toucher après ma mort ? Car c'est de ça qu'il s'agit, de ma mort que vous attendez tous comme des charognards, et de *l'héritage* ! Ta part d'héritage que tu vas distribuer à tes jeunes amants ! Tu penses vraiment que je vais te laisser de l'argent pour que tu puisses continuer à le distribuer pour te payer des gigolos ? Tu crois que j'ai envie que *mon* argent serve à ça ? (Édouard éclata d'un rire sans joie.) Finalement, ma pauvre Amanda, on se ressemble un peu tous les deux, on paie pour se faire baiser.

Amanda le fixait froidement sans un mot. Seule manifestation de sa rage, les jointures de ses mains qui blanchissaient en serrant une fourchette posée sur la table.

— Mais contrairement à toi, Amanda, moi, je ne suis pas dupe. À ce propos, ma chère Chloé, sache que j'ai subi une vasectomie il y a dix-huit ans de cela, et que je ne peux donc pas être le père de ton enfant malgré les efforts louables dont tu as fait preuve. Mais merci pour les très agréables moments que nous avons passés ensemble, j'en garderai un excellent souvenir.

La jeune femme restait figée de stupeur. Puis elle se leva et, comme prise de nausées, sortit précipitamment de la salle à manger, renversant sa chaise et manquant de faire tomber Gwenaëlle qui revenait pour débarrasser la table.

Un silence lourd suivit le départ de la jeune femme, interrompu par le bruit que faisait François qui tapotait la table de son couteau.

— Ma chère Barbara, reprit Édouard, tu sais comme je te garde une grande tendresse, et cela m'oblige à te prévenir. Prends garde à toi, François est un joueur invétéré, mais il ne gagne jamais. Vice qu'il partage avec mon cher frère ! Si au moins vous étiez de bons joueurs, mais non ! vous n'êtes que des perdants, des éternels perdants ! Et il semble que mon cher fils ait de lourdes dettes à honorer auprès de partenaires dont le moins que l'on puisse dire est qu'ils ne sont pas très recommandables ! Alors, pourquoi vous laisser un héritage qui sera perdu au jeu, et que toi, Barbara, tu perdrais aussi, car tu ne sais rien lui refuser, à François, pas même ta chambre, n'est-ce pas ? ajouta-t-il en se penchant vers elle.

— Qu'est-ce que c'est que ces conneries ? rugit Max. Pour qui tu te prends, espèce de vieux salopard ? Je ne supporterai pas une seconde de plus que tu nous insultes comme cela !

Le vieil homme se leva brusquement, imité par Barbara, livide.

— Maman, dis-moi que ce n'est pas vrai ! Maman ! geignit Caroline en fixant sa mère qui n'osait affronter le regard suppliant de la jeune fille.

— Assieds-toi, Maximilien ! Et toi aussi, Barbara ! intima Édouard d'une voix forte. Vous n'êtes, ni l'un ni l'autre, en position de jouer les vierges effarouchées.

Docile, Barbara reprit lentement sa place. La tête baissée, elle triturait nerveusement sa serviette de table sans oser lever les yeux sur sa fille.

— Dis-moi, mon cher Max, n'avais-tu pas l'intention de me demander ce soir de payer encore une fois tes dettes de jeu ? À moins que ce ne soit pour rémunérer tes jeunes camarades de jeux sexuels recrutés dans divers pays asiatiques ! C'est amusant ce penchant pour l'Asie, j'espère pour toi qu'ils sont au moins majeurs ! Dorénavant, tu te débrouilleras avec la part que t'avait laissée notre père, à moins qu'elle n'ait déjà été perdue au poker ?

Le vieil homme, sonné, se rassit, le visage rouge de colère. Charlotte craignit un instant qu'il ne fasse une attaque.

Caroline regardait sa mère et François avec fureur.

— Malheureusement, ma petite fille, comme tu es la petite dernière, tu es celle qui aura le moins profité de l'argent de papa, soupira Édouard en la regardant. Mais je te laisserai une petite compensation dont, j'espère, tu feras bon usage, contrairement aux autres. Tu pourras te consoler, et peut-être oublier ta méchante maman couchant avec ton pervers de demi-frère.

Charlotte fixait les longs doigts de François, qui semblaient dessiner doucement sur la nappe immaculée. Il ne paraissait pas gêné le moins du monde par les propos de son père et regardait même sa mère avec arrogance, comme s'il la mettait au défi de dire quelque chose. Mais Amanda était trop ébranlée par ce qu'elle venait d'entendre pour réagir. Cette femme hautaine semblait anéantie par les révélations d'Édouard.

Charlotte lança un regard vers Geneviève et Arthur et constata avec surprise que les deux vieillards continuaient à manger calmement, comme hermétiques à ce qui les entourait.

La jeune femme était terriblement mal à l'aise. Assister à ce déballage sordide de petits secrets de famille, c'était comme regarder une des pires émissions de télé-réalité dont les participants seraient des membres de sa propre famille. C'était plus qu'indécent, la scène avait quelque chose d'obscène et de fascinant à la fois. Peut-être parce qu'elle n'éprouvait pas beaucoup de sympathie pour les membres de cette famille qui, pendant plus d'une heure, s'étaient lamentés sur une possible modification de leur héritage, enterrant Édouard vivant. Finalement, leurs craintes étaient fondées.

— J'ai demandé à Jacques de venir ce week-end, reprit Édouard d'une voix plus lasse, pour qu'il s'assure que les modifications de mon testament soient effectivement prises en compte. Tu les transmettras à ton ancien cabinet. Je n'ignore pas que tu es à la retraite, Jacques, mais je déteste travailler avec des sous-fifres que je ne connais pas. Je sais que tu feras au mieux.

Jacques acquiesça en silence. La scène à laquelle il venait d'assister ne le réjouissait pas. Les allusions immondes d'Édouard concernant la vie sexuelle de Max étaient répugnantes et totalement erronées. Le pauvre vieux était cependant trop choqué pour réagir et Jacques craignait que la réaction à retardement de Max n'en soit que plus explosive.

— Voilà, les enfants, fin de la récréation. Quand tout sera vendu, vous ne toucherez plus un kopek de ma part. Concernant les associations ou fondations, vos suggestions seront les bienvenues, ajouta le vieillard avec un sourire sans joie.

— Va au diable, Édouard !

Max repoussa brutalement sa chaise qui se renversa et quitta la salle à manger sur un juron.

Aucun des convives ne regardait les autres ; chacun, gêné, se demandait probablement quelle conduite il devait tenir. Tandis que Charlotte les observait à la dérobée, elle vit Amanda jeter un regard chargé de reproches à son fils François qui se contenta de lui adresser un sourire narquois.

Édouard se leva avec difficulté. Lorsqu'il passa derrière le siège de Jacques, Charlotte l'entendit demander à voix basse à son ancien notaire de venir le voir dans son bureau avant d'aller se coucher. Puis il quitta la salle à manger sans un mot ni un regard pour ses invités. Charlotte le suivit des yeux alors qu'il se dirigeait à pas lents vers son bureau. Elle s'apprêtait à sortir elle aussi de la salle à manger quand elle vit Jacques rejoindre Édouard. La jeune femme s'arrêta, faisant mine d'observer un tableau accroché au mur, et entendit le vieil homme demander à son ancien notaire de passer récupérer un manuscrit. Il souhaitait que Jacques lui donne rapidement un avis sur les risques de procès qu'il encourrait.

Max et Amanda étaient partis se réfugier dans le petit salon, ce que ne tarda pas à faire le reste des invités au grand dam de Soizic, qui venait de déposer sur la table un appétissant gâteau au chocolat.

Jacques rattrapa les Brighton alors qu'ils regagnaient leur chambre et les invita à se joindre à lui pour prendre un dernier verre dans le petit salon, ce qu'ils acceptèrent.

Charlotte, quant à elle, préféra ne pas se mêler à la famille, et décida de retourner dans sa chambre, non sans avoir jeté un regard chargé de regret sur le dessert qui trônait sur la table.

mine d'observer un tableau accroché au mur. Il entendit le vieil homme demander à son médecin s'il passait récupérer un manuscrit. Il constata que Jacques lui donnait rapidement un avis sur les manuscrits qu'il trouvait qu'il rencontrait.

Mais si Amande devait partir se réfugier dans le petit salon, ce ne fut pas avant le repas des invités au grand dam de Sophie, qui venait de déposer sur la table un appétissant gâteau au chocolat.

Jacques, Guillaume et les Ferréol ainsi qu'ils les quittèrent le lendemain et les invita à les rejoindre le jour pour prendre un dernier verre dans le petit salon, ce qu'ils acceptèrent poliment.

Charlotte, quant à elle, préféra ne pas se mêler à la famille, c'est alors de retourner dans sa chambre, non sans avoir jeté un regard chargé de regret sur le dessert qui trônait sur la table.

Chapitre 17

Vingt et une heures

— Quelle soirée ! On se croirait dans un roman d'Agatha Christie, commenta Charlotte, tandis qu'elle et Victor se dirigeaient lentement vers l'escalier qui menait aux chambres.

Comme elle, le jeune homme ne semblait pas désireux de se joindre à la famille dans le petit salon.

— Une de ses intrigues commence comme ça, mais elle se finit de façon tragique, continua-t-elle. Heureusement que dans la vraie vie les gens ne tuent que rarement pour un héritage. Suzie est partie directement dans le petit salon en évitant de me regarder. Je ne sais pas si je dois passer la voir dans sa chambre ce soir.

— Elle risque d'être de très mauvais poil, mais vous êtes son amie, elle aura sûrement besoin de parler.

— Je ne comprends toujours pas pourquoi Édouard ne voulait pas me laisser repartir chez moi. Il souhaitait vraiment que j'assiste à ça ? C'est comme s'il avait voulu humilier Suzie devant moi. Je ne comprends pas à quoi ça rime. J'ignorais qu'il pouvait être aussi cruel.

— On n'arrive pas à un tel niveau de réussite sans être impitoyable. Édouard n'est pas réputé pour son humanisme.

— Et vous ? Pourquoi êtes-vous ici ce soir, monsieur Capestan ? Votre père, je peux le comprendre, c'est l'ancien notaire d'Édouard. Mais vous ? À moins que vous ne travailliez avec votre père ? demanda Charlotte en s'arrêtant au pied de l'escalier.

— Appelez-moi Victor. Non, je ne suis pas notaire. Je suis enquêteur. Je devais m'assurer que chacun d'entre vous serait bien au rendez-vous. Et puis c'est moi qui ai mené des enquêtes sur chacun d'entre vous, à la demande d'Édouard, ajouta Victor visiblement mal à l'aise.

Charlotte le regarda bouche bée.

— Vous avez fait quoi ?

Le jeune homme évitait son regard.

— Vous saviez ce qui allait se passer alors ! Et quand vous dites « chacun d'entre vous », ça veut dire que vous avez enquêté sur moi aussi ?

Victor acquiesça en silence. Charlotte se renfrogna, elle détestait l'idée qu'il ait enquêté sur elle et qu'il en sache plus sur elle qu'elle n'en savait sur lui. Probablement une déformation due à son ancienne profession. Elle n'éprouvait aucune sympathie pour ces enquêteurs qui fouinaient dans la vie de pauvres bougres à la recherche de secrets d'alcôve comme l'avait apparemment fait Victor.

— Vous pouvez être content de vous. Jolies histoires que vous avez rapportées à votre patron !

— Ce n'est pas moi qui ai raconté à Édouard toutes ces coucheries, il a dû faire appel à un autre enquêteur.

— Ben voyons ! Vous n'avez rien fait de mal ! Il ne vous est pas venu à l'idée que si Édouard vous demandait d'enquêter sur sa famille, c'est qu'il avait une idée derrière la tête ? Pas très professionnel, tout ça. Comment avez-vous pu trahir vos amis comme ça ?

— Je n'ai trahi personne !

— Si ça peut vous soulager de le penser… Et pourquoi mener une enquête sur moi ? Qu'est-ce que je viens faire dans cette histoire ? Qu'avez-vous transmis à Édouard ?

— Rien de bien passionnant, mais j'imagine que vous le savez déjà.

— Oui, bon. Ne soyez pas insultant non plus ! En tout cas, grâce à vos renseignements, Édouard a trouvé toutes les raisons et justifications pour se venger de chaque membre de sa famille.

— Puisque je vous dis que ce n'est pas moi…

— Vous ne savez pas de quoi les gens sont capables ! Vous imaginez ce qui pourrait arriver ? Je ne veux pas dramatiser, mais j'ai vu des gens être assassinés pour moins que ça !

— Vous disiez le contraire il y a une minute. Et n'exagérons rien, de toute façon, je n'ai pas peur…

— Vous n'avez pas peur ? Je ne parlais pas de vous, mais d'Édouard ! Vous vous rendez compte que vous avez donné à pas moins de six personnes une excellente raison de le tuer ! L'argent est l'un des motifs principaux de meurtre.

— Vous ne trouvez pas que vous dramatisez un peu, non ? Qui serait assez débile pour décider de tuer Édouard, ici et maintenant ? Franchement, Charlotte, vous poussez un peu. On ne tue pas comme ça, on n'est pas dans un polar ou une série policière !

— Vous avez raison, la situation se rapprocherait plus d'un jeu de société ! Je parie sur l'oncle Max dans la bibliothèque avec le tisonnier !

— C'est ridicule ! J'espère que vous en avez conscience.

— Et moi, j'espère que vous avez bien conscience que les informations que vous avez fournies à Édouard lui ont servi de prétexte pour préparer cette mise en scène grotesque et perverse.

Charlotte lui tourna le dos pour monter les premières marches de l'escalier, puis elle se ravisa et redescendit vers lui.

— Et vous allez me donner rapidement le dossier que vous avez constitué sur moi, je vous prie. Je ne vous conseille pas de *même* penser à me dire non, articula-t-elle en martelant du doigt la poitrine du jeune homme. À votre place, je jouerais les gardes du corps pour Édouard dès ce soir. Ça ne serait tout de même pas de chance s'il lui arrivait quelque chose cette nuit ! Je vous laisse méditer là-dessus.

Victor avait la désagréable sensation d'être un gamin réprimandé parce qu'il n'avait pas fait correctement ses devoirs. Charlotte jouait à merveille le rôle de l'institutrice sévère, mais juste. Ça lui faisait mal, mais il lui fallait admettre que la jeune femme avait en partie raison : il aurait dû se demander ce qu'Édouard allait faire des informations qu'il lui transmettait. Tout cela avait déclenché la colère de tous les invités, et Dieu sait ce que cela pouvait entraîner.

— Bon, ça va, dit-il l'air presque penaud. J'admets que j'aurais dû être plus prudent et plus professionnel. Mais arrêtez de me regarder comme ça, on pourrait croire que vous me prenez pour un idiot !

— Et *on* aurait probablement raison.

***

Victor était un peu vexé d'avoir été pris en défaut aussi ouvertement par Charlotte et trouvait la réaction de la jeune femme très exagérée. Elle n'appréciait manifestement pas d'avoir fait l'objet d'une enquête, ce qui expliquait sa réaction pour le moins mélodramatique.

Il se dirigea vers le petit salon. Il n'échapperait pas aux demandes d'explications de la famille. Les humiliantes remontrances de Charlotte ne seraient rien à côté de ce que devaient lui réserver les Montergnac. Mais cette fois, il était bien décidé à se défendre, pas question de se laisser prendre à nouveau au dépourvu.

Chapitre 18

Vingt et une heures dix

— Je pense que nous avons tous besoin d'un deuxième verre, dit Max en se dirigeant vers le bar.

Un calme trompeur régnait dans le petit salon où chaque convive observait les autres en silence, un verre d'alcool à la main. Il ne manquait que Chloé, partie se réfugier dans sa chambre. Max servit un whisky à Amanda qui, estimant que la dose n'était pas assez copieuse, appuya sur le goulot de la bouteille pour remplir plus généreusement son verre.

— Alors, Victor, tu peux nous expliquer ce qui vient de se passer ce soir ? reprit Max sans le regarder. Comment Édouard a-t-il pu avoir toutes ces informations ?

Victor, comme il l'avait présagé, constata que tous les membres de la famille le dévisageaient avec colère, le tenant déjà pour partie responsable de la situation. Même Caroline, d'ordinaire en retrait de toutes les histoires de famille, lui lançait des regards noirs. Amanda avait déjà avalé le contenu de son verre et le tendait de nouveau à Max pour qu'il le remplisse.

— Édouard m'a d'abord demandé de faire des recherches sur son ex-femme. Vous, madame Brighton, dit-il en se tournant vers la vieille femme assise dans un fauteuil. Il voulait savoir ce que vous étiez devenue. Quand je lui ai appris que vous étiez encore en vie et aviez épousé Sir Arthur Brighton, il m'a demandé de garder le secret, pour faire une surprise au reste de la famille.

— Mais comment a-t-il su que Geneviève était encore vivante ? demanda son père. Il nous avait dit à tous qu'elle était morte ! Pardon, Geneviève, ajouta-t-il d'un air désolé.

La vieille femme lui sourit gentiment.

— Je ne sais pas. Un jour, il m'a appelé pour me demander de faire des recherches sur sa première femme. J'ai été le premier étonné de découvrir que vous étiez encore en vie, madame, et que vous vous étiez remariée. Quand j'ai fait mon rapport à Édouard, j'ai eu l'impression qu'il savait déjà tout.

— Vous avez parfaitement raison, mon ami, dit Geneviève d'une voix douce. J'ai croisé Édouard par le plus grand des hasards à Londres à la fin de cet été. Je l'ai reconnu immédiatement et je me doutais que lui aussi m'avait reconnue. Ça n'était qu'une question de temps pour qu'il me recontacte.

— Mais pourquoi t'a-t-il demandé de venir ici ce week-end ? Tu n'es pas concernée par ce grand mélodrame ! reprit Jacques.

— Je l'ignore. Nous regrettons d'avoir assisté à une scène aussi difficile pour vous tous. Si vous le permettez, Arthur et moi préférons vous laisser en famille.

Geneviève et son mari quittèrent la pièce, salués par Max et Jacques. Le vieux notaire les raccompagna jusqu'à la porte du petit salon, leur glissant qu'il passerait les voir dans leur chambre avant d'aller se coucher s'ils étaient d'accord, ce qu'ils acceptèrent avec enthousiasme.

— Dis-moi, espèce de salopard, siffla Suzie en s'approchant de Victor. C'est de toi qu'il tient toutes ces informations sur nous alors ?

— Informations complètement fausses d'ailleurs, je tiens à le préciser ! ajouta Amanda en agitant un doigt accusateur vers Victor.

Le jeune homme tentait de garder son calme.

— Je ne suis pas à l'origine de tout ce qui a été dit ce soir… commença-t-il.

— Ça sert bien de jouer les beaux détectives quand on ne sait pas enquêter ! marmonna Amanda en s'énervant sur une nouvelle bouteille de whisky qu'elle ne parvenait pas à ouvrir.

Après avoir fini la première, elle tentait maladroitement d'en entamer une nouvelle, mais finit par la tendre à Max, qui l'ouvrit et lui versa une nouvelle dose d'alcool.

— Édouard m'a effectivement demandé d'enquêter sur chaque personne présente ici ce week-end. Je lui ai constitué un dossier sur chacun d'entre vous, mais…

— Eh bien, bravo, on peut dire que vous avez fait de l'excellent travail, persifla Barbara.

— De quel droit as-tu fait ça ? grogna Max avec colère.

— Du droit qu'il m'a payé pour ça et que c'est mon métier.

— Rien ne t'obligeait à accepter ce contrat, Victor, reprit Max. Merde, c'est la famille et tu as enquêté sur elle !

— J'ai accepté parce que je pensais qu'il valait mieux que ce soit moi plutôt qu'un autre, qui lui aurait tout déballé sans discernement ! J'ai fait ce que je pensais être le mieux. Mais je ne lui ai rien appris qu'il ne sache déjà. Vos petits secrets, ceux qu'il a dévoilés ce soir, ce n'est pas moi qui les lui ai révélés.

— Mais si ce n'est pas vous, qui a bien pu lui raconter tout ça ? demanda Barbara.

— Édouard a sûrement fait appel à un autre enquêteur qui n'aura pas eu mes scrupules.

— Ah, eh bien, si tu as eu des scrupules, tout s'arrange ! dit Max en se resservant un verre d'alcool.

Amanda, dont la tête dodelinait de plus en plus, en profita pour lui tendre une nouvelle fois son verre qu'il remplit en lui jetant un bref regard un peu inquiet.

— Ne sois pas injuste, Max, intervint Jacques. Je suis sûr que Victor a réellement tenté de vous ménager.

— S'il a voulu nous ménager, ça n'est pas grave alors, susurra Suzie dont le regard démentait les propos. Il semble pourtant que papa n'avait pas entièrement confiance en son homme de main si tu n'es pas le seul enquêteur. Vous saviez pour les modifications testamentaires, Jacques ?

— De toute façon, c'est pas ça la question… Y a encore du whisky, Max ? demanda Amanda en se tenant au dossier d'un fauteuil.

— Non, j'ai découvert les intentions d'Édouard ce soir comme vous tous.

— Et il a le droit de faire ce qu'il a dit ? Il peut arrêter de nous verser notre allocation ? Je croyais qu'elle était à vie ! Et il peut déshériter ses propres enfants comme ça ? gémit Barbara. Il y a sûrement quelque chose à faire pour l'empêcher de tout vendre.

— Ben voilà ! c'est ça, la vraie question ! jeta Amanda d'une voix de plus en plus pâteuse avant de s'affaler dans le fauteuil.

Max tenta de lui enlever son verre, mais elle le tenait avec force et lui lança un regard de défi. Elle en profita pour lui prendre la bouteille d'alcool qu'il tenait ; Max préféra battre en retraite devant la volonté farouche d'Amanda de conserver son verre et le whisky.

— Cet homme est un monstre, reprit Barbara, ignorant le combat qui se déroulait derrière elle. Comment peut-il nous jeter comme ça à la rue alors que nous sommes sa famille ? Jacques, il y a certainement quelque chose à faire pour l'empêcher de déshériter ses enfants.

— Édouard vous versait votre allocation parce qu'il le voulait bien. Il n'avait aucune obligation légale de le faire. Je vous rappelle aussi que, comme vous l'a dit Édouard, on ne parle pas d'héritage avant un décès. Cet argent est à lui, il peut en faire ce qu'il veut. Vous garderez tous votre appartement, et avec les cours actuels de l'immobilier, vous devriez en tirer un prix extrêmement intéressant si vous décidiez de le revendre. Et j'imagine qu'il vous reste à tous les comptes en actions, les bijoux, les montres ou les voitures qu'Édouard vous a offerts. Je ne pense pas que la situation soit aussi désastreuse, rétorqua Jacques agacé.

— On ne vous demande pas de conseils sur notre façon de gérer nos biens, Jacques. Je ne crois pas que vous ayez à nous donner de leçon ! répondit Suzie d'une voix méprisante qui déplut à Victor.

Le jeune homme se retint d'être blessant avec Suzie en lui rappelant ses propres pratiques frauduleuses au sein même de sa société.

— La question est de savoir pourquoi papa décide du jour au lendemain de nous couper les vivres ! continua Suzie. Qu'est-ce qui a pu se passer pour qu'il décide de tous nous mettre dans une situation impossible ? Je ne crois pas une seconde à une brusque prise de conscience humanitaire. Pourquoi décider subitement de tout vendre et tout donner ? C'est incompréhensible et ça ne lui ressemble pas du tout.

— Il est peut-être malade ; vous avez remarqué comme il a maigri ? Est-ce qu'il est encore en possession de toutes ses facultés mentales ? On peut se poser la question après ce qui vient de se passer ce soir.

— Je constate que vous avez toutes les vôtres, Barbara, dit Jacques avec une moue méprisante. Je ne crois pas que ce que nous a montré Édouard lors de ce repas puisse laisser supposer qu'il soit diminué. Je dirais même que c'est plutôt l'inverse qu'il vient de nous prouver ce soir. Son raisonnement n'est en aucune façon celui d'un homme qui n'aurait pas toutes ses facultés mentales, comme vous les appelez, Barbara. Pour ma part, je préfère me retirer, je vous laisse à vos digressions.

— Oui, eh bien moi, je sais ce qu'il me reste à faire ! dit Max en se servant un dernier verre de whisky. Je vais voir ce vieil emmerdeur et lui faire entendre raison.

En passant près de son fils, Jacques lui glissa à l'oreille qu'il allait rejoindre les Brighton et lui conseilla de ne pas s'éterniser dans le petit salon.

Victor imaginait le dégoût et la colère qu'inspirait à son père le comportement de certains membres de cette famille qu'il connaissait depuis si longtemps. Il devinait aussi qu'il était inquiet des conséquences qu'impliquerait la décision d'Édouard. Victor n'imaginait pas que l'un ou l'autre des membres de cette famille puisse en arriver à assassiner Édouard, mais il ne put s'empêcher de repenser à ce qu'avait dit Charlotte et sentit poindre une petite inquiétude.

Il termina son verre et quitta lui aussi le salon sans un mot pour les autres convives, souhaitant seulement qu'Amanda soit en état de rejoindre sa chambre et surtout qu'elle ne se trompe pas de porte. Mieux valait ce soir s'enfermer à double tour.

Chapitre 19

Vingt et une heures vingt

Geneviève et Arthur avaient rapidement quitté le petit salon afin de laisser les proches d'Édouard digérer la mauvaise nouvelle en famille. Geneviève ne comprenait pas pourquoi son ex-mari leur avait imposé une scène aussi pénible.

En passant devant le bureau, ils virent le vieil homme assis dans un fauteuil, qui semblait dormir. Geneviève se décida à l'interroger pour connaître la raison pour laquelle Édouard l'avait recontactée. La scène de ce soir l'avait convaincue qu'Édouard avait un plan qui dépassait la simple envie de lui parler de la mort de Nicolas. Mais que pouvait-il lui apprendre de plus ? Après avoir demandé à Arthur de monter et de l'attendre dans leur chambre, elle entra dans le bureau.

— À quoi rimait cette exhibition lors du dîner ? Tu aurais pu nous éviter ça.

Édouard grimaça en entendant Geneviève utiliser le pluriel pour parler d'elle et Arthur. L'idée qu'ils formaient un couple depuis presque un demi-siècle lui était insupportable.

— Peux-tu me révéler maintenant ce que tu as à me dire à propos de Nicolas ?

— Tu as toujours été si impatiente, Génie… Brighton n'est pas avec toi ?

— La journée a été longue, et la soirée pénible, comme tu peux l'imaginer. Mon mari est monté se coucher.

En prononçant cette dernière phrase, Geneviève regarda fixement Édouard, une lueur de défi dans les yeux.

Le vieil homme serra les poings.

— Ce que j'ai à te dire le concerne, lui aussi. Reviens donc me voir avec ton Anglais, lança-t-il avec aigreur.

— En fait, tu n'as rien à me dire. Tu t'es servi de Nicolas encore une fois pour obtenir ce que tu voulais. Tu voulais juste m'obliger à revenir ici ce week-end pour je ne sais quelle raison. J'ignore ce que tu manigances, Édouard, mais je n'ai pas l'intention de jouer.

— Pense ce que tu veux, Génie, mais si tu souhaites en avoir le cœur net, je te conseille de revenir me voir avec Brighton.

Geneviève ne répondit pas, elle regardait le vieil homme recroquevillé dans le fauteuil. Il était très diminué, mais cela ne lui inspirait aucune pitié, aucune compassion. Elle ne ressentait plus rien pour lui, même plus de haine. Elle était complètement indifférente à ce qu'il pouvait faire ou dire à son encontre, mais elle ne supporterait pas qu'il s'attaque à Arthur. La vieille femme s'approcha de la cheminée en évitant d'être trop près d'Édouard.

Elle savait que par le passé les deux hommes s'étaient détestés au plus haut point, et qu'elle en avait été en grande partie la cause. Édouard s'était très vite rendu compte qu'elle était attirée par l'aviateur anglais. Il avait tout fait pour la séparer d'Arthur, mais la décontraction, la gentillesse et l'humour du jeune homme l'avaient immédiatement séduite. Édouard ne comprenait pas comment Geneviève pouvait lui préférer cet homme qu'il surpassait en tout point. Il était plus grand, plus fort, plus beau, et même plus riche. C'était incompréhensible pour lui. Mais Arthur avait ce dont il était démuni : en plus de la douceur et de la gentillesse, il la traitait comme une reine, avec une délicatesse à laquelle elle n'était pas habituée avec Édouard.

Le vieil homme l'observait pendant qu'elle ressassait ses souvenirs. Il sentait qu'elle était indécise.

Devait-elle céder à la demande d'Édouard ? Que voulait-il à Arthur ? Elle commençait à craindre que son objectif ne soit pas dirigé contre elle, mais contre son mari. Que voulait-il lui faire ? Elle sentait le regard de son ex-mari posé sur elle alors qu'elle se dirigeait vers la porte du bureau.

— Reviens me voir ce soir, Génie, tu sais que je ne me couche jamais avant trois heures du matin. Mais si tu reviens seule, je ne te dirai rien. Tu ne sauras jamais ce que j'avais à te dire sur Nicolas.

Geneviève avait la main posée sur la poignée de la porte.

— Demain, il sera trop tard, Génie. Si vous ne venez pas tous les deux ce soir, jamais vous ne saurez…

Chapitre 20

Vingt et une heures quarante

Jacques quitta le petit salon passablement énervé. Il en avait assez de cette famille et de ses atermoiements, mais il estimait aussi que la décision d'Édouard était inconsidérée. Il savait par Max que le jeune François avait un besoin impératif de payer des dettes qu'il avait contractées auprès de personnes peu recommandables. Édouard ne pouvait pas délibérément laisser son fils risquer de terribles représailles qui pourraient peut-être mettre sa vie en danger.

Il frappa à la porte du bureau d'Édouard. Le vieil homme était assis dans un fauteuil et buvait une boisson chaude. Il lui désigna un manuscrit posé sur un guéridon à côté de lui.

— Je sais que le délai est très court, mais je tiens à avoir ton avis avant la fin du week-end. Je veux que ces mémoires soient publiés le plus vite possible. Je dois les envoyer dès mardi à Paris, chez un éditeur. Je veux avoir ton avis sur des passages qui risqueraient de passer sous les fourches caudines d'une maison d'édition, notamment par crainte d'un éventuel procès.

— Et concernant les modifications de votre testament, comment souhaitez-vous procéder ?

— Nous verrons ça plus tard, pour le moment, je veux que tu lises rapidement ce manuscrit.

En quittant le bureau du vieil homme, Jacques soupesa le document. Il n'était pas trop épais, une cinquantaine de pages tout au plus. Ça ne devrait pas lui prendre plus d'une heure à le lire. Il s'était longuement assoupi dans l'après-midi et n'avait pas encore sommeil, il commencerait la lecture dès ce soir. Cela serait peut-être même plaisant, compte tenu des rumeurs de révélations scandaleuses qui couraient au sujet de ce manuscrit. Pour le moment, il avait promis aux Brighton de passer les saluer dans leur chambre et avait hâte de revoir sa chère Geneviève et Arthur, pour se rappeler les bons souvenirs de leur jeunesse.

Ses amis étaient dans leur chambre avec Soizic qui leur avait monté un petit plateau avec de la tisane et une part du gâteau que personne n'avait touché. Ils devisaient tous les trois gaiement ; Jacques ne se rappelait pas avoir vu Soizic aussi enjouée depuis de très nombreuses années. Depuis la mort de Nicolas en fait.

Soizic voulut aller chercher une part de gâteau supplémentaire pour Jacques, mais il l'arrêta, se contentant de prendre la tisane qu'Arthur ne souhaitait pas boire. Les vieux amis se remémorèrent d'émouvants souvenirs. Soizic, très émue de se rappeler son cher petit Nicolas, qu'elle avait aimé comme s'il était son fils, retourna dans sa cuisine, les larmes aux yeux.

Après le départ de la vieille cuisinière, Geneviève lui révéla le stratagème d'Édouard pour la faire venir sur l'île ce week-end. Elle serrait convulsivement ses mains, dévoilant ainsi sa grande nervosité. Que pouvait bien vouloir lui dire Édouard sur Nicolas qu'elle ignorât ? Avait-il la moindre idée de ce dont il pouvait s'agir ? Jacques avoua son ignorance, Édouard ne s'était pas confié à lui. Il se promit de lire rapidement les mémoires du vieil homme, peut-être y trouverait-il une réponse.

Geneviève déclara ne pas vouloir céder à son ex-mari. Elle n'irait pas le retrouver avec Arthur ce soir, et se coucherait tôt. Si le temps le permettait, Arthur et elle repartiraient dès le lendemain pour l'Angleterre. Édouard ne se jouerait pas d'eux ce soir.

Jacques prit congé de ses amis. Il était curieux de lire le manuscrit et d'y découvrir peut-être des informations qui pourraient aider ses vieux amis à comprendre pourquoi Édouard souhaitait leur présence ici ce week-end. Il rejoignit sa chambre, pressé de commencer sa lecture.

Chapitre 21

Vingt et une heures quarante-cinq

Max était furieux ; comment son frère avait-il pu l'humilier de la sorte devant sa famille et ses amis, et devant cette blonde inconnue dont il ignorait d'ailleurs ce qu'elle faisait parmi eux ce soir ?

Il se dirigea d'un pas décidé vers le bureau.

— Qu'est-ce qui t'a pris de nous traiter comme tu l'as fait ? tonna-t-il à peine entré. Tu n'as aucun droit de nous traiter comme tu viens de le faire, *a fortiori* moi, ton propre frère !

Édouard ne répondit pas, il était affalé dans un fauteuil près de la cheminée et semblait très las. Sa grande faiblesse ne calma pas pour autant son frère qui vint se camper devant lui, les mains sur les hanches.

— Tu peux m'expliquer ce qui t'arrive ? Pourquoi nous traites-tu de cette façon ? Qu'est-ce que les modes de vie des uns et des autres peuvent bien te faire ? Tu ne t'es jamais occupé de qui que ce soit et maintenant tu nous accuses de ne pas vivre comme tu le souhaiterais ?

— Vous pouvez bien faire ce que vous voudrez de vos misérables vies, mais sans mon argent, répondit Édouard d'une voix lasse.

— Édouard, tu as toujours été généreux avec ta famille et maintenant tu demandes des comptes. Qu'est-ce qui a changé, qu'est-ce qui t'arrive ? demanda Max d'une voix plus douce.

Il se rendait bien compte que le vieillard était déterminé à aller jusqu'au bout, et opta pour un ton plus conciliant.

Malgré leur gémellité, les deux frères n'avaient jamais été proches. Édouard était le plus fort, le plus dur et, Max devait l'admettre, le plus intelligent des deux. Alors qu'Édouard adorait le sport et courir les filles, Max restait enfermé dans sa chambre à lire ou à dessiner. Quand ils étaient petits, leur mère disait en riant que Max était la fille qu'elle n'avait jamais eue. Si elle avait vécu plus longtemps, les deux frères se seraient probablement mieux entendus. Malheureusement, les jumeaux n'avaient qu'une dizaine d'années lorsque leur mère mourut des suites d'une mauvaise grippe.

Après ce décès, Louis-Édouard Montergnac considéra que ses fils devaient recevoir la meilleure éducation possible et, surtout, qu'ils devaient s'endurcir. Il les envoya en internat dans un collège privé, dont la discipline s'inspirait des principes éducatifs anglo-saxons. Max en souffrit beaucoup tandis qu'Édouard intégra totalement cette culture éducative basée sur la compétition et l'effort. Au sein même de leur famille, leur père instaura entre les frères une concurrence constante, les incitant souvent à s'affronter, voire à se trahir si cela était nécessaire, pour gagner. Loin de créer une émulation, cette rivalité permanente contribua à créer entre les deux jeunes garçons un climat de défiance et de mépris. Ils traînaient depuis l'enfance cette animosité qu'aucun des deux ne parvenait à surmonter. Jamais ils ne purent se faire confiance ni même n'eurent la volonté de résoudre leurs conflits.

— C'est inutile, Max, je ne changerai pas ma décision. Je n'ai que faire de votre façon de vivre, je ne veux simplement pas que cet argent soit dilapidé en moins d'une génération. Vous êtes des incapables, des parasites. Eh oui, toi aussi, mon frère ! Tu as dépensé tout ton héritage en moins de vingt ans. Moi j'ai travaillé toute ma vie, et je travaillerais encore si je le pouvais. Et tu voudrais que je continue à entretenir cette bande de bons à rien ? Je ne vais pas répéter ce que j'ai déjà dit. Ma décision est prise.

Édouard sortit de sa poche une boîte de cachets et en avala un précipitamment.

— Tu n'as toujours été qu'une brute insensible, Édouard. Tu ne peux t'en prendre qu'à toi-même si tu n'es entouré que de gens qui profitent de toi, des « bons à rien » comme tu les appelles. Regarde les femmes que tu as choisies ; aucune ne t'a vraiment aimé et je me demande si tu as seulement aimé une seule d'entre elles. Elles sont toutes magnifiques, mais tu ne les as choisies que pour ça, pour t'afficher avec de superbes créatures. Alors, ne viens pas te plaindre de ne pas recevoir ce que tu as été incapable de donner. Tu peux te moquer de moi ! C'est vrai que j'aime indifféremment les hommes et les femmes, ça n'est un secret pour personne. Mais toutes les personnes qui ont partagé ma vie, je les ai aimées, et elles m'ont aimé en retour. Je suis entouré de gens avec qui je me sens bien. Ton allusion tout à l'heure était ignoble, odieuse. En aucun cas je ne suis un pédophile, tu m'entends ! Alors que ta relation avec cette gamine est écœurante ! Tu n'as même pas eu la décence de lui dire que jamais tu ne l'épouserais.

— Tu n'as pas de leçon à me donner, Max, dit Édouard dans un souffle.

— Tu ne t'es pourtant pas gêné pour nous en donner à tous. Nos modes de vie te choquent ? Tu me fais bien rire, toi qui as été suffisamment cruel pour envoyer ton propre fils se faire massacrer en Algérie ! Tes autres enfants sont à peine mieux lotis, tu ne t'es occupé d'aucun d'entre eux. La pire étant la pauvre Caroline que tu n'as pas dû voir plus de deux ou trois fois par an depuis qu'elle est née !

Max s'animait au fur et à mesure qu'il parlait. Il arpentait le bureau de long en large, sans un regard pour son frère.

— Tu sais ce qui me fait plaisir ce soir ? reprit-il en se calmant et en s'asseyant dans un fauteuil face à son frère. Tu sais ce qui me fait plaisir ? répéta-t-il en plongeant son regard dur dans les yeux de son frère. C'est le retour de Geneviève. C'est la preuve que tu n'as pas réussi à casser tous tes jouets. Tu étais tellement persuadé que Geneviève ne survivrait pas à la mort de Nicolas que tu n'as même pas pris la peine de savoir ce qu'elle était devenue en te quittant ! Je suis heureux qu'elle ait pu surmonter cette atrocité et qu'elle ait refait sa vie avec Arthur. Geneviève a au moins eu de très nombreuses années de bonheur après ce que tu lui as fait endurer. Alors tes leçons de morale, mon vieux, tu sais où tu peux te les foutre !

Édouard écoutait son frère lui asséner ses vérités avec un petit sourire moqueur. Il se sentait épuisé et la douleur devenait insupportable, mais il ne fallait en aucun cas montrer sa faiblesse ; il devait encore donner le change du mieux qu'il le pouvait.

— Mon cher frère… si ton intention était de me faire changer d'avis, je ne suis pas persuadé que ton discours pleurnichard soit le plus approprié.

Max poussa un long soupir.

— Discours pleurnichard ? J'ai l'impression d'entendre notre père. Ça le ferait bien marrer, papa ! Son fils préféré qui aurait quelques principes en fin de vie, ricana Max avec amertume. Vous vous ressemblez bien tous les deux, vous êtes faits dans le même bois pourri.

Édouard eut un sourire amer.

— À cette différence près que, moi, je n'ai jamais demandé à faire assassiner un de mes enfants… Et ne me parle pas de Nicolas, tu ne me feras pas culpabiliser. Il est mort en héros en Algérie, un point, c'est tout.

— Qu'est-ce que tu racontes ? Tu perds la tête, mon pauvre vieux !

— Je dis que notre père avait proposé à Albert de vous faire assassiner, toi, Geneviève et ce salopard d'Anglais, après votre arrestation, pour que vous ne parliez pas sous la torture.

— Je ne te crois pas !

Max était devenu blême, contredisant ce qu'il venait de dire. Bien sûr qu'il savait que son père était capable d'une telle ignominie…

— Tu sais que j'ai raison, et tu sais aussi bien que moi que c'est lui qui a balancé le réseau et les Tavernier. C'est à cause de lui s'ils sont tous morts. Et c'est cette trahison qui a consolidé la fortune de notre famille, dont tu as largement profité, et sans te poser de questions, en héritant de la moitié des biens de papa, ajouta Édouard d'une voix lasse. Les tableaux et les bijoux dont tu as hérité, tu sais parfaitement qu'ils n'étaient pas dans la famille avant la guerre ; mais ça ne t'a pas empêché d'en profiter, que je sache.

Max, affalé dans son fauteuil, faisait face à son frère. Il avait lui aussi compris que son père avait trahi la Résistance, mais jamais il n'en avait parlé avec Édouard. Énoncer cette vérité aussi crûment ce soir était comme un soulagement. Que leur père soit un monstre n'était pas une surprise, même s'il lui était difficile d'entendre qu'il ait projeté de le faire assassiner. Il savait que son frère ne mentait pas, du moins pas sur ce sujet. Quant aux biens de la famille, Max ne s'était effectivement pas posé explicitement la question, même s'il s'était douté que cet argent puait la collaboration et la spoliation. Pourquoi n'avait-il rien dit ? Pourquoi n'avait-il pas cherché à en savoir plus ? Par appât du gain sûrement, mais aussi pour éviter qu'un voile ne soit levé sur l'origine de la fortune des Montergnac, entachant irrémédiablement l'honneur de la famille.

— Je crois que j'ai toujours su que notre père était la pire des ordures. Il a trahi son vieil ami d'enfance et des dizaines de nos camarades. J'ignorais qu'il avait projeté de me faire assassiner pour préserver ses secrets, mais je n'ai aucun mal à le croire… Qu'il se soit suicidé après la Libération, c'est finalement la meilleure chose qu'il ait faite.

— Il n'a même pas été foutu de le faire. Il pensait s'en tirer avec les relations qu'il avait gardées, et je crois, compte tenu de ce qui s'est passé par la suite, qu'il aurait pu réussir. On a tous vu les pires des collabos revenir aux affaires après la guerre. Il aurait été de ceux-là. Mais son passé aurait tôt ou tard refait surface et cela aurait rejailli sur moi, sur la famille. Il n'était pas question qu'il s'en sorte. On avait un *deal* : si les Allemands gagnaient la guerre, il survivrait, dans le cas contraire, il devrait disparaître définitivement. Évidemment, quand je suis revenu à Pardaillac en 45, il a refusé de se suicider.

— Que veux-tu dire ? Je croyais qu'il s'était pendu ?

— Il est bien mort pendu, mais c'est moi qui l'ai tué.

— Quoi ? Qu'est-ce que tu racontes, Édouard ? Tu as perdu la tête !

— Je te répète que c'est moi qui l'ai pendu… Tu l'aurais vu, il pleurait comme un lâche. Il m'a supplié jusqu'au bout, ricana Édouard.

Le vieillard était secoué de soubresauts ; Max observait, éberlué, son frère qui riait au souvenir de l'assassinat de leur père. S'il avait réellement commis un tel acte, son jumeau était monstrueux. Max sentait pourtant que son frère disait la vérité. Comment avait-il pu aller jusqu'à pendre leur père ? S'il l'avait descendu avec un revolver, il aurait peut-être pu l'admettre. Édouard aurait pu agir sous le coup de la colère. Mais pendre leur père ! Lui passer la corde autour de son cou… c'était effroyable ! Son frère était fou, il n'y avait pas d'autre explication. Édouard se ressaisit et grimaça, il était évident qu'il souffrait beaucoup.

— Tu es malade, Édouard, dit Max d'une voix calme. (C'était une simple constatation, sans émotion.) Tu vas probablement mourir bientôt, alors que cherches-tu à faire ? Qui cherches-tu à punir ?

— Je ne veux punir personne, Max. Je t'ai déjà expliqué ce qui motivait ma décision. Il n'y a rien ni personne qui vaille la peine d'être sauvé. Maintenant, laisse-moi, je suis fatigué, je dois me reposer.

Max se leva péniblement, il regarda tristement son frère, son jumeau qu'il ne parvenait même pas à détester. Comment tout cela allait-il finir ? Il savait que Suzie et surtout François étaient aux abois, peut-être pourraient-ils obtenir une dernière fois que leur père les tire du mauvais pas dans lequel ils s'étaient fourrés, il le souhaitait pour eux…

En quittant le bureau, il se retourna une dernière fois pour regarder son frère et fut frappé de stupeur. Il vit dans ses yeux, non pas la lassitude d'un homme qui se meurt, mais la cruauté d'un bourreau qui jouit de la souffrance de sa victime. Le regard qu'Édouard posait sur lui était implacable et cruel.

Édouard irait jusqu'au bout pour les punir tous, la seule solution serait qu'il meure avant de pouvoir commencer à liquider ses biens. Il paraissait déjà très malade, peut-être ne survivrait-il pas assez longtemps pour mettre ses menaces à exécution…

Chapitre 22

Vingt-deux heures trente

Debout derrière la fenêtre de sa chambre, Amanda se moucha bruyamment. Elle tapota doucement ses joues pour essuyer les larmes qui avaient coulé. Décidément, l'alcool la rendait triste à mourir !

Le vent qui hurlait sur le manoir ne semblait pas avoir perdu en intensité. Elle entendait les trombes d'eau s'écraser contre les fenêtres de sa chambre. Les volets étaient restés ouverts, certainement à cause de Soizic qui devait normalement veiller à ce que tous les volets du manoir soient fermés. Cette vieille sorcière avait sciemment dû oublier sa chambre. Elle n'avait même pas l'excuse de l'âge puisqu'elle avait cette petite bonne qui la secondait. Amanda hésitait à ouvrir la fenêtre pour affronter les bourrasques de pluie. Elle se contenterait de fermer les volets intérieurs. Mais elle sentait des vagues d'air froid qui s'insinuaient à travers la fenêtre mal isolée, soulevant par à-coups les fins rideaux. Elle détestait cette vieille bâtisse ! Elle se décida enfin à affronter la pluie et sentit la violence de la tempête, qui n'en était qu'à ses prémices, si elle en croyait Max.

Amanda pestait rageusement alors qu'elle tentait d'attraper les volets que le vent collait contre les murs du manoir. Elle parvint finalement à les fermer entre deux violentes bourrasques et referma la fenêtre, le visage et les bras complètement trempés par la pluie. Amanda attrapa une serviette de toilette, s'essuya rapidement et s'écroula sur le tabouret devant sa coiffeuse.

Elle était plus choquée qu'en colère à cause de ce qu'elle avait appris ce soir. Elle avait bien compris que cette relation écœurante entre son fils et Barbara n'était qu'une vengeance dirigée contre elle. Il voulait lui faire payer sa propre liaison avec David, un de ses amis. Elle pouvait le comprendre, et passé le premier choc, elle n'en voulait même pas réellement à son fils pour cette liaison. Elle n'était même pas certaine d'en vouloir à Barbara…

Édouard avait fait preuve ce soir d'une goujaterie sans nom, dévoilant les secrets des uns et des autres avec un plaisir sadique qu'elle ne connaissait que trop. Durant toute la période qu'avait duré leur mariage, il n'avait pas manqué une occasion de l'humilier et de la rabaisser. Elle avait toujours été fière de sa carrière professionnelle ainsi que de ses origines. Ses ancêtres étaient issus de la vieille noblesse russe. Sa famille avait en grande partie été massacrée sous la révolution bolchevique. Seule sa grand-mère avait pu s'enfuir. Elle était parvenue à emporter des bijoux et surtout un œuf Fabergé d'une grande valeur. Cette petite fortune avait permis à sa famille de vivre très confortablement jusqu'au deuxième mariage désastreux de la mère d'Amanda avec un entrepreneur mafieux. Cette fripouille les avait presque conduites à la faillite.

La grand-mère avait très judicieusement mis quelques bijoux et le Fabergé à l'abri de la rapacité de son beau-fils, qui avait eu la bienséance de mourir assez rapidement, évitant ainsi de ruiner complètement la famille. Ces joyaux étaient revenus à la mère d'Amanda au décès de l'aïeule, et lui reviendraient à elle aussi au décès de sa propre mère.

Édouard trouvait amusant de raconter l'épisode du beau-père truand et de la présenter à ses amis comme une simple danseuse de cabaret alors qu'elle avait été une grande ballerine. Elle qui pendant trois ans avait fait partie d'une troupe de danseurs et qui s'était produite dans les plus grandes villes d'Europe ! Elle n'avait pas supporté longtemps le mépris de son mari et s'était appliquée à lui rendre la vie impossible, notamment durant les quelques mois passés sur cette île, et peu lui importait que ce soit au détriment de la vieille Soizic. Ils avaient rapidement mis fin à ce mariage catastrophique.

Amanda passait un coton imbibé de démaquillant sur son visage, retirant l'épaisse couche de fond de teint qui le recouvrait. Elle observa attentivement et sans indulgence ses traits qui commençaient à s'affaisser. Elle se refusait pour le moment à recourir à la chirurgie esthétique pour combler ses premières rides, mais il fallait bien admettre qu'elle commençait à se friper sérieusement. Elle y avait songé quelques semaines plus tôt quand son jeune amant, qui avait vu une photo d'elle à trente ans, s'était avec cruauté moqué de « sa beauté décrépite ». Mais il n'y avait rien de plus pathétique que ces femmes qui finissaient défigurées par amour pour ce genre de petit crétin ! Non, elle garderait ses quelques rides, qui finalement donnaient du caractère à son visage, et virerait David de son appartement dès son retour à Paris. La chirurgie attendrait encore quelques années que les affres du temps soient plus cruelles. Amanda se contenterait de continuer à s'entretenir comme elle le faisait quotidiennement, en faisant du yoga et en nageant. Hormis l'alcool qui était son péché mignon, elle faisait très attention à elle, ne fumant qu'en période de stress comme c'était le cas ce week-end.

De toute façon, elle en avait soupé de son jeune amant. Il était évident qu'il n'y avait guère d'amour entre eux, que de l'intérêt. Et le sien n'était plus au rendez-vous. Son ego commençait à sérieusement pâtir de cette situation de plus en plus humiliante. Elle allait renverser les rôles. Gontran était fou d'elle depuis plusieurs mois et n'attendait qu'un mot, qu'un geste de sa part pour enfin lui passer la bague au doigt. Et c'est exactement ce qu'elle allait faire. Son prétendant, à défaut d'être follement séduisant, était très riche. Pas autant qu'Édouard, évidemment, mais suffisamment pour lui assurer une aisance à laquelle elle avait toujours été habituée. Qu'importait les états d'âme de sa future belle-fille, il ne prendrait pas le risque de la perdre si elle commençait à se plaindre de la situation. Ensuite, Amanda saurait bien s'accommoder des caprices d'une gamine immature qui finirait par quitter le cocon familial. Gontran serait un mari très amoureux et elle se sentirait à nouveau la reine du bal !

Mais pour le moment, elle avait bien d'autres problèmes à régler, à commencer par cette dette de jeu que François aurait contractée auprès de mafieux et qui l'inquiétait beaucoup. Comment allait-il pouvoir rembourser ces truands si son père lui coupait les vivres ? Il était inconcevable qu'Édouard laisse leur fils, l'héritier de son nom, dans une situation aussi dangereuse. Elle ne pouvait pas accepter qu'il puisse délibérément mettre la vie de son fils en danger ! Il fallait qu'il revienne sur sa décision et l'aide une dernière fois. Si Édouard persistait dans son projet ridicule de liquider la totalité de son patrimoine pour tout donner à des associations caritatives, il devait auparavant l'aider, même si c'était la dernière fois. Depuis quand Édouard Montergnac était-il devenu un homme généreux, soucieux du bonheur des autres ? Ce n'était qu'une vaste fumisterie, un moyen pour lui de tourmenter encore sa famille. Il n'était pas question pour elle d'amputer son propre héritage *historique* en revendant les joyaux de sa famille pour éponger les dettes de son crétin de fils. Dettes qu'elle craignait abyssales de surcroît ! Après tout, Édouard était son père, un père qui avait toujours été absent pour son fils, mais qui était suffisamment riche pour que la facture ne représente rien pour lui. Il remplirait son rôle pour une fois !

De plus en plus énervée, Amanda brossait avec vigueur son épaisse chevelure blonde. Elle exigerait dès le lendemain qu'il aide une dernière fois François. Elle suspendit son geste ; pourquoi attendre le lendemain ? Autant régler le problème le soir même. Édouard allait lui faire un dernier chèque, même si pour cela elle devait lui tordre le bras. Compte tenu de son état d'énervement, elle se sentait capable d'user de toutes les contraintes pour obtenir gain de cause et sortir son fils de ce mauvais pas. Elle attendrait que tout le monde ait rejoint sa chambre pour débouler dans le bureau d'Édouard et l'obliger à lui signer un chèque en blanc. Ça ne serait pas la première fois, et ça lui rappellerait les « heureuses » années de leur mariage. Elle sentait monter en elle une telle colère qu'elle n'envisageait pas une seconde que le vieillard puisse ne pas accéder à ses exigences. Qu'il vende ce qu'il voulait, mais après avoir accordé à leur fils une part d'un héritage qui lui était dû. Et tant pis si cet héritage devait partir dans des dettes de jeu, François était un grand garçon, il ne pourrait s'en prendre qu'à lui-même. Demain, elle lui jetterait au visage le chèque de son père, il s'en débrouillerait. Peut-être son fils cesserait-il ensuite de la traiter avec mépris comme il le faisait depuis quelques semaines. Maman aurait encore une fois sauvé les fesses de son vilain petit garçon.

Rassérénée par son nouveau plan de bataille, Amanda ramassa son peignoir, qu'elle avait jeté sur son lit, sa trousse de toilette et se dirigea vers la salle de bains.

Chapitre 23

Vingt-trois heures trente

François faisait les cent pas dans sa chambre. Il savait qu'il ne parviendrait pas à dormir. Il essaya d'imaginer un bref instant dans quel état d'esprit se trouvait sa mère et eut un sourire involontaire à l'idée qu'elle devait en ce moment même fulminer de rage à cause de ce qu'elle avait appris dans la soirée.

Sa liaison avec Barbara était évidemment terminée. Relation indigne aux yeux de tous, même s'il n'y avait entre eux aucun lien de sang, et que l'on ne pouvait en aucun cas parler d'inceste ! Les joues en feu, la pauvre avait voulu quitter la table, mais Édouard, avec cette insupportable voix autoritaire, avait exigé qu'elle reprenne sa place. François avait presque eu pitié d'elle, pauvre petite fille humiliée par son ex-mari devant toute la famille.

Seule la réaction de Caroline l'avait réellement chagriné. Il avait toujours beaucoup aimé sa jeune sœur ; or la révélation de sa liaison avec sa mère l'avait choquée. Il craignait que cela n'ait définitivement gâché leurs relations et le regrettait sincèrement. Édouard devait se réjouir d'avoir brisé ce lien entre Caroline et lui, et tant pis si elle devait en souffrir.

François avait pensé ne révéler l'existence de cette relation qu'à sa mère, histoire de provoquer sa colère comme elle avait provoqué la sienne en prenant pour amant l'un de ses amis. Et celui qui, en plus, avait parié avec d'autres qu'il coucherait avec elle avant la fin de l'année ! François s'était senti humilié et avait décidé de l'humilier elle aussi. Il avait toutefois un avantage, car il couchait avec une femme qu'elle n'avait jamais aimée, qu'elle méprisait depuis toujours. Il avait observé sa mère après l'annonce brutale de sa liaison avec Barbara et l'avait vue blêmir. Il avait alors ressenti un plaisir sadique à la voir apprendre aussi brutalement son petit secret. Mais passé ce premier moment de satisfaction, François avait été ennuyé par l'étalage sordide de sa liaison devant toute la famille. Car le jeune homme n'avait jamais eu l'intention de la dévoiler aux yeux de tous, souhaitant en réserver le privilège à sa seule mère. Son père avait visiblement pris un malin plaisir à mettre au jour cette liaison et François n'avait pas manqué de remarquer la lueur de cruauté qui brillait au fond de ses yeux lorsque celui-ci avait lâché sa petite bombe. Peu lui importait que cela puisse détruire les relations entre ses enfants.

Mais maintenant, cette liaison était devenue le cadet de ses soucis. Édouard les avait réunis pour leur annoncer à tous son intention de ne rien leur laisser après sa mort.

Assommé par cette annonce, François n'avait pas protesté, à l'inverse des autres membres de la famille. Il savait que dans l'immédiat, toute protestation serait vaine et ne ferait que satisfaire le vieil homme, car elle révélerait l'impact de cette décision sur chacun d'entre eux. Mais il ne pouvait pas accepter que son père agisse de la sorte. Il fallait qu'il change d'avis coûte que coûte. Le jeune homme ne pouvait se permettre de ne pas honorer ses dettes. Ses « amis » ne lui accordaient un crédit quasi illimité que parce qu'ils savaient qu'il était potentiellement à la tête d'une petite fortune. Il était l'un des héritiers d'un homme de quatre-vingt-six ans, qui notoirement possédait plusieurs centaines de millions d'euros ! S'ils venaient à apprendre les intentions d'Édouard Montergnac de distribuer toute sa fortune à des œuvres caritatives, sa situation serait plus que délicate et il ne donnait pas cher de sa peau…

Il lui fallait réagir et plaider sa cause pour obtenir de son père qu'il couvre au moins ses dettes actuelles. C'était ça ou il était un homme mort. Jetant un regard sur l'horloge posée sur la cheminée, le jeune homme décida d'aller voir son père le soir même ; il n'était pas encore minuit et son père ne se couchait jamais avant deux ou trois heures du matin. Compte tenu de la soirée, Édouard n'avait probablement pas l'intention de rejoindre sa jeune maîtresse et devait comme tous les soirs se trouver dans la bibliothèque.

Le jeune homme sortit à pas de loup dans le couloir.

DIMANCHE
14 DÉCEMBRE 2008

Chapitre 24

Une heure

Assis sur un fauteuil dans sa chambre, Jacques Capestan gardait les yeux fermés et se concentrait sur sa respiration. Il sentait son cœur battre douloureusement dans sa poitrine. Il devait se calmer, parvenir à ralentir son rythme cardiaque, respirer, reprendre le contrôle, se concentrer sur sa respiration, faire le vide dans son esprit, visualiser une image, un endroit qu'il aimait et qui le rassurait. Il devait penser à Renée.

Il avait suivi des cours de méditation quelques années auparavant et tentait de se remémorer ce qu'il avait appris. Il n'avait alors pas pris cet enseignement au sérieux et ne l'avait suivi que pour faire plaisir à Renée, une très bonne amie. Elle avait réussi à l'entraîner dans ces cours qui avaient au moins eu le mérite de lui faire passer de bons moments avec cette femme belle et pétillante qui lui avait redonné le goût de vivre et qui aujourd'hui partageait sa vie.

Depuis la mort de son épouse, il n'avait pas retrouvé de compagne auprès de qui il se sentait réellement bien. Jusqu'à l'arrivée de cette femme, si gaie et si vivante, qui l'obligeait à sortir de son univers triste et poussiéreux. Ils avaient fait le choix de ne pas vivre ensemble, mais il appréciait de quitter son appartement bordelais pour la retrouver. Il attendait chaque fois avec impatience de passer de longs week-ends à marcher le long de la jetée d'Arcachon où elle résidait, de partager un repas au restaurant avec cette femme pleine de fantaisie.

Se concentrer, respirer encore, lentement… Les battements de son cœur reprenaient doucement un rythme plus normal, la crise était passée.

Jacques referma la pochette qui contenait le manuscrit d'Édouard. Il n'arrivait pas à croire que ce qu'il avait lu ce soir soit la vérité. Cela dépassait l'entendement. Si tout était vrai, cet homme était la pire des ordures. Comment ne s'était-il pas rendu compte que ce vieillard n'était en fait qu'un monstre de cruauté ? Il le savait impitoyable en affaires, mais n'avait pas imaginé qu'il ait pu être aussi cruel et aussi monstrueux dans la vie privée.

Pourquoi lui avait-il fait lire ces feuillets ? Il devait bien se douter que cela provoquerait sa rage et sa haine. Et pourquoi lui révéler ces horreurs maintenant ? Avait-il réellement l'intention de rendre publiques ces révélations ? Se rendait-il compte de ce que tout cela impliquait ? Jacques ne pouvait l'accepter, il ne fallait en aucun cas que ce monceau d'ordures soit publié.

Il continuait à respirer lentement, il devait récupérer toutes ses facultés avant d'aller affronter ce monstre.

Qu'importe qu'il soit diminué, Édouard devait payer pour ce qu'il avait fait. Et qu'importe ce qui lui arriverait à lui après avoir tué ce salopard. Il devait le faire parler, lui confirmer que tout ce qu'il avait vomi dans ce manuscrit était la vérité. Si tel était le cas, alors il mettrait un terme à l'existence monstrueuse d'Édouard Montergnac.

Chapitre 25

Six heures

— Charlotte ! Réveillez-vous !

La jeune femme tentait d'ouvrir les yeux, complètement hagarde, ne sachant plus où elle se trouvait. Elle ne s'était pas endormie avant deux heures du matin, et le réveil était difficile.

— Réveillez-vous ! répéta une voix pressante.

Complètement désorientée, Charlotte se souvint brusquement qu'elle était sur l'île Korser. Quelqu'un tambourinait à sa porte à… même pas six heures du matin ! Elle se leva et entrouvrit légèrement la porte de sa chambre.

— Qu'est-ce qui vous arrive ? Vous avez vu l'heure ?

Victor la poussa dans sa chambre et entra.

— Édouard est mort, dit-il à voix basse, je l'ai trouvé dans la bibliothèque.

— Quoi ? C'est une plaisanterie ?

— Franchement, j'aurais préféré.

— Merde…

— Comme vous dites !

Charlotte alluma le lustre, une lumière blanche et crue inonda brutalement la pièce. Un éclair déchira le ciel, suivi d'un roulement de tonnerre. La lumière s'éteignit brusquement, plongeant la chambre dans l'obscurité absolue. La tempête était très proche, et le courant venait de se couper.

— Si c'est la tempête, on risque d'être sans courant un moment. Je vais récupérer une lampe dans ma chambre, attendez-moi ici, chuchota Victor près d'elle. Quand Marcel se lèvera, il mettra les groupes électrogènes en route, au moins, on aura encore du chauffage.

Le jeune homme sortit et revint rapidement avec une lampe dynamo qu'il rechargeait en tournant une manivelle.

— Que s'est-il passé avec Édouard ?

— Je l'ignore. La seule chose de sûre, c'est qu'il n'est pas mort dans son sommeil.

— Ce n'est pas possible ! Vous en êtes certain ?

— Aucun doute.

— Où est-il ?

— Dans la bibliothèque. Il a été tué avec un tisonnier, il ne manque plus que la carte désignant l'assassin. Comme vous l'avez dit hier soir… Vous avez un don, non ?

— Merde !

— Décidément, vous manquez de vocabulaire au réveil.

— Et moi je vous trouve étonnamment comique compte tenu de la situation, dit Charlotte en saisissant sa robe de chambre en laine polaire. J'en déduis que vous aviez mieux à faire cette nuit que de veiller sur lui !

La dent dure dès le réveil ! Victor commençait à comprendre pourquoi Patrick Dalincourt s'accordait une petite respiration avec une jolie petite étudiante américaine aux États-Unis… Et s'il lui apprenait la nouvelle maintenant, sans préambule ni fioritures, elle ferait certainement moins la maligne ! « Reprends-toi, Victor ! »

— Excusez-moi, soupira Charlotte. C'est injuste et je ne pensais pas ce que je viens de dire. Bon sang, donnez-moi mes chaussons plutôt que de rester planté là, à me regarder ! Quelle heure est-il ?

— Toujours six heures du matin.

— Et vous êtes déjà debout à cette heure ? Qui d'autre est au courant pour Édouard ?

— Pour l'instant, il n'y a que vous et moi.

Charlotte lui lança un regard surpris.

— Vous étiez officier dans la gendarmerie, reprit Victor en haussant les épaules. Vous avez donc une expérience des scènes de crime. Et compte tenu de ce qui s'est passé hier, vous me semblez être l'une des rares personnes présentes ici à ne pas avoir de mobile pour tuer Édouard. Prenez votre appareil photo.

Charlotte n'arrivait pas à prendre vraiment conscience de ce que venait de lui annoncer Victor. Elle avançait comme dans un brouillard et ne put s'empêcher de se demander si elle était réellement réveillée. Édouard mort ! C'était tellement irréel…

Ils se dirigèrent silencieusement vers la bibliothèque en évitant autant que possible de faire craquer les marches du vieux parquet en bois. La lampe dynamo de Victor se déchargeait rapidement, ils avançaient l'un derrière l'autre, entourés d'un halo de lumière vacillante. Au fur et à mesure qu'ils s'approchaient du lieu du crime, Charlotte sentait l'appréhension monter en elle. En arrivant devant la lourde porte en chêne de la bibliothèque, Victor saisit le bras de la jeune femme.

— Vous verrez, ça n'est pas joli joli. Édouard a la tête complètement fracassée. Le tisonnier qui a servi à le tuer est à côté de lui.

En pénétrant dans la pièce, Victor déposa sur le guéridon sa lampe, qui projeta un faible plot de lumière près du canapé ; Charlotte fut assaillie par l'odeur métallique du sang. Elle vit d'abord des pieds qui dépassaient du canapé devant la cheminée à peine rougeoyante. Édouard portait encore ses chaussures, il n'était probablement pas allé se coucher. Puis elle vit une grande flaque noire luisante de l'autre côté du canapé. Elle s'avança doucement en prenant soin de ne rien toucher et découvrit, horrifiée, le visage complètement éclaté du vieil homme. Elle détourna instinctivement les yeux devant ce spectacle d'une extrême brutalité. Édouard était méconnaissable, mais c'était bien lui, il portait encore ses vêtements de la veille. La colère qu'elle éprouvait contre lui il y avait encore quelques heures s'évanouit instantanément. Le vieil homme était mort. Et quoi qu'il ait dit ou fait la veille au soir, rien ne justifiait qu'il ait été aussi sauvagement assassiné.

Elle s'astreignit à respirer profondément les yeux fermés pendant quelques secondes. Il était toujours plus difficile, pour un policier, d'enquêter sur une victime qu'il avait connue. La distanciation est une condition nécessaire afin d'avoir l'esprit clair et ouvert lors d'une enquête. Plus facile à dire qu'à faire, mais Charlotte devait s'appliquer à instaurer cette distance, pour pouvoir ainsi observer et analyser plus efficacement ce qui l'entourait.

La jeune femme s'approcha du corps en prenant garde de ne pas marcher dans l'immense flaque de sang. Elle s'accroupit et toucha délicatement le corps du vieil homme. Il était déjà froid et la rigidité cadavérique commençait à s'installer. Elle remarqua un petit objet rond dans le creux de la main droite du vieillard, mais préféra pour le moment ne toucher à rien.

— Il faut préserver cette pièce en attendant l'arrivée de la police, dit-elle d'une voix étranglée.

Elle tenait son appareil photo serré contre elle, comme pour se protéger.

Dehors, la tempête faisait rage. Le volet extérieur n'avait pas été fermé et claquait contre la façade. Un violent coup de tonnerre déchira le ciel sombre, Charlotte entendait les bourrasques s'écraser contre les murs épais et le sifflement sinistre du vent qui s'immisçait dans les moindres ouvertures du manoir. Elle sentit un courant d'air glacial dont elle n'aurait pu dire s'il était réel ou le fruit de son imagination.

Avec cette tempête qui soufflait à l'extérieur, personne ne pourrait leur venir en aide dans l'immédiat.

— Malheureusement, je ne pense pas que la police puisse intervenir avant plusieurs heures, confirma Victor comme s'il lisait dans ses pensées. La météo est encore très mauvaise et personne ne prendra la mer par ce temps. Nous devrons attendre une accalmie pour les voir arriver jusqu'à nous.

— Est-il possible de les joindre au moins par téléphone ?

— Non. Avec la tempête, la ligne est coupée. Mais Marcel a un émetteur-récepteur dans la cuisine, alimenté avec des piles. Je sais qu'il fonctionne parfaitement pour l'avoir récemment utilisé.

Le meurtrier était présent dans cette maison, Charlotte n'en doutait pas une minute. Comment pourrait-il en être autrement ? En cet instant, il ou elle était probablement à l'affût du moindre bruit, de la moindre agitation, d'une exclamation, d'un cri, qui lui signifierait que le meurtre avait été découvert.

— Bien, je vais jeter un coup d'œil plus approfondi à la scène de crime et faire quelques photos.

— Vous avez une idée de l'heure à laquelle il a été tué ?

— Figurez-vous que je ne suis pas légiste. Mais pour répondre à votre question, il a dû être assassiné après une heure du matin. Sans certitude.

— En réalité, vous ne savez pas. J'ai l'impression que vous avez du mal à admettre que vous ignorez quelque chose, non ? Vous ne pouvez pas tout savoir non plus, il n'y a aucune honte à le reconnaître.

— C'est amusant, ça. Surtout de la part d'un enquêteur qui n'a pas su voir ce que ses enquêtes pouvaient provoquer.

— On ne rigole pas beaucoup avec vous.

— Rarement devant un corps.

— Oui, bien sûr, pardon… Je peux faire quelque chose ?

— Ne pas traîner dans mes pattes, bougonna Charlotte en poussant légèrement le jeune homme.

Décidément, elle était charmante ! Victor observa la jeune femme pendant qu'elle photographiait le corps sans vie d'Édouard. À un moment, elle se pencha sur le cadavre et tendit la main comme si elle ramassait quelque chose. Puis elle fouilla dans les poches du vieillard et en sortit une clé.

— C'est sûrement la clé de son bureau, je vais le fermer. Interdiction à quiconque d'y pénétrer. Je ne pense pas qu'il faille réveiller les autres maintenant, reprit-elle en se relevant. Je crois que le plus judicieux serait de fermer cette pièce à clé et d'en interdire l'accès à tout le monde jusqu'à l'arrivée de la police. Il faudra que nous récupérions les doubles qui doivent forcément exister, pour éviter tout risque d'intrusion. Vous pensez comme moi que le meurtrier est encore dans la maison, n'est-ce pas ? ajouta-t-elle en regardant Victor.

Victor soutint son regard et hocha doucement la tête.

— Si vous n'avez aucun doute à mon sujet, ça n'est pas le cas pour moi. Je dois savoir ce qui vous a amené à découvrir le corps d'Édouard à cette heure de la nuit.

Le jeune homme poussa un long soupir.

— Vous avez raison, je vais devoir tout vous expliquer.

— Allons dans la cuisine, il faut prévenir la police et je crois que nous avons besoin d'un bon café pour nous réchauffer.

Victor récupéra la lampe dynamo dont il tourna vigoureusement la manivelle pour la recharger. Charlotte le suivit et ferma doucement la porte de la bibliothèque. Elle jeta au préalable un dernier regard sur le corps sans vie du vieil homme. Elle se souvint de sa conversation avec sa mère : sa vision de la mort d'un bel homme aux cheveux blancs baignant dans son sang, assassiné dans une bibliothèque… Quand Éléonore Valentin apprendrait les circonstances de la mort d'Édouard Montergnac, elle allait être insupportable !

Chapitre 26

Six heures trente

Suzie frissonnait malgré le feu fourni qui crépitait dans le poêle à bois et les multiples couvertures qu'elle avait disposées sur son lit. Elle avait très peu dormi et savait que le sommeil ne viendrait plus maintenant.

Elle se retourna et plissa les yeux pour lire les chiffres affichés sur son radio-réveil. Six heures trente ! Elle avait envie d'un bon café bien fort pour apaiser ses angoisses, un peu comme les Anglais avec leur thé, tel un remède à tous leurs maux. Mais il faisait encore nuit noire et elle n'avait aucune envie de déambuler dans le manoir glacial.

Victor était passé la voir la veille au soir dans sa chambre à sa demande. Elle avait vite compris que son amant ne souhaitait pas s'éterniser avec elle et en avait ressenti un vif dépit. Il n'avait même pas semblé déçu ou blessé d'apprendre qu'elle souhaitait mettre un terme définitif à leur liaison, et elle avait même eu la désagréable impression que ça le soulageait. Il l'avait quittée sans même l'embrasser.

Elle tendit l'oreille pour écouter les bruits de la maison, le vent soufflait trop fort et elle ne pouvait rien distinguer. Les rideaux s'agitaient au rythme des rafales qui s'écrasaient sur les fenêtres mal isolées de sa chambre. Encore une heure, et elle pourrait descendre dans la cuisine. Soizic et Marcel seraient alors en train de prendre leur petit déjeuner, il ne fallait pas qu'elle soit la première à se lever…

Elle comprenait maintenant pourquoi son père les avait tous réunis ce week-end et, en se remémorant cette soirée, elle ne put s'empêcher de grimacer. Pourquoi agissait-il de la sorte, quelle raison avait réellement pu le pousser à tous les priver d'un héritage qu'ils attendaient depuis toujours ? Il avait prémédité son coup depuis longtemps puisqu'il avait fait enquêter sur chacun d'eux pour trouver la faille qui justifierait sa décision.

Suzie n'arrivait pas à croire qu'il envisageait sérieusement d'aller jusqu'au bout de cette décision ; en fait, elle n'arrivait pas à se projeter dans un avenir sans argent. Comme chacun des membres de cette famille, elle était persuadée de vivre un jour prochain à l'abri de tout problème financier. Son père était tellement riche !

Jamais elle n'avait imaginé devoir se contenter de son appartement à Bordeaux, elle avait toujours pensé hériter d'une somme suffisamment importante pour vivre dans un luxe qu'elle avait touché du doigt en côtoyant son père en dehors de ce maudit manoir. Plus jeune, elle avait quelquefois eu l'occasion de séjourner dans l'un ou l'autre des luxueux appartements de son père à Paris, Berlin, Rome ou encore New York. Elle avait chaque fois été frappée par leur manque de personnalité et avait eu l'impression de se trouver dans un de ces appartements-témoins que des agents immobiliers faisaient visiter à leurs clients et dans lesquels chaque meuble et chaque tableau ne reflétaient que la volonté de convenir au plus grand nombre. Aucune photographie, aucun objet personnel n'était laissé dans ces endroits dans lesquels Édouard ne faisait que passer, comme s'il s'agissait de chambres d'hôtel. Il laissait d'ailleurs occasionnellement ces appartements à la disposition de ses collaborateurs, n'en disposant que ponctuellement lors de ses rendez-vous d'affaires. Mais chaque objet, chaque meuble, chaque tissu était une pièce de luxe, et Suzie avait appris à aimer ces endroits, aussi impersonnels soient-ils.

Et aujourd'hui, il lui faudrait renoncer à ce qu'elle attendait depuis des années, renoncer à vivre sur la fortune de son père qui, même partagée avec son frère et sa sœur, serait encore énorme ! Elle n'avait jamais véritablement pensé qu'elle devrait éternellement travailler pour gagner sa vie comme elle le faisait actuellement. Elle se contentait de donner le change, sachant que son père méprisait les inactifs qui vivaient aux crochets d'une société trop généreuse. Il avait encore plus de mépris pour les fils de riches qui ne vivaient que pour dilapider une fortune parfois chèrement acquise. C'est pour cela qu'elle avait voulu créer sa maison d'édition et se donner le vernis d'une femme active. Tout cela pour satisfaire son père et éviter le méchant retour de bâton en cas de désaccord. L'inactivité n'était pas dans les habitudes de vie d'Édouard, et même après être parti en retraite, il ne pouvait pas, encore aujourd'hui, se résigner à mener une vie de retraité.

S'il avait, depuis plus de dix ans, laissé les rênes de son empire aux mains de ses associés, il restait malgré tout membre du conseil d'administration et faisait, encore maintenant, office de grand patron. Rien ne se décidait sans son aval, son emprise restait puissante, relayée par de fidèles collaborateurs qu'il savait largement récompenser. S'il était généreux avec ses amis, il pouvait par ailleurs être impitoyable avec ceux qu'il considérait comme ses ennemis, n'hésitant pas à ruiner des carrières. Bon nombre de ses adversaires payaient encore leur infidélité ou leur volonté de se dresser face à lui. Suzie connaissait cette facette du caractère de son père et avait appris à ne pas provoquer chez lui de colère ou de déception qui lui serait préjudiciable.

Édouard avait été déçu qu'elle décide de suspendre ses études de droit, mais elle avait su tourner à son avantage cette déception, en déclarant vouloir entamer un tour du monde, mettant en avant un désir d'aventure qu'elle était loin de ressentir. Elle dit à son père qu'elle voulait découvrir le monde avant de s'enfermer dans une carrière professionnelle qui ne lui laisserait probablement plus le loisir de voyager. Elle se doutait bien que son père ne financerait jamais un tel projet s'il ne comprenait pas un aspect *quête d'aventure* qu'elle mit adroitement en avant.

Cela avait suffi à contenter son père, qui semblait apprécier le goût du risque qu'elle faisait mine de posséder. Il n'en était évidemment rien, mais elle ne supportait plus les contraintes de sa vie d'étudiante et surtout les succès qu'elle était condamnée à obtenir sous peine de décevoir son père. Il lui aurait fallu travailler beaucoup plus dur pour réussir, et elle n'avait aucune envie de fournir le moindre effort supplémentaire pour obtenir un diplôme dont elle n'avait que faire. Elle n'envisageait pas une seconde de travailler dans le cabinet d'avocats auquel son père la destinait, préférant de loin voyager et profiter de la vie. Charlotte lui avait fortement déconseillé, à l'époque, d'abandonner ses études, mais son amie ignorait le montant de son héritage potentiel, et Suzie ne voulait surtout pas lui en parler. Elle était donc partie quelques mois plus tard pour un tour du monde que son père avait tenu à organiser avec elle, mais qui ne ressemblait en rien à ce qu'elle rêvait de réaliser ! Elle se retrouvait à devoir voyager en Afrique et en Asie, alors qu'elle aurait voulu partir aux États-Unis ou, mieux encore, à Dubaï ! Une de ses anciennes copines de lycée avait séjourné dans ce paradis du shopping et n'avait cessé de lui conseiller de se rendre dans cet émirat pour profiter de ce qu'un tel endroit pouvait offrir à une fille de millionnaire ! Mais Dubaï ne faisait pas partie de la feuille de route concoctée par papa… Elle était donc partie à contrecœur pour l'aventure que son père lui avait programmée, en commençant par un séjour en Inde qu'immédiatement elle détesta. La chaleur humide, les odeurs pestilentielles des rues de Bombay et la misère ambiante ne correspondaient pas à ses rêves de *globe-trotter* de luxe. Elle ne quitta pratiquement jamais l'hôtel où elle s'était installée et passa deux mois à s'ennuyer ferme dans sa chambre confortable, mais loin du luxe auquel elle aspirait. Peu à peu son ressentiment envers son père refit surface, elle vivait comme une miséreuse alors que son père était un homme tellement riche ! Il avait tout organisé, payant par avance les hôtels dans lesquels elle séjournerait. Il s'était beaucoup amusé à tout organiser, affichant même ses voyages sur des cartes accrochées aux murs de son bureau ! Il lui avait interdit d'emporter trop d'argent par souci de sécurité, lui envoyant ce dont elle avait besoin par mandat quand elle le demandait, ce qui était un moyen supplémentaire de contrôler ses faits et gestes, même dans les pays les plus lointains. Pourquoi ne se comportait-il pas comme la plupart des pères riches à millions qui satisfaisaient les moindres caprices de leur progéniture pour pallier leur absence ? Heureusement pour elle, lors d'un séjour au Sénégal, elle fut victime d'un accident de la route suffisamment grave pour devoir être rapatriée et hospitalisée plusieurs semaines à Paris. Édouard exigea alors qu'elle mette un terme à ses pérégrinations. Elle était soulagée, n'en pouvant plus de vivre de façon aussi rustique. Cet accident tombait à pic. Pour la forme, elle demanda toutefois à pouvoir continuer son tour du monde, mais son père s'y opposant vigoureusement, elle consentit à se plier à sa volonté, se réjouissant intérieurement de cette décision.

Depuis, ses relations avec son père s'étaient un peu espacées, Édouard prenant visiblement du recul avec elle sans être vraiment distant. Il n'avait pas, comme elle le craignait, exigé qu'elle reprenne ses études. Il avait même contribué à l'aider à créer sa propre maison d'édition cinq ans plus tôt.

Suzie sursauta brusquement, elle venait d'entendre comme un bruissement derrière sa porte. Quelqu'un était réveillé et marchait dans le couloir.

Maintenant ses problèmes étaient résolus. Elle allait enfin pouvoir mener la vie dont elle avait toujours rêvé et à laquelle elle avait droit.

Bientôt la maison serait en pleine effervescence, elle n'avait plus qu'à attendre la réaction des autres. Quant à elle, elle avait bien l'intention de faire profil bas. Elle tendit l'oreille, mais n'entendit plus rien.

Chapitre 27

Six heures trente

La cuisine était faiblement éclairée, les flammes qui mouraient dans l'âtre de la cheminée projetant de légères lueurs dansantes sur les murs. Il faisait encore nuit noire, le jour ne se lèverait pas avant une bonne heure et demie. Victor déposa sa petite lampe sur la table tandis que Charlotte rechargeait la cuisinière à bois. Puis le jeune homme souleva une bûche en chêne qu'il déposa lourdement dans la cheminée.

Charlotte était frigorifiée. Elle ne parvenait pas à se réchauffer ni à refréner les tremblements qui la secouaient. Elle se savait sous le choc de la découverte du corps d'Édouard. La jeune femme regardait Victor s'affairer devant l'émetteur-récepteur. Elle l'avait vu rejoindre Suzie dans sa chambre dans la soirée, les deux amants avaient dû se retrouver après la soirée catastrophique de la veille. Ça en ferait au moins deux qui auraient peut-être un alibi…

Victor échangea quelques mots avec une personne qu'il semblait connaître, et tendit l'appareil à Charlotte, lui laissant le soin de faire le compte rendu des faits.

En raison de la météo exécrable, le gendarme de permanence lui précisa qu'ils ne pourraient pas intervenir avant la fin de l'après-midi, en supposant que l'accalmie espérée vers quinze heures ait bien lieu et leur permette alors de décoller ou, pour le moins, de prendre la mer. Il lui demanda de protéger la scène de crime. Charlotte lui proposa de recueillir les premiers éléments d'enquête en attendant leur arrivée, ce qu'il accepta après un instant d'hésitation, en lui demandant de se contenter de relever les emplois du temps de la nuit, pour chacune des personnes présentes dans le manoir. Lorsque la communication fut coupée, Charlotte ressentit cette sensation qu'elle connaissait bien pour l'avoir éprouvée au début des dernières enquêtes pour meurtre qu'elle avait eu à mener. Un mélange d'excitation et de peur… la peur d'échouer… Mais dans le cas présent, elle n'était heureusement pas chargée de l'enquête.

— Je suppose que vous n'avez pas passé toute la nuit dans votre chambre, dit-elle après un long silence, en observant le visage de son interlocuteur à la dérobée.

Victor eut un rapide froncement de sourcils.

— Évidemment, vous m'avez vu rentrer chez Suzie. Vous voulez savoir jusqu'à quelle heure nous étions ensemble, c'est ça ?

— Cela pourrait vous fournir un excellent alibi.

— Parce que j'ai besoin d'un alibi ? s'exclama Victor.

— Comme tout le monde dans ce manoir.

Victor soupira.

— J'étais avec Suzie, dans sa chambre, jusqu'à environ vingt-trois heures trente. On a eu une conversation, puis je suis retourné dans ma chambre. Je suis allé prendre une douche et me suis couché vers minuit.

— Donc pas d'alibi. C'est ballot…

— Un peu rapide comme déduction. Vous n'êtes même pas sûre de l'heure à laquelle Édouard a été tué !

— Quand je l'ai touché ce matin, son cadavre avait commencé à se rigidifier. Or la rigidité cadavérique commence environ quatre heures après la mort. Compte tenu du froid qui régnait dans la pièce, Édouard a probablement été tué vers une heure trente du matin, en tout cas, pas avant minuit et demi et pas au-delà de deux heures du matin. L'autopsie le confirmera, bien évidemment.

Victor la regardait bouche bée.

— Oui, eh bien, c'est ce que je disais, il faut attendre l'autopsie.

— Si vous voulez. Et que faisiez-vous déjà debout à cette heure de la nuit ? demanda Charlotte avec un demi-sourire. Pourquoi êtes-vous allé dans la bibliothèque ?

— Je voulais récupérer votre dossier dans le bureau d'Édouard, comme vous me l'aviez si gentiment demandé. Du fait qu'il y est toujours enfermé, le seul moyen pour moi d'aller dans son bureau est d'attendre qu'il soit couché. Je sais qu'Édouard ne se couche jamais avant deux ou trois heures du matin. Il fait de très courtes nuits. En revanche, il fait de très nombreuses siestes dans la journée, enfermé dans son bureau. Je me suis endormi, et je ne me suis réveillé que vers cinq heures trente. Comme je savais que je ne me rendormirais pas, j'ai décidé d'aller récupérer votre dossier.

— Mais vous n'êtes pas allé dans son bureau ?

— Non. Quand je suis descendu dans le hall, j'ai vu de la lumière sous la porte de la bibliothèque. Alors je suis entré et j'ai senti cette odeur... métallique... J'ai tout de suite compris. Puis j'ai découvert Édouard. Je n'ai touché à rien et je suis monté vous réveiller.

Charlotte s'approcha de la cheminée. Elle ne parvenait pas à sortir de son esprit le visage du vieil homme effroyablement mutilé. Une autre image s'interposait, celle d'un enfant, lui aussi assassiné... Elle se sentait glacée et tremblait toujours un peu sans pouvoir se maîtriser. Victor lui toucha légèrement l'épaule et lui tendit un verre.

— Buvez ça, c'est de l'armagnac. Ça va vous remettre d'aplomb.

Charlotte but d'un trait le contenu du verre et se sentit immédiatement envahie par une douce chaleur.

— Je crois qu'il m'en faudrait un autre, dit-elle en lui tendant le verre. Je suis désolée d'avoir été aussi abrupte avec vous. J'aimais bien Édouard, ajouta-t-elle après un silence.

— Vous êtes sans doute la seule sur cette île.

— J'ai du mal à croire que la soirée d'hier ait pu déchaîner une telle folie meurtrière. Il me semble pourtant probable que l'assassin soit un des invités.

— Malheureusement, j'ai peur que vous n'ayez raison. Les rares habitants de l'île ne viennent jamais ici et je serais étonné que quelqu'un ait pu entrer dans ce manoir sans que nous nous en soyons rendu compte. Je vais tout de même vérifier les fermetures des portes et des fenêtres pour ne négliger aucune possibilité. Je vous laisse seule quelque temps, ça ira ?

— Ça va déjà beaucoup mieux, merci. Je vais vous accompagner, c'est plus prudent.

« Prudent et surtout nécessaire », se dit-elle en avalant d'un trait son second verre d'armagnac. Charlotte ne buvait que très rarement de l'alcool et ce genre de boisson avait sur elle un effet euphorisant immédiat. Mais ce matin, elle ne se sentait ni ivre ni euphorique. Le choc émotionnel qu'elle avait ressenti en découvrant le corps mutilé de son vieil ami était passé et elle était à présent capable de tenir un raisonnement correct.

Même si elle en doutait pour des raisons irrationnelles, Victor pouvait parfaitement être le meurtrier d'Édouard. Il lui était possible de profiter de sa ronde pour entrouvrir une fenêtre et créer ainsi un doute sur l'identité de l'assassin, qui aurait alors pu venir de l'extérieur. Mieux valait suivre le jeune homme et s'assurer avec lui qu'il n'y avait aucun accès. Ainsi les seuls coupables potentiels resteraient les occupants actuels du manoir, lui y compris.

Victor n'était pas dupe des motivations de Charlotte à le suivre et en ressentait une irritation que, pourtant, il savait injustifiée. La jeune femme avait autrefois une très bonne réputation au sein de ses pairs. Il était bien placé pour le savoir après l'enquête qu'Édouard lui avait demandé de mener sur elle. Elle se devait d'agir de cette façon, mais Victor ne pouvait s'empêcher d'être vexé par le manque de confiance de la jeune femme à son égard. Silencieusement, ils firent le tour du manoir plongé dans une pénombre glacée et ne trouvèrent aucune fenêtre ni aucune porte qui ne soient correctement verrouillées.

Charlotte regagna sa chambre, accompagnée de Victor. Il faisait encore nuit noire et elle pouvait entendre le vent souffler avec force. Après que Victor l'eut laissée sur le pas de sa porte, elle entra et chercha à tâtons sa lampe de poche. Puis elle enfila un jean, un tee-shirt à manches longues et un pull à col roulé noir. Quelques instants plus tard, Victor, qui s'était lui aussi changé, la rejoignit dans sa chambre et ils se dirigèrent sans un mot vers la cuisine. Le courant avait été rétabli. Marcel et Soizic étaient levés, et le vieux jardinier avait démarré les groupes électrogènes.

***

Il était un peu plus de sept heures du matin, Soizic et Marcel étaient attablés dans la cuisine et prenaient un petit déjeuner. Une bonne odeur de café fraîchement moulu les accueillit.

Le vieux couple fut surpris de les voir surgir ensemble de si bonne heure dans la cuisine.

— C'est vous qui avez relancé la cuisinière alors ! lança Soizic en se levant pour leur sortir un bol. Avec Marcel nous nous demandions qui donc avait bien pu venir ici cette nuit pour boire de l'armagnac et relancer le feu. Comment ça se fait que vous ne dormiez plus ? C'est la tempête qui vous a réveillés ? Nous autres, on est habitués, mais c'est vrai que vous, dans le Sud, ça ne doit pas être bien courant des vents comme ça. Mais vous inquiétez pas, le manoir en a vu d'autres, on ne risque rien ici.

— Ce n'est pas la tempête qui nous a réveillés, Soizic, répondit Charlotte. Je suis désolée de vous l'apprendre comme ça, mais Édouard a été tué il y a quelques heures.

Soizic poussa un petit cri étouffé, et retomba lourdement sur sa chaise.

— Ch'uis pas étonné qu'un homme aussi mauvais termine comme ça, marmonna Marcel, le nez dans son bol de café.

— Dis donc pas de bêtises ! On était bien contents de continuer à travailler pour lui toutes ces années !

— Ça m'empêchera pas de dire que cet homme-là, c'était le diable en personne. C'est pas bien de dire du mal des morts, mais celui qui l'a assassiné, il a pas fait une mauvaise action. Et tu sais très bien que j'ai raison, Soizic. Vous, Charlotte, vous avez vu qu'un côté de m'sieur Montergnac. Nous, on le connaît depuis plus de cinquante ans. Et c't'homme-là, il a fait plus de mal que de bien. Vous pouvez me croire.

Charlotte posa une main sur l'épaule de Soizic qui, malgré ce que disait son mari, semblait touchée par la nouvelle de l'assassinat de son patron.

— Nous allons devoir aller réveiller les autres, annonça Charlotte. Pourriez-vous, s'il vous plaît, préparer du café pour tout le monde dans le petit salon ?

Puis elle se tourna vers Marcel et lui demanda de lui confier les doubles des clés de la bibliothèque et du bureau d'Édouard. Il ne fallait pas que qui que ce soit puisse entrer dans ces pièces ; elle ne précisa pas dans laquelle le vieil homme avait été assassiné.

— Oui, bien sûr, dit Marcel en se levant pour aller fouiller dans un tiroir du buffet de cuisine. Les voilà, il n'y en a pas d'autres. Je vais aller allumer le poêle du petit salon pendant que ma Soizic fera du café, ajouta-t-il avant de quitter la cuisine en traînant les pieds.

La vieille femme restait assise, comme sonnée par l'annonce de la mort d'Édouard. Mais elle ne pleurait pas.

— Soizic ? Ça va aller ? s'enquit Charlotte en se penchant vers la vieille dame. Je suis désolée de ce qui est arrivé.

— Oui, oui, bien sûr que ça va, vous inquiétez pas, Charlotte. Vous savez, il était un peu sous le choc, mon Marcel. Faut pas croire tout ce qu'il a dit, c'était un peu n'importe quoi. C'est le choc, c'est sûr.

— Bien sûr, dit Charlotte avec un sourire. C'est normal. Sous le choc, on dit souvent n'importe quoi. Nous devons vous laisser, il va falloir qu'on aille réveiller les autres.

— Avant de partir, vous ne voulez pas que je vous prépare un bon café bien fort à tous les deux ? Ça va vous requinquer. De toute façon, avec la tempête, la police n'est pas près d'arriver, et Monsieur Édouard va sûrement pas se sauver.

Charlotte et Victor se rendirent aux arguments de Soizic et burent leur café silencieusement pendant que la vieille cuisinière préparait une pâte à brioche.

— Si vous réveillez tout le monde maintenant, je ne vais pas avoir le temps de finir ma pâte à brioche. Heureusement que j'en ai toujours en réserve.

Elle sortit du congélateur quelques brioches congelées qu'elle mit à chauffer dans le four.

— Je vous en garderai des fraîches pour dans la matinée, je sais que vous adorez ça, Charlotte.

Rapidement, une bonne odeur envahit la cuisine. Charlotte et Victor glissèrent malgré eux dans une vague de bien-être, submergés par la douce chaleur et les délicieux parfums de brioche et de café frais. Le meurtre sanglant d'Édouard leur semblait si loin…

— Je me demandais qui pouvait bien avoir tué Monsieur Édouard, reprit Soizic en leur resservant un café. C'est vrai qu'il n'a pas toujours été facile à vivre, mais ses femmes lui en ont quand même fait bien voir. Surtout la danseuse ! Moi je suis sûre que ça peut être que cette garce d'Amanda qui a tué Monsieur Édouard. Pensez donc, une danseuse de cabaret, ça n'a pas tellement de morale ces femmes-là. C'est sûrement Amanda qu'a fait l'coup !

Chapitre 28

Sept heures quarante

Charlotte se chargea de réveiller les femmes tandis que Victor s'occupait du réveil des hommes. Ils étaient convenus de ne pas révéler la raison pour laquelle ils demandaient aux invités de descendre dans le petit salon au plus tôt, juste de leur préciser qu'ils devaient faire vite et que c'était important.

Ils rejoignirent Soizic qui avait déjà déposé du café et des petites brioches sur l'immense table basse du petit salon. La pièce était meublée de plusieurs canapés et de fauteuils, dans un aménagement qui défiait toute logique décorative.

Caroline et sa mère arrivèrent en premier, toutes les deux encore en pyjama. Barbara étouffa un bâillement.

— Que se passe-t-il ? Pourquoi nous réveiller à cette heure-ci ?

Elle resserra les pans de sa robe de chambre autour d'elle en frissonnant.

— C'est papa ? Il est malade ? demanda Caroline d'une voix inquiète.

Sans son maquillage, la jeune fille était beaucoup plus jolie. Elle avait un petit air fragile et paraissait plus jeune que ses dix-neuf ans. Elle semblait réellement inquiète, contrairement à sa mère. Barbara était plus irritée d'avoir été tirée du lit qu'inquiète d'en connaître la raison.

— Nous préférons attendre que tout le monde soit là, répondit Victor.

Jacques et Max les rejoignirent, suivis de François et de Chloé. Tous voulaient connaître la raison d'un réveil aussi matinal, mais Victor ne les informa pas davantage, répétant qu'il attendait que tout le monde soit présent.

Geneviève et Arthur ne tardèrent pas à arriver. Les deux époux ne semblaient pas avoir récupéré de leur voyage et avaient une très mauvaise mine. Geneviève aida son époux à s'installer sur l'un des nombreux fauteuils du petit salon et lui recouvrit les jambes d'un plaid. Soizic, qui venait d'apparaître avec Marcel et Gwenaëlle, s'empressa d'aider la vieille femme à s'installer confortablement dans un fauteuil près de son mari et leur servit une tasse de café. Il ne manquait que Suzie et Amanda.

Tous les attendaient depuis plus d'une vingtaine de minutes, dans un silence lourd. Chacun avait conscience que quelque chose de grave s'était passé, mais aucun n'osait prendre la parole. Suzie apparut enfin, suivie quelques minutes plus tard par Amanda. Les deux retardataires étaient soigneusement vêtues et maquillées, ce qui ne manqua pas d'irriter le reste de l'assemblée, en pyjama et robe de chambre.

Victor se leva et se racla la gorge.

— Il s'est passé quelque chose de grave cette nuit. Édouard est mort, annonça-t-il d'une voix sépulcrale que Charlotte ne put s'empêcher de trouver parfaite pour la circonstance.

Elle observa la réaction des invités. Tous s'étaient figés et affichaient un visage où se lisait la plus grande stupéfaction. Et pourtant, Charlotte en était intimement persuadée, l'un d'entre eux avait tué Édouard. L'un d'entre eux jouait donc la comédie et, semblait-il, avec talent.

— Que s'est-il passé ? demanda enfin Max d'une voix rauque.

Victor se tourna vers la jeune femme, souhaitant manifestement qu'elle prenne la parole.

— Édouard a été assassiné cette nuit.

Charlotte entendit Caroline pousser un petit cri, et étouffer un sanglot.

— Papa est mort assassiné ? hoqueta-t-elle bouleversée.

Barbara se pencha vers sa fille pour la consoler, tandis que Suzie fixait Charlotte, les yeux ronds, sans paraître comprendre ce qu'elle venait d'annoncer.

— Comment est-il mort ? reprit Max, visiblement ému par la nouvelle.

Il se tenait près des Brighton avec Jacques. Le notaire avait posé une main sur l'épaule de Geneviève. La pauvre femme semblait ratatinée dans son fauteuil tandis que son mari Arthur gardait la tête baissée, pour dissimuler son émotion.

— Quelqu'un lui a fracassé le crâne, reprit Charlotte en essayant de mettre le plus de douceur possible dans cette phrase très brutale.

Elle ne souhaitait pas donner plus de détails, et fut étonnée que personne ne demande à en savoir plus.

Caroline sanglotait doucement, les bras croisés, serrés contre son corps. Charlotte l'avait vue repousser sa mère avec violence lorsque celle-ci avait voulu l'enlacer. Elle était la seule à montrer du chagrin, réel ou pas, le reste de l'assemblée étant surtout frappé de stupeur.

— Nous avons réussi à joindre la police judiciaire de Brest avec l'émetteur de Marcel, reprit Charlotte. Compte tenu de la météo, les policiers ne pourront pas intervenir ici avant la fin de l'après-midi, mais souhaitent que les investigations commencent au plus vite. En accord avec la police, nous allons donc vous demander de bien vouloir répondre à nos questions, afin que nous puissions établir pour chacun d'entre vous votre emploi du temps, depuis le repas d'hier soir.

— Mais pourquoi est-ce vous et Victor qui allez nous interroger ? demanda Amanda, l'air suspicieux.

— Parce que lui et moi avons une certaine expérience en la matière. Comme vous le savez, Victor Capestan exerce la profession d'enquêteur. Quant à moi, jusqu'à il y a encore six mois, j'étais commandant dans la gendarmerie, et j'ai eu à résoudre quelques affaires criminelles.

Ils échangèrent tous des regards étonnés. Personne, excepté Suzie, ne connaissait la profession de Charlotte, pas même Soizic et Marcel qu'elle côtoyait pourtant depuis trois ans.

— Je vais donc vous demander à tous ce que vous avez fait à l'issue du dîner d'hier soir. Je vous propose de mener ces entretiens dans le bureau d'Édouard.

— Mais ce n'est pas dans son bureau que papa a été tué ? intervint Caroline d'une voix cassée.

— Non, il a été tué dans la bibliothèque.

— Mon Dieu… C'est horrible, mon pauvre Édouard… geignit Amanda. Ça veut donc dire que quelqu'un s'est introduit cette nuit dans le manoir… Comment est-ce possible ? Marcel, vous n'aviez donc pas verrouillé les portes du manoir hier soir ? C'est une faute impardonnable, vous…

— Marcel a correctement fait son travail, l'interrompit sèchement Charlotte. Les portes et les fenêtres étaient toutes fermées. Capestan et moi avons personnellement vérifié chaque ouverture ce matin, avant de vous réveiller. Personne n'a pu s'introduire dans le manoir cette nuit.

Toutes les personnes présentes dans le petit salon échangèrent alors des regards où pouvaient se lire à la fois la surprise et l'effroi. Elles venaient de comprendre que l'assassin était l'une d'entre elles.

***

En cas de choc psychologique, chacun réagit en fonction de son caractère et Amanda avait apparemment besoin de manger. Elle emporta quelques brioches pour les déguster à son aise. Elle s'installa sur une table de jeu près du radiateur en fonte situé du côté opposé à la cheminée. Max se joignit à elle, mais se contenta de prendre un café.

— Nous ne pourrions pas aller nous changer ? demanda Max en serrant contre lui les pans de son kimono en soie.

— Cela serait en effet plus convenable. Certains d'entre nous n'ont pas hésité à prendre le temps de s'habiller ce matin avant de nous rejoindre, renchérit Barbara.

Charlotte réfléchit rapidement, elle ignorait si le meurtre était le fait d'un ou plusieurs assassins. Normalement, elle devait éviter que les suspects aient une quelconque possibilité de se mettre d'accord sur une version, mais dans le cas présent, elle n'était pas chargée de l'enquête. Le ou les auteurs de ce meurtre avaient largement eu le temps de préparer une version commune. Elle ne voyait donc pas de raison de les cantonner tous dans le salon et n'en avait de toute façon pas le pouvoir. D'autant que la police n'allait peut-être pas débarquer avant la fin de la journée. Inutile donc de leur interdire de quitter le petit salon.

Soizic et Jacques raccompagnèrent les Brighton dans leur chambre. En passant près de Charlotte, Jacques lui confia avoir conseillé aux Brighton de rejoindre leur chambre pour se reposer. Ses amis n'avaient pas récupéré de leur voyage de la veille et étaient encore épuisés. Il lui demanda de les interroger, si cela était nécessaire, dans leur chambre. Charlotte répondit qu'elle n'y voyait bien évidemment aucun inconvénient. Elle passerait les voir un peu plus tard dans la matinée pour leur laisser le temps de se reposer.

Le meurtre de son père ne semblait pas avoir coupé l'appétit de Suzie, qui s'installa confortablement pour prendre son petit déjeuner.

— Ça s'est passé quand ? demanda-t-elle en tartinant une tranche de brioche avec de la confiture de fraises.

— Quoi donc ?

— Le meurtre de papa évidemment !

— C'est l'autopsie qui précisera l'heure de sa mort.

— Voyons, Charlotte, je suis sûre que tu as déjà ta petite idée, dit Suzie la bouche pleine.

Charlotte trouvait un tantinet indécente l'indifférence de la jeune femme, qui conversait de l'assassinat de son père en avalant de la brioche à la confiture.

— J'ai effectivement quelques petites idées, répondit-elle en se servant une tasse de thé. Mais je te laisse terminer ton petit déjeuner. Rejoins-moi dans le bureau de ton père quand tu auras fini, je m'en voudrais beaucoup de te couper l'appétit, répondit-elle sans un regard en quittant le petit salon.

Suzie lui lança un coup d'œil furieux. Pour qui elle se prenait, la gendarmette !

Chapitre 29

Huit heures

Charlotte entra dans le bureau. Elle avait besoin de réfléchir, et sentait confusément que l'antre du vieil homme pourrait lui révéler quelques informations.

L'avant-veille au matin, et même lors des vacances passées dans ce manoir avec ses enfants, jamais elle n'était entrée dans cette pièce. C'était comme un sanctuaire et la jeune femme retint presque sa respiration alors qu'elle y pénétrait à pas feutrés. Édouard gisait, mort, dans la bibliothèque. Charlotte se sentit mal à l'aise, comme si elle violait son intimité. Il lui fallait se reprendre, faire abstraction de ses sentiments et raisonner avec objectivité.

Il était maintenant évident qu'il ne l'avait pas personnellement invitée ce week-end parce qu'il avait pour elle une immense affection. Même si elle en ressentait une légère déception, il n'en restait pas moins qu'il y avait une raison à sa présence ici, en cet instant. Le vieil homme n'avait pas réuni sa famille et ses amis pour leur faire ses adieux, mais plutôt pour régler des comptes. Il avait fait en sorte qu'elle reste sur l'île avec les autres invités, elle devait comprendre pourquoi. Victor en savait plus, lui qui l'avait empêchée de prendre la navette qui retournait à Brest. Charlotte fit le tour du bureau, attentive aux moindres détails. Elle se souvint des dossiers d'enquêtes demandés par Édouard à Victor sur chaque membre de sa famille et sur ses amis. Même sur elle d'ailleurs. Il fallait qu'elle trouve et étudie ces dossiers. La jeune femme s'était promis devant le cadavre du vieil homme de tout faire pour aider à trouver son assassin. Charlotte avait l'intuition que le mobile de ce meurtre barbare était familial. Elle pourrait trouver un indice dans ce bureau, parmi les papiers, les photos.

Elle s'installa dans l'immense fauteuil en cuir devant le bureau et commença à ouvrir les tiroirs. Dans le premier, elle découvrit les différents dossiers des investigations que Victor avait réalisées à la demande d'Édouard. Tous les membres de la famille étaient concernés, mais il y avait aussi un dossier sur les Brighton, un sur le notaire, et évidemment un sur elle. Elle mit de côté le dossier la concernant, décidée à ne pas le laisser avec les autres. Elle le lirait plus tard ; pour le moment, elle devait rester concentrée sur les suspects. Édouard avait probablement découvert quelque chose sur l'un de ses proches, et craignait que cette découverte ne mette sa vie en danger. Mais alors, pourquoi avoir fait enquêter sur elle ? Il n'avait rien à craindre d'elle. Non, il voulait être sûr de ses compétences professionnelles. La méthode était vraiment très intrusive.

Alors qu'elle consultait les dossiers, il lui apparut que Victor avait dit vrai, il n'avait pas été le seul enquêteur. Il n'avait pas enquêté lui-même sur son père.

Édouard avait regroupé les différents éléments recueillis pour former un dossier très complet sur chaque personne. Charlotte nota que concernant Max, les informations relatives à la vie sexuelle du vieil homme n'avaient pas été recueillies par Victor, mais par un autre détective. Curieuse, Charlotte feuilleta rapidement le dossier concernant Suzie, et apprit que la maison d'édition de son amie était en bien plus mauvaise situation financière qu'elle ne le pensait. Il y avait également de nombreuses photos, notamment du nouveau prétendant de Suzie. Il devait avoir un arbre généalogique exceptionnel pour qu'elle envisage d'épouser un homme aussi peu séduisant.

Les autres tiroirs étaient presque vides, hormis quelques factures relatives à l'achat de bois et de fuel pour le chauffage du manoir. Charlotte trouva aussi quelques photocopies de feuilles de salaire concernant Soizic et Marcel. Elle fut contente de constater qu'Édouard était très généreux avec son personnel de maison.

Le meurtrier se dissimulait dans ce manoir, il faisait partie de la famille ou des invités, c'était une évidence. Il lui fallait tout de même écarter toutes les autres hypothèses. Les rares habitants de l'île habitaient près du petit embarcadère. La plupart n'y revenaient que pour le week-end ou pendant les vacances. Les quelques résidents permanents ne se seraient pas aventurés dans la tempête qui soufflait violemment depuis la veille au soir. Quand bien même l'un des îliens aurait été suffisamment motivé pour affronter le vent violent et les rafales de pluie, il aurait fallu qu'il s'introduise dans le manoir, assassine Édouard, et ressorte en fermant à clé derrière lui. Qui sur cette île aurait pu posséder un double des clés du manoir ? Et quel serait le mobile de ce crime ? Bon, il lui faudrait interroger Soizic et Marcel pour exclure cette possibilité.

Charlotte sortit plusieurs feuilles blanches du bac à papier de l'imprimante, et récupéra un stylo sur le bureau. Elle était intimement persuadée que le meurtrier ne venait pas de l'extérieur… Alors qui parmi les invités d'Édouard avait bien pu en arriver à assassiner le vieil homme, et pourquoi ? Elle commença à inscrire le nom de toutes les personnes présentes ce week-end. C'est comme ça qu'elle avait toujours travaillé. Il fallait qu'elle visualise les choses, qu'elle les décrive. Elle établissait des listes, jetait sur le papier une idée et reliait les éléments entre eux.

Après avoir inscrit le nom de toutes les personnes présentes dans une colonne *Suspects*, elle fit une deuxième colonne *Mobile*. En l'occurrence, il sautait aux yeux : l'héritage, ou plutôt l'absence d'héritage était le premier mobile évident. Et il correspondait à de nombreux suspects, excepté les Brighton, les Capestan père et fils, Soizic et Marcel. Puis elle inscrivit le mot *Vengeance*. Pour parvenir à découvrir la raison de cet assassinat, s'il s'agissait d'une vengeance, il lui faudrait en savoir plus sur les relations d'Édouard avec sa famille et ses amis.

Une chose la perturbait : de quoi souffrait exactement le vieil homme ? Elle rechercha le dossier d'information sur l'établissement de soins qu'elle avait brièvement feuilleté la veille. Elle fouilla plus attentivement tous les tiroirs, mais ne trouva aucune trace de ce dossier ni d'aucun autre document. Ni radio ni compte rendu d'examen, aucune analyse sanguine, rien concernant une éventuelle pathologie dont il aurait souffert et qui aurait expliqué sa rapide déchéance physique. Pourquoi n'y avait-il aucune trace de sa maladie et de l'établissement de soins ? Édouard ne souhaitait peut-être pas que ses héritiers se servent de sa pathologie pour l'empêcher de mener à bien son projet. S'ils avaient su qu'il était atteint d'une maladie dégénérative comme cela semblait être le cas, aucun n'aurait hésité à dévoiler cette information sur la place publique pour l'empêcher de vendre ses biens. Édouard avait tout intérêt à ne pas laisser traîner de documents qui révéleraient son état de santé. Car il était malade, ça ne faisait aucun doute. Cela ne pouvait être que lui qui avait fait disparaître la totalité des documents qui auraient pu prouver qu'il était malade. Charlotte nota sur une nouvelle feuille tout ce dont elle se souvenait, toutes les informations qu'elle avait retenues en parcourant le dossier.

Puis elle repensa au manuscrit qu'elle avait vu la veille dans le coffre-fort. Lui aussi avait disparu. Charlotte se leva pour regarder si le document n'avait pas été déposé ailleurs, mais ne le trouva pas. La jeune femme se souvint alors avoir entendu Édouard demander à son ancien notaire de récupérer son projet de mémoires. La veille au soir, elle avait aperçu Jacques qui remontait avec un manuscrit alors qu'elle se dirigeait vers la salle de bains. Sûrement les fameuses confessions d'Édouard. Quelle heure était-il déjà ? Aux environs de vingt et une heures quarante-cinq. Le contenu de ce document était peut-être important, il lui faudrait réclamer le manuscrit à Jacques Capestan.

Pensive, elle retourna s'asseoir sur le lourd fauteuil de bureau. Elle se demanda comment les documents concernant l'établissement de soins avaient disparu. La corbeille à papier était vide. Elle prit alors son appareil photo et fit défiler les images qu'elle avait prises de la scène de crime. Elle remarqua alors des restes de documents qu'Édouard, ou son meurtrier, avait voulu faire disparaître en les brûlant dans la cheminée. Elle tenta d'agrandir la photographie, mais le résultat n'était pas satisfaisant. Il faudrait qu'elle retourne dans la bibliothèque pour essayer de vérifier de quels documents il s'agissait. Cela pouvait être aussi le manuscrit qu'Édouard avait confié à Jacques. Si c'était le cas, Jacques Capestan était donc revenu voir Édouard dans la soirée.

***

Charlotte releva la tête en entendant la porte s'ouvrir. Suzie venait d'entrer dans le bureau de son père. La jeune femme fit nonchalamment le tour de la pièce en regardant les photos accrochées sur les murs. Elle en effleura certaines et finit par s'installer sur le fauteuil en face du bureau. Croisant les jambes, elle alluma une cigarette et observa Charlotte à travers les volutes de fumée.

— Tu savais que ton père avait l'intention de se retirer dans une maison de soins palliatifs près de Tours ?

Charlotte observait son amie qu'elle sentait sur ses gardes. Depuis le dîner de la veille, Suzie avait tout fait pour l'éviter, mortifiée que son père ait dénoncé ses petites pratiques malhonnêtes au sein de sa maison d'édition.

— Je l'ignorais… Je ne sais même pas de quoi il souffrait. Je vois que tu as très vite repris tes habitudes de petit flic ! Tu as trouvé des trucs intéressants en fouinant dans son bureau ?

Charlotte eut un sourire féroce. Suzie avait décidé de la prendre de haut, mais elle n'était pas d'humeur à supporter sa suffisance.

— Je vais t'expliquer comment ça va se passer, ma belle. Quand les *flics* vont arriver aujourd'hui ou peut-être demain, la mort de ton père va être reprise dans tous les médias de France et de Navarre. Personne ne pourra y échapper. Comme tu l'as compris, il est plus que probable que l'assassin de ton père soit un membre de ta famille. Tu es donc sur la liste des suspects. Mauvaise pub, pas sûr que ça plaise à ton petit baron de voir sa presque fiancée soupçonnée de parricide. Ils n'aiment pas trop la mauvaise publicité dans ce milieu-là… D'autant que vous avez tous un mobile en or pour avoir voulu tuer le vieux. Notamment toi, dont l'entreprise est littéralement en faillite, n'est-ce pas ? Mais maintenant qu'Édouard est mort, toi et ta merveilleuse famille n'avez plus trop à vous inquiéter pour l'héritage. Ton cher papa n'a peut-être pas eu le temps de mettre son plan à exécution. Sauf s'il a anticipé et commencé à tout liquider avant de vous en parler. J'espère pour toi que ce n'est pas le cas, ma chérie.

Suzie grimaça et tira nerveusement sur sa cigarette.

— La police m'a demandé de commencer à recueillir les premiers éléments de l'enquête, continua Charlotte. Vous avez tous intérêt à ce que l'enquête soit rapide et discrète. Autrement dit, si tu ne veux pas être soupçonnée d'avoir tué ton papa, et probablement devoir tirer un trait sur ton mariage avec ton bel ami, il vaudrait mieux que l'on trouve rapidement qui a assassiné Édouard.

Suzie ne répondit pas, mais au fur et à mesure que Charlotte parlait, la jeune femme perdait de sa superbe. Elle avait conscience que Charlotte avait raison et qu'il devait y avoir un minimum de publicité autour de la mort de son père.

— On est d'accord ? Bon, puisque tu es là, on pourrait commencer les interrogatoires avec toi, reprit Charlotte avec un grand sourire. Pourrais-tu me dire ce que tu as fait hier soir en quittant le petit salon ?

— J'ai l'impression que ça t'amuse… Tu sais bien que j'étais dans ma chambre puisque tu es venue tambouriner à ma porte. Victor m'a rejointe vers vingt-deux heures trente, nous avons discuté… du moins au début. Puis il est reparti dans sa chambre.

— Quelle heure était-il ? demanda Charlotte en gribouillant sur sa feuille sans relever la tête.

— Vingt-trois heures trente environ. Je ne suis pas sûre, je n'ai pas vérifié l'heure. Tu le lui demanderas, il s'en souviendra peut-être…

— Et tu n'es pas redescendue dans la soirée pour voir ton père ?

Charlotte leva la tête et planta ses yeux gris dans ceux de son amie. Suzie, visiblement mal à l'aise, soutint néanmoins son regard.

— Pourquoi veux-tu que je sois descendue en pleine nuit ? Je comptais parler à mon père, mais j'ai préféré laisser passer la nuit. Je voulais le voir ce matin pour le faire changer d'avis. Je n'ai pas tué mon père, Charlotte, et tu me connais assez pour savoir que c'est la vérité. Si on arrêtait de jouer ? Je ne t'aime pas trop dans ton costume de poulet.

— Ton père est mort assassiné, Suzie, je t'assure que je ne suis pas en train de jouer. Bon, soupira-t-elle, tu ne peux rien me dire de plus ?

— Non, désolée.

— Qu'est-ce que tu peux me dire sur les relations entre Édouard et Max ?

— Ah, d'accord, tu veux que je balance sur toute ma famille… Ça ne me pose pas de problème. (Suzie alluma une autre cigarette et s'installa plus confortablement dans son fauteuil, semblant rassurée que Charlotte change de sujet.) Mon oncle Max est le jumeau de papa comme tu le sais déjà. Après la guerre, il a fait des études de médecine, mais n'a exercé que très peu de temps. Papa et lui ne se sont jamais entendus, ce qui semble un peu étonnant pour des frères jumeaux. Ma mère m'a raconté que Max était amoureux de Geneviève pendant la guerre. Eh oui, tonton n'aime pas que les hommes ! ajouta-t-elle sur le ton de la confidence. Elle soupçonnait même Max d'être le père de Nicolas, ce qui personnellement me semble complètement fou.

— Ton père avait des doutes sur sa paternité ?

— Certainement pas ! Tu connais un peu mon père, tu l'imagines élever le fils d'un autre ? C'est totalement improbable. C'était le délire de ma mère, mais évidemment elle n'en a jamais parlé à papa. Pour en revenir à Max, tu as compris qu'il semblait avoir une préférence pour les hommes, même si je lui ai connu quelques aventures féminines. Il ne s'est donc jamais marié et, pour autant que je sache, il n'a pas d'enfants.

Il a vécu une très longue histoire avec un homme, mais cela s'est mal terminé. L'ami en question est mort dans un accident de voiture il y a une quinzaine d'années. Je crois qu'ils se connaissaient depuis presque trente ans. Depuis, Max serait célibataire, mais si j'en crois ce que papa nous a révélé hier soir, il ne serait pas aussi seul qu'on l'imaginait.

Charlotte écoutait la jeune femme en notant quelques informations ponctuelles. Pour l'instant, elle restait dans le flou. Elle n'avait aucune idée de qui aurait pu passer à l'acte, aussi violemment de surcroît.

Après avoir frappé à la porte, Soizic passa la tête et demanda si elle devait préparer un vrai déjeuner ou s'ils préféraient se contenter de sandwichs. Charlotte n'avait aucune envie de s'installer à table avec tous les invités et convint avec Suzie qu'il serait préférable de prendre le repas dans un cadre plus détendu que le dîner cauchemardesque de la veille. Des sandwichs servis dans le petit salon feraient donc parfaitement l'affaire, Charlotte précisant qu'elle préférait déjeuner dans le bureau d'Édouard.

— Bon, je vais aller m'allonger un peu en attendant le repas de ce midi, je te laisse.

Charlotte regarda pensivement la jeune femme quitter le bureau. Elle eut le sentiment que son amie lui mentait, elle était persuadée que Suzie était allée voir son père dans la soirée. Elle n'avait demandé aucun détail concernant sa mort, et Charlotte ne pouvait s'empêcher de trouver ça curieux.

Chapitre 30

Huit heures quarante

Après le départ de Suzie, Charlotte sortit et verrouilla le bureau. Elle commençait à avoir faim, n'ayant pas pris de petit déjeuner ce matin. Elle rejoignit la cuisine ; avec un peu de chance, elle pourrait grignoter quelque chose.

Soizic l'accueillit avec chaleur et lui servit d'autorité un chocolat chaud avec quelques brioches au chocolat qu'elle avait préparées et qui sortaient du four.

— C'est vraiment incroyable ce qui s'est passé ici, dit-elle en essuyant ses mains sur son tablier. Je ne savais pas que vous étiez gendarme. C'est bizarre comme métier pour une femme, non ? Ça ne doit pas être facile en tout cas. Et vous avez une idée pour le meurtrier ? (Elle se laissa tomber lourdement sur une chaise près de Charlotte. Elle saisit une panière de fruits et commença à éplucher une pomme.) Une chose est sûre, ça ne peut pas être Madame Geneviève et son mari. Et puis, pourquoi elle ferait ça ? Non, c'est forcément un des autres et quand on y pense, avec ce que Monsieur Édouard voulait leur faire, certains ont une très bonne raison de vouloir le trucider, non ? Je suis contente que vous soyez là pour trouver l'assassin. C'est quand même une sacrée chance que vous ayez été là, non ?

Charlotte hocha la tête en silence. Comme l'avait souligné Soizic avec justesse, c'était une *sacrée* coïncidence à défaut d'être une chance.

— Soizic, demanda-t-elle après avoir avalé un morceau de brioche, savez-vous si des clés du manoir ont pu être confiées à d'autres habitants de l'île ?

— Quelle idée absurde ! Bien sûr que non. Les seules clés, c'est mon Marcel et moi qui les avons.

— Donc, personne sur cette île en dehors de vous et d'Édouard n'a les clés du manoir.

— Non, personne. D'ailleurs, Monsieur Édouard nous les reprend quand on quitte l'île. Il nous les fait envoyer quand il prévoit de venir au manoir, pour qu'on s'occupe de tout préparer avant son arrivée.

— Et pour ce week-end ? Comment ça s'est passé ?

— Il nous a prévenus au dernier moment ! D'habitude on a plus de temps pour préparer l'arrivée de la famille. Mais là, il nous a appelés il y a trois jours pour qu'on engage le maximum de personnes pour préparer toutes les chambres. Il a fallu également faire des courses pour nourrir une quinzaine de personnes pendant tout un week-end ! Et tout ça, au dernier moment ! Alors si le manoir est encore froid et les repas trop simples, c'est pas à moi qu'il faut vous en prendre !

Ainsi donc, Édouard avait organisé ce week-end très subitement. Elle-même avait reçu son billet de train tardivement. Elle pensait avoir été la seule à être invitée au dernier moment, mais il était évident que c'était le cas de tous. Pourquoi le vieil homme avait-il agi ainsi ? Quelle était l'urgence de tous les réunir ce week-end ?

— Franchement, Soizic, je me régale toujours, quoi que vous cuisiniez.

La vieille cuisinière se rengorgea. Elle se leva et mit les premières pommes qu'elle avait épluchées dans une poêle avec du beurre, puis reprit sa place auprès de Charlotte et continua à éplucher de nouvelles pommes.

— Depuis combien de temps travaillez-vous pour la famille Montergnac ?

La vieille femme suspendit son couteau et plissa les yeux, marque d'une concentration intense.

— Je crois que ça va faire plus de soixante ans… Oui, c'est ça, j'ai commencé à travailler ici en 1947, quand Monsieur Édouard a acheté ce manoir. Il est venu régulièrement vivre en Bretagne avec Madame Geneviève et le petit Nicolas. J'avais quinze ans à l'époque et je m'occupais du petit garçon. Mon Marcel est arrivé plus tard, en 1952, quand on s'est mariés.

— Comment ça se passait entre Édouard et sa famille ici ?

— Très bien ! Il n'était jamais là. Du coup, Madame Geneviève faisait ce qu'elle voulait. Quand il était petit, Nicolas n'allait pas à l'école, il était très fragile. Madame Geneviève le couvait comme une louve, elle lui faisait la classe au début, et après elle l'a faite pour lui et les petits qui vivaient encore sur l'île à l'époque. Aujourd'hui, y a plus que des vieux, mais avant, il y avait cinq petits avec Nicolas. C'était drôlement animé ! Madame Geneviève avait beaucoup d'instruction, elle leur apprenait à lire, à écrire, à compter et elle leur faisait des cours d'histoire aussi ! Et elle n'a pas enseigné qu'aux enfants… Tout ce que je sais, c'est Madame Geneviève qui me l'a appris…

— Édouard ne venait donc jamais sur cette île ?

— Si, bien sûr, il revenait une fois par mois. Il passait trois ou quatre jours à la maison, mais pas beaucoup plus. Une fois, il est resté un mois, mais on avait tous hâte qu'il reparte parce que les autres enfants ne pouvaient pas venir travailler avec Nicolas.

— Comment était ce petit garçon ?

— C'était un amour ! On avait toujours envie de lui faire des bisous à ce petit… (Soizic renifla, sa voix se brisa.) Quand il a eu dix ans, son père a voulu l'envoyer en pension, « pour en faire un homme », qu'il disait ! Madame Geneviève a refusé et le petit est allé au collège à Brest. Ils se sont installés dans un appartement près de l'école de Nicolas. Mais après, Monsieur Édouard a voulu que le petit aille en lycée militaire, et là, Madame Geneviève n'a rien pu faire. Elle allait le voir chaque week-end toute seule. Quand il revenait pour les vacances, ils étaient inséparables. Madame Geneviève organisait les vacances ici avec les amis de Nicolas, le manoir revivait. On entendait les enfants rire et crier dans toute la maison. On n'a plus jamais connu ça ici. Sauf les fois où vous êtes venue avec vos petits pour les vacances.

Soizic se tut, perdue dans ses lointains souvenirs. Assise en face de Charlotte, elle tenait serrée entre ses mains une tasse de chocolat chaud.

— Monsieur Édouard a insisté pour que le petit devance l'appel et parte en Algérie… C'était un crève-cœur de voir Madame Geneviève aussi inquiète. On aurait cru qu'elle sentait ce qui allait arriver. Nicolas est revenu passer une dizaine de jours ici avant son départ. C'était la dernière fois qu'on le voyait, et on ne le savait pas… Monsieur Édouard est venu lui aussi ici passer quelques jours. Il disait qu'il était fier que son fils aille se battre en Algérie, et qu'il espérait qu'il serait à la hauteur. Nicolas, le pauvre petit, il était si content que son père soit enfin fier de lui ! Il était avec un ami avec qui il partait en Algérie. Un gentil garçon, lui aussi. Il avait un nom amusant, je m'en souviens encore. Grandmaison qu'il s'appelait, ça s'oublie pas un nom pareil.

— Que s'est-il passé quand ils sont arrivés en Algérie ?

— Je ne sais pas trop… Monsieur Max pourrait vous en parler, il en sait plus. Ce que je sais, c'est que Nicolas a été blessé par les rebelles… On a retrouvé son corps quelques jours plus tard… C'est Monsieur Édouard qui est allé récupérer le petit, il l'a fait revenir en Bretagne pour les obsèques. C'était juste un peu avant Noël, en 1961.

La vieille femme essuya ses larmes avec le revers de sa main.

— Soizic… Je suis désolée de vous bouleverser en vous posant toutes ces questions, s'excusa Charlotte qui ne doutait pas un instant que la vieille femme ait profondément aimé le jeune homme. Je suis étonnée, je n'ai vu aucune photo de Nicolas dans le bureau d'Édouard ni ailleurs dans ce manoir.

— Après la mort de Nicolas, Madame Geneviève a récupéré toutes les photos, toutes les affaires de Nicolas, et elle est partie avec. Elle n'a rien laissé.

Soizic arrêta un instant de parler, les yeux dans le vide.

— On a tous cru qu'elle allait mourir de chagrin, reprit-elle. Je n'ai jamais vu une mère aimer autant son fils. Quand elle a appris qu'il était mort, elle est tombée d'un coup, comme si elle était morte. Elle n'a même pas pleuré. On l'a aidée à se relever et elle s'est dirigée comme un automate vers la chambre de Nicolas. Elle s'est enfermée, et là, on l'a entendue hurler, c'était… je ne sais pas comment dire… c'était comme le hurlement d'un animal. Le médecin est venu, mais elle n'a pas voulu le voir. Quand Monsieur Édouard est revenu avec le corps du petit, il a été horrifié de voir dans quel état elle était. Il a demandé au médecin de la mettre sous sédatif pour qu'elle dorme. Elle a refusé, mais le médecin a réussi à lui injecter un calmant avec Monsieur Édouard. Elle s'est débattue comme un beau diable, et du coup, il a dû augmenter la dose. Elle est restée couchée pendant plusieurs jours, même qu'elle n'a pas pu assister aux obsèques de son fils. Je crois que c'est ça qui a tout cassé avec son mari, il n'aurait pas dû l'empêcher d'être là pour enterrer son petit. Il pensait sûrement bien faire. Comme Madame Geneviève était devenue presque folle de douleur, qu'elle ne mangeait plus, qu'elle ne dormait plus, qu'elle restait dans la chambre de Nicolas… il a sûrement eu peur pour sa vie, c'est sûrement pour ça qu'il l'a droguée.

Charlotte comprenait parfaitement la colère de Geneviève à l'encontre de son ex-mari. Comment avait-il pu être aussi insensible et ne pas comprendre qu'une mère avait besoin d'être près de son fils jusqu'au bout ?

Soizic essuya ses larmes avec un bout de son tablier. Elle poussa un long soupir et sourit à Charlotte.

— C'est une bien triste histoire… Mais maintenant, Madame Geneviève est heureuse avec son nouveau mari. Elle a eu une petite fille et elle est même grand-mère aujourd'hui. C'est ça le plus important ; elle le mérite, vous savez. Il faut arrêter de remuer le passé, et laisser les morts en paix. Bon, si vous n'avez plus rien à me demander, Charlotte, je voudrais aller voir Madame Geneviève, elle n'a rien mangé ce matin, et son mari non plus. Je vais aller leur porter des brioches fraîches si vous ne mangez pas tout !

Chapitre 31

Neuf heures quinze

En passant devant le petit salon, Charlotte espérait retrouver Victor dont elle se demandait ce qu'il avait bien pu faire depuis le début de cette matinée. Il avait disparu depuis l'annonce du meurtre. Mais finalement, le jeune homme l'attendait, nonchalamment adossé à la porte du bureau d'Édouard.

— Où étiez-vous ? Vous avez disparu après la réunion de ce matin.

— J'ai rejoint mon père que j'ai trouvé très éprouvé par l'assassinat d'Édouard. Il a raccompagné les Brighton dans leur chambre.

— Et comment vont-ils ? s'enquit Charlotte alors qu'ils entraient tous deux dans le bureau.

— Ça peut aller, ils se sont couchés. Tous les deux semblaient bouleversés par ce meurtre. Vous savez, Geneviève a passé vingt ans de sa vie avec Édouard, on peut comprendre qu'elle soit un peu attristée par ce qui lui est arrivé.

Charlotte fit une moue dubitative. Ce que lui avait raconté Soizic, concernant les relations entre les ex-époux, ne laissait pas présager un chagrin véritable. La vieille dame ne semblait pas heureuse de revoir son ex-mari. Charlotte avait la certitude qu'Édouard avait été capable de tout pour obtenir ce qu'il voulait. Et ce qu'il avait voulu, c'était que Geneviève soit présente elle aussi ce week-end. Mais pourquoi ? Quelles qu'aient été les raisons de faire venir les Brighton, on pouvait penser qu'Édouard n'avait pas obtenu ce qu'il recherchait.

— Vous croyez ? Pour ma part, j'ai du mal à imaginer que Geneviève puisse éprouver la moindre once de chagrin pour Édouard, reprit Charlotte pensive. Votre père m'a demandé de les ménager un peu. J'irai les interroger dans leur chambre en fin de matinée. Avez-vous découvert quelque chose ce matin ?

— Non, et je ne sais pas par où commencer. Les homicides ne sont pas vraiment ma spécialité.

— Quand j'ai proposé mon aide à la section judiciaire de Brest, ils m'ont bien précisé que je devais surtout me contenter de préserver la scène de crime et d'essayer d'établir une chronologie de tous les faits et gestes de chacune des personnes présentes. Je vais commencer par vous : vous voulez bien me rappeler ce que vous avez fait hier soir ?

— Encore ! Mais je vous ai déjà tout dit ce matin !

— Pas tout à fait. Et je viens de vous dire que je dois relever l'emploi du temps de chacun des suspects. Désolée de vous le dire aussi clairement, mais vous en faites partie.

— En ce cas, vous êtes, vous aussi, suspecte !

— Si ça peut vous faire plaisir, même si je ne vois pas bien quel serait mon mobile pour avoir une folle envie de frapper Édouard avec un tisonnier. Mais pour satisfaire votre sens aigu de la justice, je préciserai bien évidemment mon propre emploi du temps.

— Ça me semble en effet nécessaire.

— Bien, puisque nous avons enfin résolu ce petit problème d'équité, on peut peut-être revenir aux choses sérieuses. Je vous rappelle donc qu'il n'y a rien de personnel et que c'est la procédure. Vous pouvez me rappeler à quelle heure vous avez quitté Suzie ?

— Je vous l'ai déjà dit. Je suis retourné dans ma chambre vers vingt-trois heures trente.

— De quoi avez-vous parlé ?

— C'est dans la procédure, ça aussi ?

— C'est un peu par curiosité, je vous l'accorde, mais c'est surtout pour vérifier ce que m'a dit Suzie. Donc ?

— On a parlé de son père, du fait qu'il voulait tout vendre et ne rien laisser à sa famille.

— C'est tout ?

Victor soupira.

— Nous avons aussi parlé de notre relation, et avons convenu que nous devions en rester là.

Charlotte le fixait, l'air songeur. Suzie lui avait laissé entendre qu'ils avaient fait plus que discuter. Mais Victor ne semblait pas enclin à en parler. De toute façon, cela n'apporterait pas grand-chose à l'enquête de savoir si, oui ou non, les deux amants avaient couché ensemble avant de se quitter.

— Et, non, nous n'avons pas couché ensemble si c'est ce que vous voulez savoir, ajouta Victor.

Charlotte sourit.

— Ça ne m'a même pas effleurée. Suzie vous a-t-elle dit si elle avait l'intention d'aller voir son père dans la soirée ?

— Elle avait effectivement prévu de passer le voir pour lui faire entendre raison un peu plus tard dans la soirée. Je ne sais pas si elle est descendue par la suite. Posez-lui la question.

— Je l'ai fait… Elle m'a dit qu'elle avait préféré attendre le lendemain pour lui parler. Mais je crois qu'elle a menti.

— Que voulez-vous dire ?

Charlotte soupira et s'adossa contre le dossier de son fauteuil, les mains croisées derrière la tête.

— Je pense, mon cher Watson, qu'elle est redescendue voir Édouard après votre départ. Quelle heure était-il et son père était-il encore en vie quand elle l'a vu ? Je ne sais pas.

— Vous soupçonnez Suzie d'avoir tué son père ?

— Je n'en suis pas encore là. Je ne soupçonne personne pour le moment, ça serait prématuré. Mais je sens, je *sais* qu'elle me ment. Elle me cache quelque chose.

Charlotte se leva pour se poster devant la fenêtre. Les haies de buis et d'ajoncs pliaient encore sous la violence du vent.

— Ce genre d'enquête en huis clos n'est jamais simple. Les suspects sont dans leur environnement et ne sont pas faciles à déstabiliser. Vous pensez que la tempête va empêcher la police de prendre la mer pendant longtemps encore ? demanda-t-elle en regardant au loin les rochers battus par les vagues violentes.

— Je serais étonné qu'elle ne baisse pas d'intensité avant ce soir. J'espère que la police pourra intervenir dans l'après-midi.

— La mort d'Édouard, et de surcroît dans ces circonstances, va faire beaucoup de bruit quand la nouvelle va se propager. Il ne faudrait pas qu'il y ait un vice de forme ou une initiative malheureuse qui empêcherait la résolution de ce crime.

La jeune femme avait parfaitement conscience que lorsque sa réputation et les raisons de sa démission seraient parvenues jusqu'à Brest, si ce n'était déjà fait, ses ex-collègues n'allaient pas forcément être ravis de la savoir en première ligne. Elle ne ferait pas de zèle, mais entreprendrait tout pour démasquer le meurtrier d'Édouard. Elle passa une main nerveuse dans ses cheveux.

— Je vais faire ce que je peux pour vous aider, Charlotte.

— C'est gentil à vous, répondit-elle en reprenant sa place derrière le bureau.

Elle observa le visage grave de Victor et eut l'intuition qu'elle pouvait compter sur lui, plus que sur quiconque sur cette île.

— Je sais que les renseignements que j'ai fournis à Édouard sont peut-être à l'origine de son meurtre. Laissez-moi vous aider, Charlotte.

— Vous pouvez déjà me dire ce dont vous vous souvenez concernant la soirée d'hier. J'aimerais établir les emplois du temps de chacun à compter de la fin de ce charmant dîner.

Au fur et à mesure que Victor détaillait ce qui lui revenait en tête, la jeune femme prenait des notes, raturait ou reliait certains mots entre eux.

— Je n'arrive toujours pas à comprendre pourquoi Édouard tenait tant à ce que je sois présente. Vous avez une idée ?

— Il savait que vous étiez officier de police judiciaire dans la gendarmerie, il se savait menacé, il voulait que vous le protégiez.

— Dans ce cas, il m'en aurait parlé avant, pour que je sois en mesure d'organiser une protection, vous ne pensez pas ? Je l'ai vu dans la matinée, mais il ne m'a rien dit. S'il avait vraiment craint pour sa vie, pourquoi ne m'en a-t-il pas parlé ? C'est étrange, non ? Dans cette affaire, j'ai l'impression que la raison de ma présence ici est très importante.

— En fait, vous n'êtes pas seulement une chieuse, vous êtes aussi complètement mégalo !

— Mégalo ? Je ne vois pas pourquoi vous dites ça. Si vous réfléchissiez un peu, vous sauriez que j'ai raison.

— Je note que vous ne contestez pas le fait d'être une vraie chieuse. Bon, j'admets que je ne comprends pas pour quelle raison Édouard a aussi fermement insisté pour que vous soyez ici ce week-end, et que c'est probablement un élément important dans cette histoire. Cela signifie qu'il se sentait en danger. Peut-être n'osait-il pas porter des accusations à l'encontre de sa propre famille. Il s'est sans doute dit que votre seule présence servirait de garde-fou. On ne peut pas dire que ça ait bien fonctionné…

— Non, ce n'est pas ça. Réfléchissez : si c'était vraiment l'effet qu'il voulait obtenir, il aurait prévenu tout le monde de mon ancienne profession, histoire de calmer les ardeurs du meurtrier potentiel. Or il n'a rien dit. Personne ici ne savait que j'étais officier de gendarmerie. À part Suzie et vous. Peut-être qu'il avait peur de vous...

— Vous êtes sérieuse, là ?

— Absolument, je n'élimine aucune hypothèse, même les plus improbables.

— Oui, eh bien, c'en est une. Je ne sais jamais si vous êtes sérieuse ou pas !

— C'est une question d'observation. Vous n'observez rien, Watson. C'est pourtant simple : si je souris, je ne suis pas sérieuse. Là, je n'ai pas souri.

— Je n'ai pas vraiment le souvenir que vous souriiez très souvent.

— Ça veut donc dire que je suis sérieuse la plupart du temps. Vous voyez, Watson, vous progressez.

— Pourriez-vous arrêter de m'appeler Watson, ça commence à m'agacer, s'énerva Victor.

— C'est dommage. Cela dit, je pourrais vous énumérer un paquet de choses qui m'agacent moi aussi. Un exemple au hasard : cette enquête que vous avez menée sur moi, je peux dire que c'est agaçant. Et votre mensonge d'hier midi pour m'empêcher de repartir avec la navette, ça aussi c'est assez agaçant. Je suis sûre que je peux encore trouver d'autres sujets d'agacement, mon cher *Watson*.

Le jeune homme haussa les épaules. Il n'aurait pas gain de cause.

— Vous êtes un peu rancunière, non ?

— Absolument pas, mais j'ai une mémoire d'éléphant. Bon, on peut revenir aux choses sérieuses ? Je vous disais que je ne pense pas qu'Édouard ait voulu m'utiliser pour décourager des intentions criminelles.

— Vous avez sûrement raison. Et il semble évident que vous n'êtes pas là non plus parce que votre compagnie est un enchantement. L'utilité de votre présence ici reste donc un mystère. Mais est-ce vraiment si important ? Avez-vous fait le tour de la famille pour vérifier les emplois du temps de chacun ?

— Non, pas encore. De toute façon, il ne sera pas facile de vérifier leur déclaration. L'assassin s'est relevé dans la nuit, il est descendu pour tuer Édouard probablement aux alentours d'une heure, une heure trente du matin. Comme l'heure de la mort n'est qu'une approximation personnelle, je dois obtenir les déclarations de chacun pour toute la nuit.

— Quand je suis ressorti de la salle de bains vers minuit, dit Victor, il m'a semblé distinguer une ombre qui descendait l'escalier. Je pourrais jurer qu'il s'agissait de François.

Charlotte tria les papiers posés devant elle et nota l'information de Victor sur l'une des feuilles.

— Donc on a François qui serait descendu vers minuit, certainement pour aller voir son père. Vous ne l'avez pas entendu remonter ?

— Malheureusement non, je me suis couché et me suis très vite endormi.

Charlotte, quant à elle, ne s'était pas endormie tout de suite après s'être retirée dans sa chambre. Elle avait lu un roman d'Agatha Christie pendant plus de deux heures. Elle n'avait éteint sa lumière que vers une heure du matin, heure à laquelle, probablement, le malheureux Édouard avait été assassiné. Elle aussi avait perçu des bruits de pas dans le couloir. Il devait être aux alentours d'une heure trente quand elle avait entendu plusieurs personnes chuchoter dans le couloir, non loin de sa chambre. Elle avait alors pensé qu'il s'agissait de Caroline et de sa mère qui se chamaillaient. Ce qui, sur le coup, ne l'avait pas étonnée compte tenu de ce qui s'était passé dans la soirée. Mais maintenant, elle n'était plus aussi sûre qu'il s'agisse de Barbara et de sa fille. Cela aurait tout aussi bien pu être Amanda, Max ou Jacques. Et pourquoi pas les Brighton ? Bref, tout était possible.

Il lui fallait interroger toutes les personnes présentes dans ce manoir, en restant vigilante. N'ayant aucune légitimité pour mener de vrais interrogatoires, elle devrait se contenter de relever les emplois du temps. Mais elle comptait sur l'état de choc des témoins et leur méconnaissance des procédures pour pousser un peu plus loin ses investigations. Il fallait qu'elle découvre qui avait assassiné Édouard. Elle lui devait bien cela.

N'était-ce pas ce pour quoi elle était là ce week-end, finalement ? Cela lui sembla subitement évident. Elle avait été invitée par Édouard pour faire ce qu'elle faisait en ce moment même : enquêter sur son meurtre. Cela supposait donc que le vieil homme pressentait qu'il allait être assassiné. En s'assurant de sa présence, il voulait être certain que si quelque chose lui arrivait, un enquêteur expérimenté serait présent et permettrait ainsi l'arrestation de son meurtrier. De quoi, et surtout de qui, se méfiait-il suffisamment pour craindre que l'on ne s'attaque à lui ce week-end ? Et pourquoi ne lui avait-il pas fait part de ses craintes ? Peut-être aurait-elle pu empêcher son meurtre ?

Elle sortit du bureau qu'elle verrouilla et, suivie de Victor, se rendit dans le petit salon. Pour commencer, elle allait s'entretenir avec le beau François.

Chapitre 32

Dix heures quinze

François était dans le petit salon, ainsi que sa mère Amanda, Max et Caroline. Chacun se tenait loin des autres, désirant d'évidence mettre la plus grande distance entre eux. Après les révélations de la veille, Caroline ne semblait pas d'humeur à côtoyer sa mère, et se tenait assez loin de son demi-frère à qui elle jetait des regards peu amènes. Lors du repas de la veille, Charlotte avait pourtant eu l'impression que les deux jeunes gens s'entendaient plutôt bien. Mais la découverte de la liaison entre Barbara et François avait dû être un choc pour la jeune fille, elle devait se sentir trahie.

Charlotte se servit une tasse de café, rajouta un peu de lait et s'installa dans un fauteuil face au jeune homme, tandis que Victor rejoignait Max. François l'observait alors qu'elle prenait place, il semblait jauger l'état d'esprit de la jeune femme. Assise, Charlotte le regardait sans un mot par-dessus sa tasse de café, pendant qu'elle soufflait sur le breuvage trop chaud

— À quelle heure êtes-vous remonté dans votre chambre hier soir ?

— Il devait être vingt-deux heures quinze à peu près. Je vous ai vue tambouriner à la porte de ma sœur dans votre joli peignoir. Tout à fait votre genre, si je peux me permettre.

Charlotte but une gorgée de son café au lait sans quitter des yeux le jeune homme qui la regardait avec un sourire narquois. Ce jeune imbécile avait tort de se moquer d'elle, même gentiment, et surtout pendant un interrogatoire. Ça ne la mettait jamais dans de bonnes dispositions. D'autant qu'il était très seyant, son peignoir en laine polaire.

— Quand vous êtes descendu voir votre père hier soir, était-il encore en vie ? demanda-t-elle brusquement.

— Pourquoi serais-je descendu voir mon père ? demanda-t-il d'une voix douce.

— Quelqu'un vous a vu. Votre père était-il encore en vie à ce moment-là ? répéta Charlotte sèchement.

— Je ne l'ai pas vu, répondit François en se tortillant sur son siège. Quand je suis descendu, il était enfermé dans la bibliothèque. J'ai frappé, mais il n'a pas répondu.

— Avez-vous tenté d'ouvrir la porte ?

— Non.

Charlotte observait le jeune homme, qui évitait à présent de croiser son regard. Elle essayait de déceler le moindre signe qui pourrait lui laisser penser que le jeune homme mentait ou bien cherchait à lui cacher quelque chose. Mais parfois, même les innocents ont un comportement suspect quand ils sont interrogés dans le cadre d'une enquête criminelle.

— Pourquoi ?

— J'ai pensé qu'il s'était endormi, et qu'il n'aurait pas été d'humeur à discuter si je le réveillais.

— Vous n'avez rien entendu ? Pas de bruits ? Pas de voix ?

— Non, rien.

— Quelle heure était-il ?

François fronça les sourcils. N'avait-elle pas dit que quelqu'un l'avait vu descendre pour voir son père ? Il se demandait si cela n'avait pas été un coup de bluff de la jeune femme.

— Je ne me souviens plus…

— Vous avez bien une idée, approximativement…

— Il devait être aux environs de vingt-trois heures quarante-cinq, minuit, tout au plus.

Charlotte le regardait pensivement. Elle demanda :

— Édouard savait-il que c'était vous qui veniez le voir ? Vous lui avez parlé à travers la porte ?

— Oui, je lui ai dit que c'était moi et que je voulais lui parler.

— Qu'avez-vous fait après ?

— Je suis retourné me coucher et me suis endormi. Jusqu'à ce matin où Victor est venu me réveiller pour me demander de le rejoindre immédiatement dans le petit salon.

— Vous n'avez rien remarqué en retournant dans votre chambre hier soir ?

Le jeune homme réfléchit quelques secondes.

— J'ai entendu une porte qui se refermait, mais je ne saurais pas dire laquelle.

— À quel moment l'avez-vous entendue ? Quand vous montiez encore l'escalier ou quand vous arriviez dans votre chambre ?

François eut un moment d'hésitation :

— Je crois que c'était quand je suis rentré dans ma chambre… Oui, c'est ça, quand je suis arrivé devant ma chambre, j'ai cru entendre une porte se refermer.

Charlotte se remémora la distribution de chaque chambre et leur occupant respectif. La chambre de François était au bout de l'une des ailes du manoir. Il n'avait pu entendre que les portes des chambres proches de la sienne. Qui était à côté de lui ? Max occupait la chambre voisine, puis venaient celle d'Édouard et Chloé et enfin celle de Jacques.

— Combien devez-vous à vos partenaires de jeu ?

François jeta un regard oblique vers Amanda et Max. Il sortit une cigarette d'un étui dont Charlotte devina qu'il devait être en or, et l'alluma en prenant son temps. Il souffla une longue bouffée de fumée vers Charlotte.

— Un peu plus de deux cent mille.

Charlotte entendit Amanda s'étrangler en buvant son café, puis vit Max se précipiter vers elle pour lui tendre une serviette et lui tapoter le dos.

— Ah oui, quand même… Ça fait un excellent mobile, ça. Espérons que votre père n'ait pas déjà pris les dispositions dont il parlait hier soir pendant le dîner. J'ai ouï dire que vos petits camarades de jeu n'avaient pas un grand sens de l'humour. Pas sûr qu'ils goûtent l'ironie de la situation en apprenant que vous n'êtes peut-être qu'un héritier sans le sou.

François eut un sourire crispé. Personne ne savait si Édouard n'avait pas déjà mis en application les mesures concernant la vente de ses sociétés. Jacques, son ancien notaire, ne semblait plus être au fait des décisions de son cabinet concernant la gestion du patrimoine d'Édouard. Et même s'il savait quelque chose, il ne parlerait pas.

Le jeune homme, visiblement agacé par son échange avec Charlotte, se leva brusquement et quitta le petit salon sans un regard pour les personnes présentes, bousculant au passage sa sœur Suzie qui venait d'entrer dans la pièce.

— Eh bien ! J'en déduis que notre chère ex-flic a mené un interrogatoire tout en douceur ! Pas facile de mettre François, d'ordinaire si nonchalant, dans cet état d'énervement.

Charlotte observait la jeune femme, en tentant de se souvenir où se situait la chambre qu'elle occupait par rapport à celle de son frère. Se pourrait-il que ce soit elle qui ait ouvert sa porte quand François était remonté se coucher, et qu'elle soit ensuite allée voir son père ? Peut-être leur entretien s'était-il mal passé, un coup de tisonnier peut vite partir… Charlotte était persuadée que la jeune femme lui avait menti. Elle en avait l'intuition… même si elle devait se méfier de ses intuitions. Le ressentiment qu'elle éprouvait envers Suzie ne l'incitait pas à l'indulgence, mais elle avait la certitude que la jeune femme lui cachait quelque chose, elle avait envie de savoir ce que c'était. Elle se leva pour se servir un jus d'orange et se dirigea, son verre à la main, vers Amanda et Max.

Chapitre 33

Dix heures trente

— J'imagine que ça va être à notre tour de passer sur le gril, grimaça Amanda. Personnellement, ma chère, je n'ai rien à me reprocher, inutile de perdre votre temps.

Elle se pencha pour attraper un étui dont elle sortit une cigarette ultra-fine, qu'elle alluma en soufflant la fumée vers le plafond.

— Vous voulez savoir ce que j'ai fait le reste de cette affreuse soirée ? reprit-elle. C'est très simple. Après qu'Édouard nous a craché son venin à la figure, je suis montée me coucher, et je n'ai plus bougé de ma chambre ! Il devait être aux alentours de vingt-deux heures trente. Ah, si, je suis allée me doucher dans la salle de bains de l'aile est, j'ai fini vers vingt-trois heures trente environ. Si vous cherchez un meurtrier, ce n'est pas de mon côté qu'il faut fouiller.

— Il n'est pas de mon ressort de chercher et de trouver le meurtrier. Je me contente de relever vos emplois du temps à chacun pour faciliter le travail de mes anciens collègues.

— Vous avez le mien, cela devrait vous suffire.

Charlotte sentait Amanda prête à lui sauter au visage. Elle devinait que l'ancienne danseuse n'était pas de celles qui pliaient facilement.

— Je crois me souvenir que vous avez été une danseuse étoile remarquable, madame Montergnac.

— Madame Popielski, je vous prie, la corrigea Amanda. Je n'ai pas souhaité conserver le nom de mon ex-mari. Le mien est tout aussi connu, et bien plus illustre.

Charlotte hocha la tête en signe d'assentiment.

— Si vous le souhaitez, nous pouvons poursuivre notre entretien dans le bureau d'Édouard, proposa-t-elle à voix basse.

Amanda jeta un regard méprisant à Suzie. Elle s'était servi un café et le buvait, affalée dans un fauteuil, en tournant machinalement les pages d'un magazine qu'elle ne devait probablement pas lire. Max s'était éloigné avec Victor, ils étaient postés devant la fenêtre du petit salon, faisant mine d'être absorbés dans la contemplation du paysage. Quant à Caroline, elle boudait, avachie dans un fauteuil près de la cheminée.

— Je n'ai aucune envie d'aller dans ce bureau et de toute façon, je n'ai rien à cacher. Vous savez, j'ai eu une vie avant d'épouser Édouard.

— Et une vie plutôt bien remplie. Vous étiez une immense danseuse, madame Popielski.

— Vous avez raison, se rengorgea-t-elle, visiblement flattée. Mais j'ai dû mettre un terme à ma carrière à la naissance de mon fils. Comme beaucoup de danseuses ou de sportives de haut niveau. La maternité est un cadeau, mais c'est aussi un voyage sans retour. Toute votre vie, vous aurez une chaîne plus ou moins lourde que vous traînerez au long de votre chemin.

— Vous avez élevé votre fils seule ?

— François a toujours été un enfant adorable, mais il n'est pas facile pour un petit garçon d'avoir un père qui ne s'intéresse pas à lui, qui n'est jamais là. Difficile pour lui de se construire et de devenir un homme fort et solide.

Charlotte sentit comme un pincement au cœur. Elle comprenait parfaitement ce que disait Amanda. L'absence de Patrick depuis plus d'un an avait des conséquences sur l'équilibre de ses fils. Les petits se sentaient souvent seuls et ne comprenaient pas pourquoi leur père était absent aussi longtemps.

— Ça devait être difficile de pallier l'absence du père, vous avez passé votre vie de maman à protéger votre fils.

— Oui, vous avez parfaitement compris. Je suis une mère et je suis russe. Mon fils, cet ingrat, c'est la prunelle de mes yeux. Vous avez des enfants, Charlotte ?

— J'ai deux petits garçons, des jumeaux.

— Double peine alors, sourit Amanda en jetant sa cigarette dans sa tasse à café. Vous avez de la chance.

— J'en ai conscience.

— Quel âge ont-ils ?

— Ils ont huit ans.

— Vous êtes une mère, vous comprenez ce que je veux dire.

Bien sûr. Si un jour l'un de mes fils se retrouvait dans une situation difficile, je ferais n'importe quoi pour le sortir d'affaire.

Amanda sortit une nouvelle cigarette de son paquet qu'elle prit le temps d'allumer. Elle observa pensivement Charlotte à travers le voile de fumée. Elle sourit.

— Que voulez-vous savoir ?

— Madame Popielski…

— Amanda.

— Amanda, êtes-vous retournée voir Édouard pour le convaincre de changer d'avis ?

Amanda soupira longuement, elle jeta sa cigarette à peine entamée dans sa tasse cendrier.

— J'en ai eu l'intention, j'étais vraiment furieuse contre lui. Je suis allée prendre une douche, qui, semble-t-il, a eu le mérite de me calmer. Je me suis finalement couchée sans être descendue pour obtenir qu'il éponge les dettes de François. J'avais l'intention de l'attaquer bille en tête ce matin. Et croyez-moi, j'aurais obtenu gain de cause.

— Je n'en doute pas, sourit Charlotte. À quelle heure êtes-vous allée dans la salle de bains ?

— Je dirais vingt-trois heures, peut-être un peu plus tôt. J'en suis ressortie vers vingt-trois heures trente environ.

— Avez-vous vu ou entendu quelque chose ou quelqu'un en entrant ou en sortant de la salle de bains ?

Amanda eut une moue de dégoût.

— Maintenant que vous me le demandez, j'ai vu Victor sortir de la chambre de Suzie alors que je m'apprêtais à retourner dans la mienne. Il devait être vingt-trois heures trente.

— Il était seul ? Vous n'avez pas vu ou entendu Suzie sortir elle aussi de sa chambre ?

— Non, mais je ne peux pas affirmer qu'elle ne l'ait pas fait un peu plus tard. Elle avait elle aussi une bonne raison de vouloir qu'Édouard revienne sur sa décision, vous ne croyez pas ?

Amusée, Charlotte entendait Suzie tourner furieusement les pages de son magazine.

Chapitre 34

Dix heures trente

Chloé restait assise sur le bord de son lit, encore groggy à la suite de la soirée de la veille et de l'annonce de l'assassinat d'Édouard. Son avenir, qui lui semblait la veille encore plein de promesses, s'était brutalement effondré à cause d'un seul mot : *vasectomie*. Ce vieux salopard avait joué avec elle pendant des mois. La jeune femme se sentait plus que trahie ; elle avait été trompée et abusée par un vieillard. Il avait été plus rusé qu'elle, jouant avec ses espoirs et sachant pertinemment qu'il n'avait rien de mieux à lui offrir que ces moments où il lui faisait toucher du doigt une vie qu'elle ne ferait qu'effleurer, le temps de leur sordide liaison. Comment avait-elle pu être aussi stupide ? Au jeu de la manipulation, il avait été le plus fort.

Il fallait qu'elle reprenne le dessus, il n'était pas question de rester plus que nécessaire dans cet endroit sinistre. Elle allait commencer par faire ses valises, mais elle n'arrivait pas à se décider à sortir les vêtements de l'armoire. Elle restait assise sur son lit, vidée de toute énergie.

Après avoir pleuré de rage une bonne partie de la nuit, apprendre au petit matin qu'Édouard avait été assassiné n'avait suscité chez elle aucune émotion. Après l'annonce, elle avait rejoint sa chambre pour éviter de se mêler à cette famille qu'elle ne supportait pas. Il fallait qu'elle reparte au plus vite, qu'elle quitte cette île maudite.

La jeune femme se demandait s'il lui était encore possible d'avorter, quitte à partir dans un autre pays pour profiter d'une législation moins stricte en matière de délais. Elle n'avait aucun intérêt à garder ce bébé qui ne lui servait plus à rien maintenant.

Elle avait gâché plusieurs mois auprès d'un vieillard qui n'avait jamais eu l'intention de l'épouser. En repensant à ces moments passés auprès de lui, elle sentit la nausée revenir. Elle haïssait cette vieille ordure ! Et qu'il ait été assassiné dans la nuit ne la soulageait pas vraiment, elle aurait voulu pouvoir lui cracher son dégoût au visage !

La jeune femme se leva pour aller boire de l'eau et chasser ce goût de bile dans la bouche. En se servant un verre au lavabo de sa chambre, elle regarda longuement son reflet dans le miroir. Elle était surtout en colère contre elle-même. Elle savait évidemment que son bébé n'était pas celui d'Édouard, bien avant qu'il ne le dise la veille lors de cette horrible soirée. Si ce vieux salopard n'avait pas subi une vasectomie, ça aurait pu fonctionner ! Après chaque rencontre avec Édouard, elle passait une nuit avec son amant. Non seulement pour se laver de ces étreintes nauséabondes avec un vieillard, mais aussi dans l'espoir que son étalon serait suffisamment efficace pour qu'elle tombe enfin enceinte. Comme elle avait été stupide ! Elle s'en rendait compte maintenant. Le vieux n'avait jamais eu l'intention de l'épouser.

Elle se pencha précipitamment pour vomir dans le lavabo. Elle en avait assez de ces nausées. Dès le lendemain, elle irait voir son gynécologue pour interrompre au plus vite cette grossesse qu'elle ne supportait plus. Pas question pour elle de garder l'enfant de Mathéo, son jeune amant, qui ne serait pas capable de subvenir à leurs besoins avec ses allocations chômage. C'est elle qui serait obligée de les entretenir avec son salaire de secrétaire, à supposer qu'elle conserve son poste au sein des entreprises Montergnac, ce qui était des plus incertain.

Chloé respira à fond pour canaliser un nouveau haut-le-cœur… elle allait probablement perdre son travail. Suzie allait prendre un malin plaisir à la virer. Elle n'avait qu'un contrat à durée déterminée, il était évident qu'il ne serait pas prolongé. Qu'allait-elle devenir ? Elle ne pouvait évidemment pas rester avec Mathéo dont le seul atout était sa gueule de beau gosse. Il ne savait rien faire et Chloé n'avait pas l'intention de continuer cette relation.

Elle revendrait les cadeaux d'Édouard. Entre tous les bijoux et les vêtements de haute couture, elle devait pouvoir en tirer un bon petit pactole. Elle ne pouvait pas nier qu'il avait été généreux avec elle, lui offrant à chaque rencontre un bijou en or ou un vêtement de marque. Et il y avait la voiture ! Un cabriolet dont elle s'était très peu servie. Cette voiture devait encore valoir très cher, elle pourrait probablement en obtenir un bon prix. Heureusement qu'elle avait caché cette superbe décapotable à Mathéo qui l'aurait sans aucun doute utilisée, au risque de l'endommager. La voiture était garée dans le sous-sol de son immeuble, elle était comme neuve.

Si elle n'en avait pas eu conscience jusqu'alors, elle réalisa avec amertume qu'Édouard s'était comporté avec elle comme il l'aurait fait avec une prostituée. Il ne lui avait jamais donné le moindre argent, mais il avait appliqué un genre de troc : du sexe contre des cadeaux, une rétribution pour service rendu. Jamais il n'avait eu l'intention de l'épouser. Même quand elle lui avait annoncé être enceinte, il n'avait rien dit, continuant cette mascarade avec elle, profitant à bon compte de sa naïveté. Finalement, compte tenu de ce qu'elle avait dû supporter, elle méritait bien les luxueuses *offrandes* qu'il lui avait faites.

Et elle allait quitter son appartement. Elle retournerait s'installer chez sa mère quelque temps pour économiser le loyer en attendant de retrouver un travail. Ce retour dans le giron maternel serait difficile. Sa mère ne se priverait pas de lui rappeler qu'elle l'avait bien prévenue, qu'elle lui avait dit que son vieil amant profitait d'elle et que jamais il ne l'épouserait. Chloé allait devoir supporter les reproches et les remarques acerbes de sa mère, mais qu'importe ; elle ferait comme lorsqu'elle était adolescente, avec un bon casque sur les oreilles, elle ne l'entendrait plus.

Chloé se sentit un peu mieux et se posta devant la fenêtre de sa chambre. Elle allait reprendre sa vie en main. La pluie tombait encore avec violence et martelait la fenêtre. Ce vieux salopard d'Édouard s'était bien fichu d'elle, elle ne garderait rien de lui, aucun bijou, aucun vêtement, rien.

Elle passa doucement la main sur son ventre. C'était probablement la décision la plus difficile à prendre, mais avait-elle le choix ?

Chapitre 35

Dix heures quarante-cinq

Max avait préféré s'entretenir seul avec Charlotte dans le bureau d'Édouard. Gwenaëlle venait de déposer, sur la table basse, un nouveau plateau avec du thé et du café. Soizic était décidément une perle et veillait avec bienveillance à son confort. Charlotte se servit une tasse de thé, et proposa une boisson à Max qui opta pour un café. Le vieil homme ne semblait pas très à l'aise en pénétrant dans le sanctuaire de son frère. Charlotte prit place dans l'un des sièges placés devant le poêle à bois, elle ne se sentait pas le droit de s'installer derrière le bureau imposant d'Édouard pour interroger Max. Le vieil homme s'assit dans l'autre fauteuil en face d'elle. Il réprima un frisson.

— Monsieur Montergnac…

— Je vous en prie, appelez-moi Max comme tout le monde ici. Vous savez, la dernière fois que j'ai vu mon frère, il était assis dans ce même fauteuil, dit-il en tapotant les accoudoirs du Chesterfield en cuir.

— Je voulais, avant de commencer, vous présenter mes condoléances pour la perte de votre frère.

— Je vous remercie, ma chère, sourit le vieil homme en balayant d'une main la sympathie de Charlotte. Alors, comme ça, vous êtes officier de gendarmerie ? Pardonnez mon étonnement, je suis un vieil homme, de la vieille école. Je ne suis pas habitué à côtoyer une jeune femme officier dans votre position, je veux dire que je ne pense pas que vous soyez très nombreuses dans cette profession, bafouilla Max.

— C'est vrai, sourit Charlotte. Mais je me dois de vous préciser que j'ai quitté cette institution il y a quelques mois.

— Vraiment ? Et pour quelle raison si je peux me permettre ?

— C'est une longue histoire, disons que je ne me sentais plus en phase avec les préoccupations de ma hiérarchie. Mais pour en revenir à ce terrible drame, pourriez-vous me raconter ce que vous avez fait après le dîner hier soir ?

— Eh bien, j'ai rejoint la troupe dans le petit salon, vous n'y étiez pas, je crois…

— Non, effectivement.

— Victor est arrivé un peu après nous. Nous avons eu une conversation un peu… rude, avec lui. Ce que je regrette d'ailleurs. Ce jeune garçon a lui aussi été manipulé par mon frère. Je ne pense pas qu'il se soit douté de ce qu'Édouard avait derrière la tête en lui demandant d'enquêter sur nous. Mais le pauvre a passé un sale quart d'heure. Geneviève et Arthur ne sont pas restés très longtemps avec nous, ils ont regagné leur chambre, suivis de Jacques quelques minutes plus tard. Quant à moi, je suis allé voir Édouard pour tenter de le raisonner.

— Quelle heure était-il ?

— Un peu avant vingt-deux heures, je crois. Mon frère était dans son bureau, dans ce fauteuil même. Notre échange a été… comment dire… difficile. Il n'est bien entendu pas revenu sur sa décision de liquider tout son patrimoine. J'ai eu l'impression que rien n'aurait pu le faire changer d'avis. C'était comme une vengeance contre nous, sa famille. Nous nous sommes quittés en colère l'un contre l'autre. C'est triste, c'est le dernier souvenir que j'aurai de lui.

Max cacha son visage entre ses mains, Charlotte craignit que le vieil homme ne se mette à pleurer, mais il n'en fut rien. Il poussa un long soupir avant de reprendre son récit.

— Je ne suis même pas sûr d'éprouver le moindre chagrin. Nous sommes jumeaux, mais nous n'avions rien en commun, je ne supportais plus sa cruauté… Je crois bien que nous ne nous sommes jamais aimés. Je suis juste curieux de savoir ce qui a bien pu se passer. Vous trouvez ça monstrueux ?

Charlotte secoua doucement la tête sans rien dire. Elle savait par expérience qu'il fallait laisser s'écouler le flot de confidences quand le robinet était ouvert. Elle espérait que le vieil homme se confierait sans réserve. Serait-il honnête ? Il lui faudrait être perspicace pour distinguer le vrai du faux. Pour le moment, elle se contentait de le regarder avec attention.

— Après notre entretien, je suis allé dans la bibliothèque pour prendre un dernier verre et tenter de calmer mes nerfs. Victor était là et nous avons un peu discuté. Victor est parti vers vingt-deux heures trente puis je suis remonté dans ma chambre. Il était environ vingt-trois heures.

— Et vous n'avez vu personne rejoindre Édouard en remontant dans votre chambre ? demanda Charlotte en griffonnant sur une feuille de papier.

— Non, je suis allé prendre une douche dans la salle de bains de l'aile ouest, et je suis allé me coucher, il devait être environ minuit moins le quart.

— Qui, selon vous, aurait été capable de commettre ce meurtre ?

— Vous me demandez de désigner un coupable potentiel ? (Max sourit en inclinant la tête.) Vous n'attendez pas sérieusement que je vous livre le nom d'un membre de ma famille ou d'un de mes amis ?

Charlotte se pencha vers la table basse pour saisir sa tasse de thé.

— Non, évidemment, je vous demandais simplement si vous pensiez que ce meurtre aurait pu être perpétré par un membre de votre famille.

— Je pense que tous ici avaient une bonne raison de vouloir que ce vieux salopard passe l'arme à gauche… excepté peut-être Caroline, cette malheureuse petite souris. Je crois qu'elle aimait sincèrement son père. Mais lui n'aimait personne. Pauvre petite… Nous avons tous eu, à un moment de notre vie, envie de tuer Édouard.

— Il était détestable à ce point ?

— C'était un manipulateur uniquement guidé par son intérêt, un égoïste de la pire espèce, cruel et méchant. Je vous choque ?

— Non, je ne connaissais pas vraiment votre frère, mais j'ai eu l'impression qu'il pouvait être très généreux.

— Rien de ce qu'il a pu donner n'était gratuit. Nous avons tous payé le prix fort de sa générosité. Ses enfants n'ont pas eu de père, uniquement un donateur. Quant à ses femmes, il ne les a jamais aimées, elles n'étaient que des trophées.

— Pourriez-vous me parler de Nicolas ?

— Vous parler de Nicolas ? Qu'est-ce que ce malheureux petit peut bien avoir à faire avec l'assassinat de mon frère ?

— Rien, mais je suis intriguée. L'histoire de votre famille est très… romanesque. En discutant avec Soizic, j'ai appris beaucoup de choses sur la vie hors du commun de Mme Brighton, et notamment sur le destin tragique de son fils Nicolas. Que lui est-il arrivé ?

— Il est mort en Algérie.

Max se recula dans le fond de son fauteuil, la mine renfrognée. Il ne semblait pas enclin à la renseigner sur l'histoire de son neveu. Il se pencha, se servit un café et ajouta trois morceaux de sucre. Charlotte attendit qu'il se décide à poursuivre son récit. Le vieil homme semblait plongé dans ses souvenirs, et quand il parla, sa voix était comme étranglée, saisie par l'émotion.

— Nicolas était un garçon extraordinaire. Il avait toujours été très mûr pour son âge. Très vite, il a senti que les relations avec son père n'étaient pas… normales. Il était probablement trop proche de sa mère, et Édouard n'a jamais supporté de passer au second plan. Tous ceux qui vivaient près de lui devaient lui être dévoués corps et âme. Il exigeait une attention complète, tout devait tourner autour de lui. Je n'ai jamais connu quelqu'un de plus égocentrique, de plus égoïste que lui. Mais Génie n'avait que faire de ses exigences. La seule chose qui lui importait, c'était son fils. Édouard a tout fait pour les séparer. Elle a tenu bon pendant longtemps, il a quand même réussi à lui faire intégrer un lycée militaire alors que le petit était fait pour tout, sauf pour cette vie-là. Mais Nicolas désirait plus que tout se rapprocher de son père, il voulait qu'il soit fier de lui… comme tous les gosses. Quand les « événements » d'Algérie ont commencé, Édouard s'est mis en tête que Nicolas devait absolument combattre et devenir digne de lui, le « grand résistant ». Comme si les Montergnac avaient tous été des héros. Vous savez, c'est une légende ce courage. Édouard n'était qu'un mégalomane ; il a été courageux pendant la guerre, c'est certain, mais pas plus que les autres. Pas plus que moi ! Cela dit, il a tout de même été capable de tuer son propre père, *notre* père, pour éviter que l'on découvre que notre paternel avait été un collaborateur des nazis. Il l'a pendu lui-même, et a fait croire à un suicide. Mais vous devez savoir que Louis-Édouard Montergnac a été une ordure de la pire espèce, qui a joué double jeu pendant la guerre. La légende familiale est tout de suite moins glorieuse quand on sait ça.

Le vieil homme s'échauffait au fur et à mesure qu'il parlait. Il sortit un mouchoir en tissu de sa poche et s'épongea le front.

— Quand les Allemands sont arrivés à Bordeaux en juin 1940, reprit-il, mon père a très vite vu l'intérêt qu'il pouvait en tirer. C'était un homme très avisé, il a travaillé pour les deux camps. Il a aidé parfois la Résistance, au cas où le Troisième Reich ne serait pas éternel.

Les révélations de Max sidéraient Charlotte. Apprendre qu'Édouard avait assassiné son propre père, collaborateur des nazis pendant la guerre… Elle devait absolument lire les mémoires du vieil homme même si elle doutait d'y trouver un traître mot sur cet épisode de l'histoire familiale. Elle espérait que Max allait revenir à Nicolas, mais n'osa cependant pas l'interrompre. Le vieil homme reposa brutalement sa tasse de café sur la table basse.

— Mon père a toujours été jaloux de son ami d'enfance, le très charismatique Albert Tavernier, le père de Génie. Il a profité de la guerre pour se débarrasser de lui. Il a même pu récupérer la gestion de l'entreprise d'Albert en mariant son fils à Génie. Cela n'a pas été très difficile à organiser, Édouard était dingue d'elle. Mon père a livré aux Allemands le réseau de son ami d'enfance. Il n'a pas hésité à le trahir sachant qu'il le condamnait à mort en le livrant aux nazis… c'était impardonnable. Je comprends qu'Édouard ait décidé de tuer notre père. Mais il ne l'a pas fait pour venger Tavernier, il l'a fait pour lui, pour éviter que l'on sache que Louis-Édouard Montergnac n'avait été qu'une saloperie de collabo. Cela aurait gâché un peu le tableau, non ?

Max se leva brusquement et se servit un cognac. Il était de nouveau très rouge, et Charlotte espéra qu'il n'allait pas s'écrouler brusquement, victime d'une crise cardiaque, ou d'apoplexie. D'un geste, il proposa à Charlotte de la servir, elle accepta. Avec toutes ces révélations sordides, il lui fallait bien un verre de cognac. Le vieil homme revint s'asseoir dans le fauteuil face à la jeune femme et lui tendit un verre.

— Mais vous vouliez que je vous parle de mon neveu. Édouard a fini par convaincre le petit qu'il devait devancer l'appel pour aller défendre son pays en Algérie. Il a fait jouer ses relations pour lui obtenir une affectation, non pas à l'état-major où Nicolas aurait été moins exposé, mais au sein d'une unité combattante. Son fils devait évidemment servir en première ligne, surtout pas à l'arrière ! Puis, un peu avant Noël, en 1961, alors qu'il n'était arrivé en Algérie que depuis une quinzaine de jours, on a appris que sa section était tombée dans une embuscade et que Nicolas était porté disparu.

Max avala d'un coup le contenu de son verre. Il grimaça et s'enfonça dans le fauteuil.

— Vous avez su ce qui s'était passé exactement ?

— La section dans laquelle il était devait se rendre dans un village, reprit-il au bout de plusieurs minutes de silence. Les civils européens avaient, paraît-il, été massacrés par les *fellaghas*. L'information n'était pas bonne, c'était un piège. Quand la section est arrivée, elle était attendue et beaucoup d'hommes ont rapidement été abattus. Les rebelles sont partis en emmenant les survivants et en laissant les blessés sur place… Ils ont été effroyablement torturés et achevés par les villageois. Nicolas était parmi les blessés. Ils ont tous été massacrés, en subissant les pires tortures… Cette guerre était une vraie saloperie. Quand Édouard a appris ce qui s'était passé, il a préféré ne rien dire à Geneviève. Il est parti immédiatement à Marseille où avaient été rapatriées les dépouilles de ces pauvres gamins. Ceux qui avaient été emmenés par les *fellaghas* ont été retrouvés plus tard, fusillés. Mais il y en avait un qui avait survécu parce qu'il avait réussi à se cacher avant le début du massacre dans le village. Le malheureux avait assisté à toutes ces horreurs. Il n'a rien pu raconter à Édouard, il était complètement traumatisé, cela aurait été inutile de toute façon. Les gamins étaient tous morts. Les cadavres étaient tellement… abîmés… leurs yeux avaient été crevés, ils avaient été éventrés… je vous épargne les détails les plus horribles… Édouard m'a confié qu'il avait pu identifier Nicolas grâce à une vilaine cicatrice que le gamin avait eue en tombant de vélo, là, sur le mollet. Elle était énorme cette cicatrice, je m'en souviens. Nous étions partis faire une promenade à vélo, Nicolas et moi, quand il était encore tout jeune. Nous étions en forêt, et nous avions pris les chemins de traverse. Le petit a fait une chute alors que nous prenions une descente un peu raide… J'ai bien cru que Génie allait me frapper ce jour-là quand je suis revenu avec le petit, ensanglanté. Mais Nicolas était heureux. Nous avions passé une superbe journée tous les deux… Il a voulu que nous recommencions nos randonnées à vélo chaque fois que je venais les voir ici, sa mère et lui. Un jour, il m'a même dit que c'était grâce à cette cicatrice qu'on le reconnaîtrait toujours… J'adorais ce gamin. C'était un gosse formidable…

Max se leva pour dissimuler ses yeux humides. Il regarda les photos affichées sur les murs de la bibliothèque.

— Finalement, Édouard l'a eu, son héros, même s'il n'a pas été foutu de lui faire une place parmi ces guignols.

Le vieil homme revint s'affaler lourdement sur son fauteuil.

— Je ne pense pas qu'Édouard imaginait que Génie le quitterait. Il était tellement sûr de lui, tellement arrogant… Il était persuadé que Génie finirait par se remettre de la mort de son fils et qu'elle reviendrait vers lui. Toute sa vie, il n'aura jamais pensé qu'à lui.

Max sortit son portefeuille de la poche de sa veste et tendit une vieille photographie jaunie à Charlotte.

— Regardez, c'était lui mon petit bonhomme. Sur cette photo il n'avait qu'une dizaine d'années… Il aurait bien mérité sa place sur ce mur, non ? Vous savez, c'est moi qui aurais dû tuer Édouard. Je n'en ai pas eu le courage, mais celui qui l'a fait, croyez-moi, je lui tire mon chapeau.

La jeune femme observa la photographie de Nicolas, et la rendit au vieil homme qui pleurait en silence.

Chapitre 36

Onze heures vingt

Les entretiens avec Soizic puis avec Max avaient déprimé Charlotte. La vie de Geneviève, bien que romanesque, était jonchée de douleurs et de drames. Cette femme avait été torturée alors qu'elle n'était encore qu'une toute jeune fille, elle avait perdu ses parents pendant la guerre, elle avait épousé un homme qu'elle n'aimait manifestement pas, et pire que tout, elle avait perdu son fils unique dans des conditions atroces. Heureusement, elle avait pu retrouver son amour de jeunesse, avoir une fille avec lui, et passer le reste de sa vie heureuse auprès de lui. Une destinée pareille, Charlotte ne l'enviait pas.

Victor passa la tête par la porte du bureau, la jeune femme fut presque heureuse de le voir.

— Je vois, dit-il en entrant. On boit du cognac dès onze heures du matin. Et ne me dites pas que vous n'en avez pas bu, il y a deux verres !

— Attention de ne pas progresser trop rapidement, Watson, ça m'ennuierait que vous fassiez un claquage.

— L'alcool ne vous rend pas plus agréable en tout cas. Bon, vous en êtes où ? demanda Victor en s'installant nonchalamment dans le fauteuil occupé plus tôt par Max.

Charlotte retourna s'asseoir derrière le bureau d'Édouard et, remuant ses différents feuillets, lui résuma dans les grandes lignes ses entretiens avec Amanda et Max.

— Le père d'Édouard et Max était un collabo ? s'exclama Victor avec un sifflement. Je me demande si mon père le savait, il ne m'en a jamais parlé… Je suis passé lui demander son emploi du temps hier, j'espère que vous n'y voyez pas d'inconvénient ? Je me suis dit que comme il n'avait aucun mobile pour tuer Édouard, on pouvait rapidement le rayer de votre liste de suspects. Je suis donc passé le voir dans sa chambre, je l'ai trouvé assez éprouvé. Je dois admettre que je ne m'attendais pas à ce qu'il réagisse aussi mal après l'assassinat d'Édouard. J'ai toujours pensé qu'il n'y avait entre eux aucune amitié ni sympathie, seulement une estime réciproque. Mais apparemment, je me trompais. Mon père est réellement bouleversé par la mort d'Édouard.

Charlotte n'était pas aussi certaine que Jacques Capestan n'ait pas eu de raison de tuer Édouard. Elle ne connaissait pas son histoire personnelle, mais savait qu'il avait été très proche de Geneviève. Or Geneviève venait de revenir, le week-end même de l'assassinat d'Édouard. Coïncidence ? Et puis il y avait ce manuscrit qui avait disparu. Charlotte était dubitative. Elle ne pouvait absolument pas rayer Jacques de la liste des suspects, mais elle s'abstint de le dire à son fils.

— Alors ? Vous me racontez ou je dois vous supplier ?

Victor soupira.

— Après le repas, mon père a accompagné les Brighton dans le petit salon pour un dernier verre, mais ils ne sont pas restés très longtemps. Geneviève et Arthur sont rapidement remontés dans leur chambre en demandant à mon père de les rejoindre pour discuter plus tranquillement. Il est allé les retrouver vers vingt-deux heures, ils ont pris une tisane avec une part du gâteau que Soizic leur a montée dans leur chambre. Ils se sont rappelé leur passé, puis mon père est allé se coucher vers vingt-trois heures quinze.

— C'est tout ? Il n'a pas revu Édouard avant de remonter voir les Brighton ?

— Non, il est allé dans le petit salon et ensuite il a rejoint Geneviève et Arthur.

— Donc vous ne savez pas ce que lui a demandé Édouard en quittant la salle à manger hier soir ? Il me semblait qu'ils avaient échangé quelques mots dans le vestibule…

— C'est possible, mais il ne m'a rien dit. Et même s'ils avaient discuté quelques minutes ensemble, est-ce que c'est vraiment important ?

Charlotte se tapotait doucement le front.

— Vous avez raison, dit-elle. Cela n'a probablement aucune importance.

***

Arrivée sur le palier du premier étage, Charlotte s'arrêta devant la chambre de Barbara dont la porte était restée ouverte. L'ex-femme d'Édouard était assise sur le bord de son lit et semblait attendre quelque chose ou quelqu'un. Charlotte frappa sur la porte ouverte et, en l'absence de réponse, entra et vint s'asseoir près d'elle sur le grand lit. Barbara gardait la tête baissée, froissant entre ses mains un pan de son gilet en laine.

Charlotte vit qu'elle avait pleuré, mais devina que ce n'était pas à cause du meurtre de son ex-mari.

— Vous avez pu parler un peu avec Caroline ? demanda-t-elle en lui tendant un paquet de mouchoirs.

Barbara secoua la tête en extrayant un mouchoir du paquet et en tapotant le coin de ses yeux.

— Elle refuse de me parler. Vous avez vu comme elle m'a repoussée ce matin ?

— Elle a besoin d'un peu de temps pour digérer ce qu'elle a appris hier soir.

— Mais c'est un tissu de mensonges ! s'exclama Barbara en se levant subitement. Tout ce qu'a pu raconter Édouard était très exagéré ! Comment a-t-il pu raconter de telles horreurs à table, devant toute la famille ? Il y a bien eu un léger flirt entre François et moi, mais rien d'aussi… Et puis c'était après une soirée arrosée, je ne tiens pas l'alcool, je ne bois jamais ! Édouard n'avait pas le droit de dire tout ça !

— Non, effectivement, cela ne le regardait pas. Vous pourrez raconter tout ça à Caroline quand elle se sera un peu calmée. Elle pourra peut-être l'entendre. À quelle heure vous êtes-vous couchée ?

— Je ne sais pas, moi. Je suis partie me coucher après qu'Amanda a quitté le petit salon. Il devait être vingt-trois heures, peut-être plus tard. J'ai vu Amanda qui se dirigeait vers l'une des salles de bains quand je montais dans ma chambre. J'ai attendu dans l'escalier qu'elle ait fermé la porte, je ne voulais surtout pas me retrouver seule face à elle.

— Vous n'êtes pas ressortie ?

— Pour risquer de croiser Amanda ou François ? Sûrement pas !

— Et Caroline ? Vous l'avez vue se coucher hier soir ?

— Caro est montée après moi. Il devait être un peu plus de minuit. Elle a immédiatement fermé à clé la porte de communication entre nos deux chambres. Ma propre fille refuse de me voir ou de me parler ! La pauvre petite a pleuré toute la soirée et jusque tard dans la nuit, je l'ai entendue à travers la porte.

C'était donc probablement Caroline que François avait entendue, après être allé voir son père.

— Savez-vous si, plus tard dans la soirée, Caroline est sortie de sa chambre ?

— Bien sûr que non, enfin ! Puisque je vous dis qu'elle a passé la nuit à pleurer à cause de son monstre de père !

Chapitre 37

Onze heures quarante-cinq

Charlotte décida qu'il était temps d'aller interroger les Brighton. Il était presque midi, les deux vieillards avaient eu le loisir de se reposer et devaient pouvoir répondre à quelques questions.

En entrant dans la chambre qui avait été celle de Geneviève du temps de son mariage avec Édouard, Charlotte ne s'attendait pas à trouver une pièce aussi claire et aussi harmonieuse. Les murs étaient recouverts d'un papier peint de couleur lin et bleu pastel. Les meubles, tous d'époque certainement, étaient peints avec une céruse blanche, donnant à la chambre un charme douillet.

Arthur était assis dans un fauteuil, dans le style bergère, et buvait un thé. Il accueillit la jeune femme avec un sourire.

— Nous vous attendions, dit-il en lui indiquant un siège de la main. Soizic vient de nous monter un excellent petit déjeuner : prendriez-vous du thé avec nous ? Il est encore chaud.

— Avec plaisir, je vous remercie, monsieur Brighton.

Tandis qu'Arthur lui servait une tasse de thé, Charlotte observait avec curiosité la chambre à coucher. Geneviève avait commencé à rassembler vêtements et affaires de toilette qu'elle avait soigneusement disposés sur le lit en prévision de leur départ qu'elle supposait visiblement être dans la journée. Elle sentait la vieille femme très nerveuse, ses mains tremblaient légèrement. Elle pliait la jupe et le chemisier qu'elle portait lors du dîner de la veille.

— J'espère que nous pourrons tous quitter cet endroit aujourd'hui, dit la jeune femme d'un ton léger. Normalement la tempête devrait s'arrêter dans l'après-midi, la police pourra probablement nous rejoindre avant la fin de la journée. Avec un peu de chance, nous quitterons tous cette île avant demain. En cette période de l'année, nous devrions facilement trouver une chambre d'hôtel à Brest. La tempête est derrière nous à présent, et le vent commence à baisser d'intensité. J'espère que le téléphone va rapidement être rétabli, je me demande d'ailleurs si ce n'est pas déjà le cas.

Charlotte balayait la pièce du regard en débitant son discours.

— Je vois que vous êtes en train de préparer vos bagages, vous avez raison. Je devrais faire la même chose.

La jeune femme reposa sa tasse de thé et s'approcha du grand lit. Elle passa la main sur le chemisier que la vieille femme portait lors du dîner de la veille et qu'elle avait disposé au pied du lit.

Debout près de la fenêtre, Geneviève observait la jeune femme sans dire un mot. Elle sentait que Charlotte avait une idée derrière la tête. Malgré sa méfiance, elle ne pouvait s'empêcher de la trouver sympathique. Elle était moins belle que Suzanne dont la beauté sophistiquée était incontestable. Mais la jeune femme dégageait une gentillesse qui ne semblait pas feinte. Geneviève s'enorgueillissait de pouvoir très vite cerner le caractère des gens, bien qu'elle n'ait pas su voir immédiatement la sournoiserie et la cruauté chez Édouard. Elle détestait les personnes méchantes. Pour avoir vécu vingt ans auprès d'un homme mauvais, elle ne supportait plus ce trait de caractère qu'elle détectait très rapidement. Malheureusement, la belle Suzanne semblait avoir hérité pour partie de l'égoïsme et peut-être de la méchanceté de son père. Geneviève ne comprenait pas la nature du lien qui liait Charlotte à la fille d'Édouard. Qu'est-ce qui la rapprochait d'une femme comme Suzanne, aussi égocentrique que superficielle ? Charlotte semblait pourtant être une fille intelligente. Geneviève avait l'intuition que cette jeune femme était beaucoup plus complexe qu'elle ne le pensait. Elle l'observait tandis qu'elle reprenait sa place dans un fauteuil et bavardait avec Arthur. Son mari lui resservait une tasse de thé. Geneviève eut soudain la désagréable impression d'être prise au piège, comme un oiseau en cage qui ne pourrait plus jamais s'envoler.

Charlotte, ignorant les pressentiments de Geneviève, était, elle aussi, mal à l'aise. Elle prit délicatement la tasse que lui tendait Arthur, et but une gorgée de son thé avant de poser la première question. Elle savait qu'elle devait interroger le couple, mais rechignait à remuer les vieux souvenirs pénibles qui ne manqueraient pas d'être évoqués. Ce qu'elle avait appris sur eux les lui avait rendus très touchants et émouvants. Pas très professionnel, tout ça…

— Je dois retracer l'emploi du temps de chacun depuis le dîner d'hier soir, commença Charlotte avec un sourire. Pourriez-vous me raconter ce que vous avez fait après avoir quitté la salle à manger ?

Geneviève prit place dans le troisième fauteuil, à côté de son mari. Arthur regardait sa femme de ses yeux bleu azur tellement surprenants et séduisants.

— Arthur est monté directement dans notre chambre pendant que moi je passais voir Édouard dans son bureau, répondit-elle. Je voulais connaître la raison de notre présence ici après cet horrible moment pendant le dîner.

— Je comprends, c'était assez pénible, je me suis posé la même question à mon sujet. Et quelle a été sa réponse ?

— Aucune. Il n'avait rien à me dire et je suis remontée dans ma chambre, assez énervée, je dois bien avouer, d'avoir encore une fois été manipulée par cet homme. Puis Jacques Capestan nous a rejoints quelque temps pour discuter un peu de notre passé commun.

Charlotte l'observa quelques instants puis soupira.

— Pardonnez-moi, monsieur et madame Brighton, j'ai discuté avec Soizic. Elle vous aime vraiment beaucoup. Elle m'a un peu parlé de votre histoire familiale. Je dois vous avouer que j'ai du mal à comprendre votre présence ici ce week-end. Qu'est-ce qui a pu vous convaincre de revenir ? Je suis curieuse de savoir ce que vous a dit Édouard pour vous décider à revenir sur cette île.

Geneviève tourna son visage soudain empreint de tristesse vers les fenêtres de la chambre. Elle qui se tenait droite comme un I sembla s'affaisser brutalement. Elle poussa un long soupir.

— Il m'a appelée pour me dire qu'il devait me parler de Nicolas, qu'il avait encore des choses à me révéler… sur sa disparition.

Charlotte sentit tout le poids du chagrin de cette mère envahir la pièce. Elle savait que certaines personnes ne pouvaient faire le deuil de leurs disparus parce qu'elles n'avaient pas pu voir leurs dépouilles. Édouard avait fait en sorte qu'elle ne voie pas le corps supplicié de Nicolas, par souci de la préserver, avait-il prétexté. C'était probablement la raison pour laquelle, aujourd'hui encore, la pauvre femme avait autant de mal à parler de son fils comme d'un défunt, et préférait en parler comme d'une personne disparue.

Arthur se pencha et saisit les mains de son épouse entre les siennes.

— Édouard a toujours été un être cruel et manipulateur, dit-il d'une voix grave. Quand il a retrouvé la trace de Geneviève, on a vite compris qu'il ne se passerait pas longtemps avant qu'il ne revienne dans nos vies. Son invitation ici n'était qu'un moyen pour lui de faire encore souffrir ma femme, en lui laissant espérer je ne sais quelle information sur son fils. C'était cruel, à l'image de cet homme.

— Quand vous a-t-il demandé de venir ?

— Il y a trois jours. Il m'a dit que je devais absolument être sur l'île ce week-end si je voulais savoir ce qui était arrivé à Nicolas.

Eux aussi avaient été convoqués au dernier moment. Charlotte se demandait si la météo alarmiste concernant la région n'était pas la raison pour laquelle Édouard avait tenu à les avoir tous sur cette île, afin de les savoir bloqués par la tempête tout le week-end.

— Que vous a-t-il dit exactement quand vous êtes allée le voir dans son bureau ?

Geneviève regarda son mari, elle semblait hésiter.

— Il a dit qu'il voulait qu'Arthur et moi nous soyons tous les deux présents pour entendre ce qu'il avait à nous dire. Il voulait nous voir ensemble… et ça m'a effrayée. J'ai compris que son objectif n'était pas de me parler de Nicolas, mais de me voir avec Arthur. Je ne sais pas ce qu'il voulait ni ce qu'il espérait, mais je n'ai pas voulu lui donner cette satisfaction et lui céder encore une fois.

Geneviève avait probablement raison. L'objectif d'Édouard était peut-être de faire venir Geneviève pour attirer Arthur dans ce manoir. Édouard devait bien se douter que le vieil homme ne laisserait pas son épouse affronter seule un ex-mari qu'elle avait détesté et rayé de sa vie. « Mais pourquoi voulait-il les voir tous les deux ? » se demandait la jeune femme.

— Vous aviez encore peur d'Édouard ?

— J'ai toujours eu peur de lui, et hier, j'ai eu peur pour mon mari.

— Vous n'êtes donc pas descendus ensemble pour savoir ce qu'il voulait vous dire ?

Les Brighton gardaient la tête baissée, comme assommés par les conséquences de leur décision.

— Maintenant qu'Édouard est mort, nous ne saurons jamais… murmura Geneviève.

Charlotte observait les deux vieillards, dont les têtes se touchaient presque, prostrés dans leur chagrin. « Pourquoi être venus d'Angleterre, avoir fait un voyage aussi fatigant à leur âge, pour ne pas aller jusqu'au bout ? » se demandait-elle sceptique.

Chapitre 38

Midi quinze

En quittant la chambre des Brighton, Charlotte avait l'intuition qu'ils n'avaient pas dit toute la vérité.

Elle avait besoin de réfléchir au calme, et retourna s'isoler dans le bureau d'Édouard. Elle s'installa dans le grand fauteuil et commença à relire ses notes et à griffonner.

Il était évident, à ce stade de son enquête, qu'Édouard avait organisé cette réunion au dernier moment. Ce week-end avait été choisi en raison de la tempête qui devait sévir sur la région et qui avait été annoncée en début de semaine. Le vieil homme escomptait que la tempête empêcherait certains, dont elle ou les Brighton, de quitter l'île pendant deux jours. Quelles avaient été les intentions d'Édouard en les enfermant littéralement dans ce manoir ? Avait-il prévu ce qui allait arriver ?

Charlotte repensa aux différents entretiens qu'elle avait eus dans la matinée. Elle ne pouvait croire qu'une mère, comme l'avait été Geneviève, n'ait pas tout fait pour savoir ce qu'Édouard lui avait caché sur la mort de Nicolas, au risque que cela ne soit qu'une ruse pour les contraindre à venir, elle et son mari, en Bretagne. Ils avaient fait le voyage depuis l'Angleterre pour finalement ne pas écouter ce qu'Édouard avait à leur dire, ce qui semblait peu crédible.

Que craignait Geneviève ? Que le vieil homme ne les agresse, pire, qu'il ne les tue et ensuite se suicide ? C'était une hypothèse assez probante. Édouard était malade, et peut-être voulait-il en finir avec la vie avant que la déchéance fasse de lui un vieillard grabataire et infirme. Et peut-être voulait-il entraîner dans la mort Geneviève et Arthur.

Cela n'avait pas dû beaucoup lui plaire de constater que son ex-femme, celle dont tout le monde disait qu'il en avait été follement amoureux, avait refait sa vie avec son ancien rival. Charlotte n'avait aucune peine à croire que ce vieil homme égoïste et cruel ait pu envisager d'en finir en les entraînant avec lui. Ainsi, par crainte qu'Édouard ne les tue, son mari et elle, Geneviève ne serait pas redescendue pour savoir ce qu'il pouvait lui apprendre sur la mort de son fils. Ça se tenait… Mais Charlotte n'arrivait pas à se représenter une bagarre entre vieillards dans la bibliothèque. Et même si cela avait été l'intention d'Édouard, avec quoi avait-il prévu de les assassiner ? Il n'y avait aucune arme si l'on exceptait le tisonnier qui avait servi à tuer le vieil homme. Cette hypothèse ne tenait pas. Charlotte raya vigoureusement la phrase qu'elle venait de rédiger. Ce n'était certainement pas ce qu'Édouard avait prévu…

La jeune femme relut les feuillets qu'elle avait disposés devant elle. Certaines de ses interrogations restaient encore sans réponse.

Elle avait établi l'emploi du temps de chacun des protagonistes, tous étaient, selon leurs dires, couchés pour minuit. Or elle avait entendu des voix, bien distinctes, vers une heure trente. Elle était persuadée qu'il y avait au moins deux personnes, peut-être trois. Personne n'avait pourtant admis être ressorti de sa chambre au-delà de minuit. Pourquoi personne n'avouait-il avoir croisé quelqu'un à cette heure de la nuit ? Charlotte se figea, la réponse était simple : parce qu'il s'agissait du meurtrier… et qu'il n'était pas seul.

Se levant, elle fit les cent pas devant le bureau, en repassant les divers éléments qu'elle avait rassemblés.

Charlotte expira longuement et observa plus attentivement les murs du bureau qui étaient couverts de photographies. Elle s'approcha pour les examiner de plus près. Édouard Montergnac avait eu une vie extraordinaire, il avait côtoyé les grands de ce monde tout au long de sa carrière, toute sa vie était exposée sur les murs. Sauf que sa famille ne figurait pas sur ces photographies. Pas de clichés de ses ex-femmes, sauf un de Geneviève au début de leur mariage. Pas de photos de ses enfants, pas même de son fils aîné Nicolas, dont la mort en Algérie aurait dû lui permettre de figurer dans ce panthéon. Pourquoi ce fils, dont il pouvait être fier et qui entrait dans la légende familiale, n'avait-il pas sa photo accrochée sur les murs ?

Elle avait appris beaucoup de choses sur le caractère d'Édouard. Comment avait-elle pu se tromper à ce point sur son compte ? Jamais elle n'avait rencontré un homme aussi complexe que lui. La jeune femme avait la conviction que ce qui s'était passé dans ce manoir depuis son arrivée avait été planifié depuis longtemps.

Charlotte reprit sa place derrière le bureau, se cala contre le dossier du fauteuil et ferma les yeux ; elle devait se concentrer, essayer de mettre le doigt sur ce qui la perturbait. Après avoir passé en revue tous les éléments qu'elle avait collectés depuis le matin, Charlotte échafaudait différentes hypothèses en croisant les informations qu'elle avait. Et brusquement, une hypothèse incroyable lui apparut, mais cela lui semblait tellement invraisemblable… Elle devait impérativement vérifier certaines choses, et pour cela, il lui faudrait passer quelques coups de téléphone et retourner examiner le corps d'Édouard.

Elle souleva le combiné téléphonique. La ligne avait enfin été rétablie ! Elle avait envie d'appeler chez elle, mais le temps lui était compté et elle devait obtenir les informations qui lui manquaient avant l'arrivée de la police. Sa famille pouvait encore attendre une heure ou deux. Elle parvint à joindre la brigade de gendarmerie, et eut un gendarme qui lui confirma que les équipes étaient en route pour le port et devraient embarquer dans l'heure. Il pensait qu'elles seraient en mesure d'arriver sur l'île vers quinze heures trente et espérait qu'elle avait pu sauvegarder la scène de crime. Après avoir rassuré son interlocuteur, Charlotte raccrocha.

Si son hypothèse se vérifiait, elle allait devoir prendre une décision rapidement. Elle passa un nouvel appel téléphonique. Tout se mettait en place, il lui manquait encore quelques éléments, mais elle commençait à entrevoir le mobile monstrueux de cet assassinat.

Charlotte n'avait pas l'intention de rester un pion sur cet échiquier. Elle allait changer le cours de la partie. De pion, elle allait devenir cavalier et mettre le roi en échec.

Chapitre 39

Midi quarante-cinq

Une odeur écœurante flottait encore dans la bibliothèque. Dans la pénombre, Charlotte s'approchait doucement du corps gisant près du canapé dans une flaque de sang coagulé.

Charlotte alluma la petite lampe et posa son appareil photo sur le canapé. Elle savait maintenant qu'Édouard avait tout manigancé, tout prévu depuis le début. Elle commençait à entrevoir la vérité sur les motivations de l'assassin, et surtout elle avait compris ce que le vieil homme attendait d'elle en l'obligeant à rester sur cette île.

Dehors, la pluie tombait encore violemment, mais le vent avait perdu en intensité. Bientôt la police serait sur l'île, elle ne devait pas perdre de temps.

Charlotte enfila une paire de gants de chirurgien et s'approcha de la cheminée pour ramasser les vestiges des documents calcinés. Il restait quelques mots encore lisibles sur une dizaine de feuillets qui n'avaient pas brûlé en totalité : il s'agissait bien du manuscrit qu'Édouard avait confié à son ancien notaire. Jacques avait donc revu le vieil homme dans la soirée, cela confirmait son hypothèse. Elle récupéra les feuilles noircies et les glissa dans un sac en plastique qu'elle avait pris soin d'emporter avec elle. Elle brûlerait le reste de ces documents dans la cuisinière à bois de la cuisine.

Se relevant, la jeune femme se retourna vers le corps et saisit délicatement ce qu'Édouard tenait encore dans sa main entrouverte.

Charlotte hésitait à accomplir ce qui allait probablement détruire des preuves de culpabilité. Cela allait à l'encontre de tout ce qu'elle avait appris, de tout ce qu'elle avait fait dans sa vie. Fort heureusement, elle n'était plus dans la gendarmerie. Il n'y avait plus rien qui la contraigne, qui lui dicte son comportement. Plus de carcan, de règlements, plus de lois qui l'empêchaient d'agir selon sa conscience. Cette obligation morale et réglementaire servait de garde-fou aux justiciers de tout poil, mais servait parfois la loi plutôt que la justice.

Qu'y avait-il eu de juste à laisser un petit garçon auprès de son père, drogué et violent, avocat de renom, comme la loi l'exigeait, pour ensuite venir reconnaître son corps après qu'il avait été tué ? Un enfant était mort assassiné parce qu'elle n'avait pas pu agir contre la loi. Son oncle Armand, un membre de sa propre famille, avait œuvré en sa qualité d'avocat auprès du père et du grand-père pour les aider à obtenir la garde de l'enfant. Cette loi était du côté d'un père, lui aussi avocat, et d'un grand-père bâtonnier. Ils connaissaient les moindres textes, les moindres astuces leur permettant d'obtenir la garde d'un petit garçon face à une mère sans emploi fixe, sans argent, et vivant dans un logement trop modeste.

Charlotte avait fait tout ce qui était en son pouvoir pour aider la malheureuse à garder son fils auprès d'elle. Mais que pouvait-elle face aux relations du père et du grand-père de l'enfant ? Son *junkie* de géniteur avait toujours réussi à passer à travers les mailles du filet grâce aux relations de son père et au nom illustre qu'il portait. Jamais il n'avait été poursuivi pour détention de drogue, et même alors qu'il avait battu sa femme, les poursuites avaient été abandonnées après que l'épouse avait été contrainte de retirer sa plainte. Le plus insupportable pour Charlotte avait été l'intervention de son oncle Armand grâce à qui le petit avait été rendu à son père. Armand était un avocat redoutable et, pour lui, obtenir que la garde soit retirée à une mère qu'il avait présentée comme maltraitante en raison de ses trop nombreuses absences avait été un jeu d'enfant. Qu'importait si celles-ci étaient en réalité dues à son travail éreintant.

Malgré les supplications de la maman, Charlotte avait dû ramener l'enfant dans la maison paternelle. Elle entendait encore les cris déchirants du petit qui s'accrochait à sa mère alors qu'elle tentait de l'emmener loin d'elle. Charlotte avait promis à la mère de tout faire pour lui ramener son garçon, plus tard… Elle surveillerait le père, ferait tout pour le confondre quand il se droguerait… Et elle avait livré un petit garçon à la violence d'un potentiel assassin, en sachant de quoi ce monstre était capable sous l'emprise de la drogue.

Il n'avait pas fallu longtemps au père pour retomber dans ses excès. Moins d'un mois après qu'elle lui avait rendu son fils, dans un accès de rage et sous l'emprise de la drogue, le *junkie* avait défenestré le petit garçon…

Cette « Justice » pour laquelle elle s'était battue pendant de longues années avait failli une fois de trop, et cet échec avait les traits d'un petit bonhomme de cinq ans, aux cheveux bruns et aux grands yeux noisette.

Aurait-elle cette fois encore la force de protéger un assassin ? Le visage de Nicolas à dix ans s'interposa devant celui de ce petit garçon… Sa décision était prise.

Il lui restait, tout au plus, deux heures pour terminer de rédiger un compte rendu des interrogatoires qu'elle avait menés avant l'arrivée de la police, sachant que ceux-ci n'auraient aucune valeur légale mais au moins le mérite d'orienter les futures investigations. Elle savait maintenant ce qu'Édouard voulait qu'elle découvre, et elle savait aussi pourquoi son assassin l'avait tué. Le plus difficile restait à faire : obtenir les aveux de l'assassin.

Chapitre 40

Treize heures quinze

Charlotte se dirigea d'un pas décidé vers le petit salon. Comme elle le prévoyait, la famille était réunie et mangeait en silence les toasts et les salades froides préparés par Soizic et Gwenaëlle.

Jacques Capestan et les Brighton n'étaient pas présents, ils se reposaient encore dans leurs chambres, lui apprit la cuisinière qui s'affairait en grognant. Vivement que tout cela se termine, elle n'avait plus grand-chose dans ses placards et bientôt ces pique-assiette n'auraient plus rien à se mettre sous la dent. « Même si ça ferait du bien à certaines… » ajouta-t-elle en lorgnant Amanda.

Chloé était aussi descendue pour se joindre à la famille et manger dans son coin quelques toasts. Charlotte en profita pour lui demander ce qu'elle avait fait après avoir quitté la salle à manger la veille, et sans surprise, la jeune femme lui confirma être remontée dans sa chambre vers vingt et une heures et ne pas en avoir bougé avant le matin.

Victor l'observait en coin en discutant avec Max. Elle s'approcha des deux hommes en piquant au passage un toast aux rillettes de canard.

— Max, pouvez-vous me préciser qui était encore dans le petit salon hier soir quand vous êtes allé voir votre frère dans son bureau ?

Le vieil homme réfléchit un instant.

— Tout le monde sauf Chloé, Caroline et vous. Geneviève et Arthur sont rapidement repartis dans leur chambre, suivis peu de temps après par Jacques.

— Soizic et Gwenaëlle n'étaient pas avec vous ?

— Non, elles avaient fini de débarrasser la table dans la salle à manger, je pense qu'elles devaient être dans la cuisine.

— Vous m'avez dit être allé voir votre frère vers vingt et une heures quarante-cinq dans la bibliothèque, avez-vous vu quelqu'un avec lui auparavant ?

— Non, répondit le vieil homme, l'air surpris. Mon frère était seul.

— Vous êtes sûr de n'avoir vu personne ressortir de son bureau, ou bien y entrer après votre départ ?

Le vieil homme réfléchit quelques secondes.

— Non, je suis désolé, je n'ai vu personne. Vous avez trouvé quelque chose ? Vous savez qui a tué mon frère ?

— Non, je veux juste remettre un compte rendu le plus complet possible à la police.

— Je comprends.

— J'ai appris qu'Édouard avait prétexté avoir quelque chose à apprendre à Mme Brighton, quelque chose qu'elle aurait pu ignorer sur son fils. Peut-être sauriez-vous de quoi il s'agit.

— C'est donc comme ça qu'il l'a fait revenir ici... J'ignore complètement ce qu'il comptait lui révéler. J'aurais dû me douter qu'il avait usé d'une saloperie de ce genre. Sinon, comment aurait-il pu persuader Génie de revenir ici ? Vous savez de quoi il s'agit ?

— Non, ils n'ont finalement pas eu le temps de se parler. Et maintenant qu'Édouard est mort, assassiné, on ne saura peut-être jamais pourquoi il voulait qu'elle revienne sur cette île.

Victor écoutait avec attention les questions posées par la jeune femme. Charlotte remercia le vieil homme et hocha la tête en s'éloignant. Alors que Victor lui emboîtait le pas, elle lui fit signe de rester où il était. Vexé, le jeune homme retourna vers Max, les poings fichés dans les poches de son pantalon.

Suzie s'était installée seule près d'une des fenêtres et évita soigneusement de croiser son regard quand Charlotte vint s'asseoir face à elle.

— Je sais que tu es descendue voir ton père cette nuit.

Charlotte mentait éhontément, ce qui n'était normalement pas dans les pratiques de la gendarmerie pour faire parler un témoin, mais après tout, elle n'était plus gendarme.

— J'ai deux témoins qui t'ont vue sortir de ta chambre et descendre l'escalier. Je te conseille d'arrêter de me mentir et de me dire exactement ce qui s'est passé cette nuit.

Suzie lui lança un regard chargé de colère, elle se pencha en avant, au plus près de Charlotte, et murmura afin de ne pas être entendue des autres membres de la famille.

— C'est un mensonge, et ça sera parole contre parole.

— À ta guise.

— Je ne sais pas à quoi tu joues, mais…

— Les lignes téléphoniques ont été rétablies et j'ai pu joindre la police. Elle sera là dans moins de deux heures. Comme tu préfères t'expliquer avec elle, j'espère pour toi que certaines choses pourront se régler sans trop de publicité. Cela dit, il y a toujours des fuites, surtout dans des affaires aussi médiatiques. Des témoins qui se contredisent, ça fait toujours un peu tache, et ça laisse des traces dans l'opinion publique. Tu vois où je veux en venir, madame « l'ex-future baronne » ? Bien, je te pose une dernière fois la question : que s'est-il passé cette nuit ?

— Je n'en sais foutre rien, cracha Suzie avec hargne. Je n'ai pas tué mon père ! Je suis descendue vers deux heures trente ce matin, il était déjà mort. Je ne peux rien te dire de plus parce que je ne sais rien.

— Alors, si j'ai bien compris, tu découvres ton père baignant dans son sang et tu ne fais rien ? Tu n'appelles personne à l'aide ? Comment savais-tu qu'il était mort ?

— Bordel ! tu as vu son cadavre ou pas ? Comment voulais-tu qu'il soit encore en vie avec le crâne ouvert en deux !

— Évidemment… Donc après avoir vu ton père étendu raide mort, ton colossal esprit de déduction a conclu qu'il s'agissait d'un meurtre, et donc tu retournes tranquillement te coucher… C'est un peu bizarre, non ?

— Qu'est-ce que tu veux dire ? Tu insinues que j'ai tué mon père ?

— C'est toi qui le dis. Je trouve simplement un peu étrange qu'une fille qui découvre le corps de son pauvre papa, visiblement pas mort de cause naturelle, ne prévienne personne. Mets-toi à ma place dix secondes, tu verras, c'est un peu bizarre. Et est-ce que tu aurais vu ou entendu quelque chose avant de descendre ?

— Non, je somnolais.

— Tu somnolais ?

— Oui, je viens de te le dire !

— Tu es sûre de ne pas avoir entendu un bruit, un chuchotement…

— Je te répète que je n'ai rien entendu !

— Et après avoir découvert ton père avec le crâne « ouvert en deux », j'espère que tu as pu somnoler encore un peu ! Maintenant, imagine que quelqu'un t'ait vue, ou entendue… quelqu'un qui ne somnolait pas… Tu imagines ce qu'il peut en déduire ? D'autant plus que tu n'as pas donné l'alerte…

Charlotte se redressa sans attendre la réponse. Suzie la regardait avec colère, mais les sous-entendus de la jeune femme avaient porté leurs fruits, elle était visiblement inquiète.

Charlotte avait obtenu les dernières confirmations qu'elle cherchait.

Chapitre 41

Quatorze heures

— Je sais que l'un d'entre vous a tué Édouard, et je sais aussi pourquoi.

Charlotte était entrée sans frapper dans la chambre des Brighton. Jacques était présent et se tenait près de la fenêtre avec Geneviève. Le notaire semblait encore plus abattu qu'au matin. Il tremblait sans pouvoir se contrôler, visiblement submergé par une intense émotion.

En entendant l'accusation de Charlotte, Arthur se précipita vers sa femme et la soutint alors qu'elle semblait sur le point de s'effondrer. Elle portait une main sur son cœur. Il l'aida à gagner un fauteuil et à s'y asseoir.

— Nous n'avons pas l'intention de nier ce qui s'est passé, c'est moi qui ai tué Édouard, avoua Arthur en serrant le bras de sa femme.

Geneviève le regardait, apeurée. Elle était prête à fondre en larmes.

— Ce n'est pas eux, intervint Jacques d'une voix étranglée, c'est moi qui ai tué cette ordure.

Geneviève et Arthur regardaient leur ami avec une immense tristesse, en secouant la tête en signe de dénégation.

— Monsieur Capestan, soupira Charlotte, vous devez savoir que je ne suis plus dans la gendarmerie, vous n'avez rien à craindre de moi. Vous avez tous les trois été victimes d'une machination terrible. Édouard avait prémédité son propre meurtre. Il était très malade et se savait condamné à très courte échéance. Après avoir eu quatre-vingt-six ans de contrôle total sur sa vie, il se refusait à devoir supporter un maternage dégradant et obscène. Alors il a imaginé un plan machiavélique pour vous piéger, pour que l'un de vous l'assassine et lui épargne une fin de vie insupportable. En le tuant, vous vous condamniez, et vous êtes tombés dans son piège. Je ne sais pas avec certitude lequel de vous a réellement tué Édouard, mais je crois avoir compris pourquoi chacun de vous peut l'avoir fait.

Charlotte s'approcha de Geneviève. Elle s'accroupit devant elle et serra les mains de la vieille femme entre les siennes. Elle s'en voulait de lui infliger un tel stress, elle avait déjà tellement souffert, mais elle devait tout savoir pour être sûre d'avoir fait le bon choix en couvrant le meurtrier.

— Vous formez un couple merveilleux avec Arthur, reprit-elle. J'imagine que vous êtes très vite tombée amoureuse de ce bel officier anglais aux yeux si bleus. Qui ne l'aurait pas été ?… (Charlotte regarda Arthur avec un petit sourire.) Mais il était marié et devait repartir en Angleterre rejoindre sa femme et sa petite fille qui venait de naître. Vous étiez jeunes, vous alliez vous quitter probablement pour toujours. Alors vous

vous êtes aimés avant qu'Arthur ne vous quitte définitivement. C'est pendant cette nuit d'amour que Nicolas a été conçu. Peut-être vous êtes-vous rendu compte que vous étiez enceinte. Mais les événements tragiques se sont rapidement enchaînés. Votre père a été dénoncé, arrêté puis exécuté tandis que votre mère était déportée en Allemagne. Vous vous retrouviez seule, recherchée par la Gestapo, et enceinte. Vous étiez, vous et votre enfant, en grand danger. Vous n'aviez qu'une solution possible, renouer avec Édouard et accepter de l'épouser.

Geneviève ferma les yeux et fronça les sourcils, comme assaillie par de mauvais souvenirs. Elle serra plus fort encore les mains de Charlotte.

— Vous n'étiez pas heureuse, continua Charlotte. Mais vous et votre enfant étiez en sécurité, protégés des Allemands par la trahison de Louis-Édouard Montergnac, collaborateur zélé de l'occupant. Puis votre enfant est né, c'était un garçon. Max m'a montré une photo de Nicolas ce matin. Il semblait avoir une dizaine d'années sur ce cliché. Il ne fait aucun doute qu'il était le fils d'Arthur. Il était très beau et avait les superbes yeux bleus de son père. Quand Édouard est revenu auprès de vous, je pense qu'il a très vite compris que Nicolas n'était pas de lui. A-t-il su qu'il était le fils d'Arthur ? Très probablement, il lui ressemblait tant.

Geneviève acquiesça en silence, une larme roulait le long de sa joue parcheminée de rides. Charlotte en eut le cœur serré, elle faisait souffrir cette pauvre femme, mais elle devait aller jusqu'au bout.

— Nous n'en avons jamais parlé, dit Geneviève d'une voix étouffée. Mais un jour, il a dit à Jacques qu'il n'aurait jamais pu élever le fils d'un autre, probablement pour voir comment Jacques allait réagir, pour s'assurer que personne ne mettait en doute sa paternité.

— Édouard n'a jamais pu aimer Nicolas qui lui renvoyait constamment l'image de son rival, reprit Charlotte en se relevant. Il a essayé de vous éloigner de votre fils, mais vous avez tenu bon, jusqu'à l'adolescence de Nicolas, qui, de lui-même, a voulu se rapprocher de celui qu'il pensait être son père. Il a intégré un lycée militaire, et a même devancé l'appel pour s'engager dans l'armée et partir combattre en Algérie, pour que son père soit fier de lui... Édouard a alors fait jouer les relations qu'il avait au sein de l'armée pour faire affecter votre fils en première ligne, en espérant probablement qu'il se fasse tuer. Et quinze jours après son arrivée en Algérie, votre fils mourait au combat.

Geneviève cacha son visage entre ses mains. Elle se balançait doucement d'avant en arrière. Arthur et Jacques semblaient tétanisés et ne quittaient pas la pauvre femme des yeux.

— Quand avez-vous appris qu'Édouard avait demandé que Nicolas soit affecté dans une unité de combat et non à l'état-major ? chuchota Charlotte.

— Je m'en suis toujours doutée, mais il me l'a confirmé hier...

Charlotte s'approcha de la cheminée.

— Il y a eu cette terrible embuscade où la quasi-totalité de la section de combat de Nicolas a été massacrée. Votre fils a d'abord été porté disparu, puis de nombreux corps ont été retrouvés. Édouard est parti, sans vous prévenir de ce qui s'était passé, pour identifier le corps. Il s'est occupé seul des obsèques, sans vous permettre de voir le corps de votre fils, comme pour vous punir une dernière fois. Il vous a volé votre fils après vous l'avoir tué. Si vous aviez dû tuer votre mari, c'est à ce moment que cela aurait pu se produire. Mais vous avez décidé de partir et de le rayer de votre vie.

Arthur s'approcha de Geneviève qu'il prit dans ses bras.

— J'ignorais le rôle exact qu'il avait joué dans la mort de Nicolas. J'étais anéantie, j'ai pensé mourir moi aussi… mais j'ai survécu, jusqu'à ce que je retrouve Arthur…

— Le premier amour de votre vie… Vous auriez pu vivre encore quelques belles et heureuses années auprès de votre mari, mais le destin est joueur. Un jour, alors qu'Édouard allait voir un spécialiste, on lui a diagnostiqué une tumeur cérébrale. J'ai trouvé le nom d'un neurologue dans son bureau. Le pronostic devait être très pessimiste, suffisamment pour décider votre ex-mari à aller consulter un autre éminent spécialiste en Angleterre. Et là, j'ignore comment, il retrouve votre trace.

— J'ai croisé Édouard dans une rue de Londres. J'ai su immédiatement que c'était lui. J'ai espéré de toutes mes forces qu'il ne m'ait pas reconnue. Je vivais dans l'angoisse de le revoir. Depuis cette rencontre, il ne se passait pas un jour sans que je craigne qu'il ne surgisse à nouveau devant moi. Puis un jour, il m'a appelée chez moi…

— C'est donc comme cela que ça s'est passé… Édouard croise dans une rue, peut-être celle où résidait son médecin, la femme qu'il croyait morte depuis des décennies. Il n'ose y croire et demande à Victor, le fils de Jacques, de retrouver votre trace. Il apprend avec une rage que l'on imagine que vous vivez avec Arthur, le rival qu'il déteste plus que tout, et que vous avez eu ensemble un autre enfant ! Commence alors une course contre la montre. Il souffre chaque jour davantage et ne supporte pas l'idée de finir grabataire. Édouard se sait condamné, et la mort qui l'attend n'est pas belle. Mais au lieu de faire la paix avec les siens, il fomente une vengeance terrible qui doit se conclure ce week-end. Il organise une réunion de famille à laquelle tout le monde est convié, y compris moi. Pourquoi moi ? Parce qu'il sait que j'ai été officier de gendarmerie et que j'ai eu à résoudre dans un passé récent de nombreuses affaires criminelles. Il compte sur mon professionnalisme, non pas pour empêcher son meurtre puisqu'il veut mourir, mais pour démasquer son meurtrier et le conduire devant les tribunaux. Commence alors une mise en scène machiavélique. Il sait qu'une tempête assez violente est annoncée dans la région, une tempête qui nous retiendrait suffisamment longtemps coincés sur cette île. Il convoque toute sa famille. Il tient chacun de ses proches avec l'argent qu'il leur verse tous les mois, il sait que personne n'osera lui tenir tête et refuser de venir. Il demande à Suzie de veiller à ce que je sois là, et vous attire sous le prétexte de vous révéler quelque chose concernant Nicolas. Quand j'arrive, il ne me parle de rien, mais sème de petits indices. Il fait en sorte que je découvre dans son bureau des documents qui laisseraient à penser qu'il envisageait de se retirer dans une résidence médicalisée en Touraine. Il avait beaucoup insisté pour que je téléphone à ma famille depuis son bureau, et non pas dans la cuisine. Il était évident qu'il voulait que je voie ce dossier, mais pourquoi ?

J'ai d'abord pensé qu'il voulait que je découvre qu'il était malade et qu'il préparait son hospitalisation. Connaissant un peu Édouard, j'ai alors eu quelques doutes sur sa réelle volonté de finir de cette façon, dans un simple institut médicalisé. Je suis curieuse et feuillette les documents, notant, malgré moi, quelques informations. J'ai effectivement une excellente mémoire photographique, et ça, Édouard le savait, nous en avions parlé lors d'un de mes séjours ici.

Charlotte interrompit son récit. Les trois vieillards l'écoutaient avec attention, comme s'ils découvraient une histoire dont ils étaient pourtant les protagonistes.

— En retournant ce matin dans le bureau d'Édouard, je constate que le dossier a disparu. C'est cette chère Soizic qui a commencé à soulever le voile. Elle vous est très attachée, madame Brighton, à vous et à votre fils. Dans la matinée, elle m'a raconté les derniers jours que Nicolas et son ami, un certain Philippe Grandmaison, ont passés sur cette île, avant leur départ pour l'Algérie. Elle a même précisé qu'on ne pouvait pas oublier un nom comme celui de Grandmaison. Je me suis alors souvenue d'avoir lu ce nom dans le dossier que j'avais feuilleté. Je me rappelle aussi avoir vu des factures prouvant que quelqu'un a résidé ou réside encore dans le centre de soins. Cette personne, c'est Philippe Grandmaison, le meilleur ami de Nicolas, et seul rescapé de la terrible embuscade en Algérie. Édouard avait donc laissé sur son bureau des factures portant le nom de Grandmaison, parce qu'il voulait que je sache que cet homme était en Touraine. Mais alors, pourquoi le dossier a-t-il disparu ? Et pourquoi Édouard voulait-il que je découvre la présence de Grandmaison dans cet institut ? Je ne l'ai compris que ce matin.

Jacques semblait hypnotisé par l'exposé de Charlotte, il ne tremblait presque plus. Assis sur le grand lit, il fixait la jeune femme de ses yeux fiévreux.

— Depuis plus de quarante-cinq ans, quarante-sept pour être exacte, Philippe Grandmaison est interné dans cet institut spécialisé dans les soins prodigués aux malades atteints d'Alzheimer notamment. C'est un centre luxueux, plutôt réservé aux personnes ayant des moyens conséquents. Si je me souviens bien, les coûts de prise en charge des patients sont très élevés. Évidemment, pour un homme aussi riche qu'Édouard, cela ne représente rien. Mais tout de même, il n'était pas obligé de s'occuper de Grandmaison, si ce n'est peut-être en souvenir de l'amitié qui liait ce jeune garçon et Nicolas. Vous imaginiez que cet homme, que tout le monde présente comme égoïste et cruel, pourrait avoir pris en charge un malheureux garçon, orphelin et très profondément handicapé ? C'est extrêmement généreux et assez en décalage avec tout ce que j'ai pu entendre sur Édouard depuis deux jours. Et ce qui est encore plus déconcertant, c'est qu'il cache cet acte d'une grande générosité alors qu'on aurait pu s'attendre à ce qu'il en tire parti. Ça ne cadre pas du tout avec le personnage décrit par la quasi-totalité de sa famille et de ses amis… à moins que personne ne l'ait réellement connu… Peut-être Édouard avait-il une âme beaucoup plus noble et plus généreuse que vous ne le pensiez tous.

Charlotte se dirigea vers l'une des fenêtres et tira doucement le fin voilage. La pluie tombait toujours, mais le vent était à présent moins violent. Les équipes scientifiques de la police naviguaient peut-être déjà vers l'île, ou n'allaient pas tarder à prendre la mer.

— La vérité est certainement beaucoup plus prosaïque, dit-elle en laissant retomber le rideau. Je pense qu'Édouard avait tout bonnement oublié l'existence de Philippe Grandmaison. Sur les factures, il était précisé que le paiement se faisait par virement automatique. Il est probable qu'Édouard a initié la prise en charge de Philippe, puis, avec le temps, l'a oublié. Jusqu'à ce que quelque chose, ou quelqu'un, vienne lui rappeler l'existence de cet homme aujourd'hui sexagénaire.

Charlotte se tut un instant, le temps pour elle de constater que Geneviève était à présent calmée, et l'observait avec curiosité. Elle vint alors s'asseoir près de Jacques Capestan.

— Est-ce vous ou Édouard qui avez brûlé le manuscrit ?

Le vieil homme baissa la tête et fut de nouveau saisi de tremblements. Charlotte pressa doucement la main du notaire.

— C'est moi, souffla-t-il d'une voix éteinte. Je ne voulais pas que qui que ce soit lise ces horreurs.

— Édouard a déjà écrit ses mémoires. Que pouvait-il encore raconter dans ce dernier opus qu'il n'ait déjà révélé dans ses précédents livres ? Il a fait courir le bruit qu'il écrivait un livre de confessions et vous a demandé de le lire pour relever ce qui serait susceptible de lui valoir un procès. Cela faisait partie de son plan. Vous faisiez partie de son plan, monsieur Capestan. Édouard a tout de suite identifié ceux qui auraient le cran de le tuer, et vous en faisiez partie. Il fallait pour cela qu'il vous donne une raison de vouloir le tuer. Je pense qu'il vous a révélé une chose affreuse qu'il a certainement décrite dans le manuscrit qu'il vous a remis hier soir.

Le vieux notaire s'effondra brusquement. Cachant son visage entre ses mains, il fut saisi de terribles tremblements.

— Il a violé ma femme… sanglota le vieil homme. Il a violé mon Agnès !

— Mon Dieu… murmura Geneviève en se précipitant auprès de son vieil ami.

Elle l'entoura de ses bras et caressa ses cheveux. Charlotte et Arthur se regardaient avec horreur, la jeune femme n'avait pas envisagé qu'Édouard ait pu commettre un tel acte.

Le notaire semblait se calmer doucement. Il ne servait plus à rien de cacher la vérité et, sans se l'expliquer, il avait confiance en Charlotte. Il reprit la parole d'une voix plus forte en regardant la jeune femme.

— J'ai toujours su que Nicolas était le fils d'Arthur. Édouard a écrit qu'il avait surpris une conversation entre Geneviève et moi après la mort de Nicolas. Tu me disais que tu avais perdu le dernier lien qui te reliait à Arthur, dit-il en se tournant vers Geneviève. Et je t'avais répondu que je l'avais toujours su et que je comprenais ton désespoir. C'était insupportable pour Édouard. Personne ne devait savoir qu'il avait été trahi par sa femme et qu'il avait élevé le fils de son pire ennemi. Apprendre que je connaissais son secret lui était insupportable. Il se sentait humilié, il pensait dans sa paranoïa que nous nous moquions de lui… Quand tu es partie et qu'il a fini par te croire morte, son ressentiment s'est un peu calmé. Puis j'ai rencontré Agnès, et nous nous sommes mariés. On essayait d'avoir un bébé depuis près de dix ans, et cette ordure le savait. Il s'est dit qu'il pouvait avoir sa vengeance. Édouard était un homme qui n'oubliait rien. Quiconque le trahit en paiera un jour le prix. Il était comme ça…

Jacques Capestan se raidit, sa voix se mit à trembler :

— Un jour, il est venu chez nous, en Gironde. Il s'est débrouillé pour se retrouver seul avec ma femme, et lui a proposé de lui faire cet enfant que nous ne pouvions avoir. Il lui a dit que c'était probablement ma faute, et qu'elle devait essayer avec un… un vrai homme. Elle a évidemment refusé… Dans son manuscrit, il a écrit qu'il avait perdu son sang froid. Agnès était une très belle femme, elle te ressemblait un peu physiquement, Geneviève, et ça l'avait troublé. Alors il l'a agressée… ce salaud a violé ma femme !

Sa voix se brisa et Jacques s'effondra de nouveau, cachant son visage entre ses mains. Il sanglota quelques minutes sans que personne ose prendre la parole. Geneviève restait contre lui, l'entourant de ses bras. Lentement, le vieil homme se reprit, il renifla et essuya maladroitement son visage.

— Il l'a menacée de nous détruire si elle portait plainte. Il lui a dit qu'il était connu et qu'il avait des relations très haut placées. Personne ne la croirait, c'était sa parole contre la sienne et il menaçait de nous ruiner en procès, et de détruire ma carrière… Elle l'a cru et n'a rien dit, pas même à moi… Elle a tout gardé pour elle… Mais elle était enceinte. Enceinte de cette ordure… Elle qui voulait tellement un enfant n'a pas supporté d'être enceinte après ce viol… Elle s'est suicidée six mois après la naissance de Victor. Édouard avait sa vengeance : j'allais élever le fils d'un autre, j'allais élever son propre fils. Et moi j'avais perdu ma femme sans savoir pourquoi elle avait rejeté celui que je croyais être mon enfant.

Un silence lourd suivit la terrible révélation de Jacques. Charlotte réalisa avec effroi qu'Édouard avait laissé une relation incestueuse se nouer entre deux de ses enfants sans chercher à y mettre un terme. Victor était le demi-frère de Suzie, ils couchaient ensemble depuis l'adolescence au vu et au su de tous dans cette famille. Édouard était non seulement un criminel, mais aussi un pervers de la pire espèce ! Ça dépassait l'entendement.

Cette confession semblait avoir soulagé Jacques qui, entouré de Geneviève et d'Arthur, respirait mieux et buvait à présent un thé servi par son amie. Charlotte hésitait à poursuivre son récit, mais elle devait aller au bout de cette terrible histoire.

— Comme je vous l'ai dit, ma présence parmi vous ce week-end n'avait qu'un seul but : vous démasquer et vous livrer à la police. Édouard était persuadé que je serais capable de découvrir son assassin. Il avait laissé en évidence son projet de livre en espérant probablement que je remarque sa disparition plus tard. Il espérait peut-être que j'en lise quelques extraits, mais je ne l'ai pas fait. Peu lui importait que j'apprenne les monstruosités qu'il avait commises, il pensait que je n'en tiendrais pas compte, et que je ferais mon devoir, comme il pouvait l'attendre d'un ancien officier de gendarmerie. Je l'ai vu vous parler après le repas hier soir. Il vous a demandé de passer récupérer le manuscrit au prétexte d'y rechercher ce qui pourrait lui valoir un procès. Mais ce n'était évidemment pas l'objectif. Il voulait simplement provoquer chez vous une immense colère, une rage susceptible de vous pousser à l'assassiner. Il n'était pas sûr que Geneviève et Arthur seraient suffisamment en colère ou tout simplement en mesure de l'assassiner. Vous, monsieur Capestan, étiez ce qu'on peut appeler son plan de secours. Et effectivement, après avoir lu cet horrible récit, vous êtes descendu pour affronter Édouard, pour savoir si ce qu'il avait écrit était la vérité ou non. Et avec l'envie de le tuer probablement.

Jacques hocha lentement la tête.

— Vous aviez avec vous le manuscrit, reprit Charlotte. Vous avez alors décidé de faire disparaître ce document en le jetant dans la cheminée. Il fallait à tout prix vous en débarrasser pour que personne ne puisse lire ce monceau d'ordures, mais aussi, peut-être, pour protéger votre fils. Il ne devait en aucun cas apprendre qu'il était le fruit d'un viol, et que son père était Édouard Montergnac. Sans parler de la relation qu'il entretient avec Suzie…

Charlotte secoua la tête ; décidément, cette histoire était sordide.

— Il y avait une belle flambée, reprit-elle. Malheureusement, ce matin il restait encore quelques feuillets qui n'avaient pas été complètement calcinés. On pouvait lire sur quelques-uns d'entre eux certains passages écrits par un homme haineux et malade de jalousie. J'ai compris que ce manuscrit n'avait absolument pas vocation à être publié, mais visait à provoquer la rage chez son lecteur.

Jacques Capestan haussa les épaules d'un air las. Peu lui importait d'être inculpé du meurtre de ce monstre, il endosserait avec fierté cette responsabilité.

— Mais quand vous êtes arrivé devant la porte de la bibliothèque, peut-être avez-vous découvert qu'Édouard avait déjà été assassiné. Le meurtrier était encore sur place, n'est-ce pas ? Peut-être même étiez-vous présent quand Édouard a été assassiné ?

— Non, l'interrompit Geneviève d'une voix forte. Il n'était pas là. Il est arrivé après qu'Édouard a été tué.

Chapitre 42

Quatorze heures trente

Geneviève s'interrompit quand Soizic frappa à la porte de la chambre. La vieille femme et Gwenaëlle tenaient chacune un plateau chargé de victuailles. Soizic renvoya rapidement la jeune fille dans la cuisine. Quand la porte de la chambre fut refermée, elle se retourna vers Charlotte, le regard chargé de reproches.

— Je vous ai dit ce matin que ça pouvait pas être Madame Geneviève ou son mari, les coupables. Vous devriez les laisser tranquilles et retourner dans le petit salon avec les autres, bougonna-t-elle en déposant le plateau sur la petite table à déjeuner.

Joignant les actes à la parole, la vieille femme saisit le bras de Charlotte pour la reconduire fermement vers la porte.

— C'est inutile, Soizic, intervint Geneviève doucement. Ne vous inquiétez pas, tout va bien se passer à présent.

— Soizic, reprit Charlotte en se dégageant doucement et en lui prenant les mains, je comprends que vous soyez en colère, mais je souhaite la même chose que vous : aider M. et Mme Brighton. Vous pensez avoir compris ce qui s'est passé, mais peut-être vous êtes-vous trompée. Ce que je vais vous demander est très important. Êtes-vous absolument certaine que la porte de l'arrière-cuisine était bien fermée à clé la nuit dernière ?

La vieille femme lança un regard perdu vers Geneviève.

— Si cette porte n'avait pas été verrouillée, pour une raison quelconque, cela signifierait que quelqu'un a pu s'introduire dans la maison et peut-être même assassiner Édouard. Réfléchissez bien, Soizic, peut-être y a-t-il un problème qui empêche que cette porte ne soit verrouillée ? En ce cas, il y aurait une possibilité que l'assassin d'Édouard vienne de l'extérieur. Je suis sûre que Marcel pourrait nous le confirmer.

Les deux femmes s'observèrent en silence, puis Soizic esquissa un sourire.

— Je crois bien que vous avez raison, Charlotte. Je vais aller voir ça avec mon Marcel.

— La police devrait être là dans moins de deux heures, il faudrait voir ça très rapidement avec votre mari.

Soizic se retourna et hocha la tête.

— J'ai toujours dit que vous étiez une gentille fille, Charlotte… et futée avec ça…

***

Après le départ de la cuisinière, Geneviève retourna s'installer dans son fauteuil, les mains serrées pour éviter de montrer qu'elles tremblaient.

— Quand je suis venue vous interroger ce matin, je dois avouer que j'ai eu un peu de mal à concevoir que vous ayez pu renoncer à apprendre ce qu'Édouard avait promis de vous révéler concernant Nicolas.

Charlotte s'interrompit, attendant que Geneviève poursuive ses explications, mais la vieille femme resta muette, les mains serrées, les yeux perdus dans le vague.

— Vous n'êtes pas ce genre de mère. Vous n'avez pas traversé la Manche avec votre mari pour vous contenter de repartir bredouille. Vous vous êtes probablement confiée à votre mari. J'imagine que connaissant Édouard et sa jalousie maladive, vous craigniez qu'il ne s'en prenne à Arthur. Mais j'imagine aussi qu'Arthur n'est pas de ceux qui reculent face au danger. Il vous a persuadée qu'il fallait aller jusqu'au bout, même si cela n'était qu'une ruse d'Édouard pour l'atteindre et peut-être même le tuer. Mais ce n'était pas l'objectif d'Édouard. Il voulait une tout autre vengeance, et qu'importe qu'elle soit posthume. Alors il vous a raconté une histoire, une histoire monstrueuse de cruauté, au point que cela a provoqué chez vous ce geste qu'il espérait : l'un de vous l'a tué.

Charlotte dévisagea chacun des trois vieux amis, aucun n'osait la regarder, ils avaient décidé de faire front, espérant peut-être encore s'en sortir.

— Quand, ce matin, Victor et moi avons appris à Soizic et Marcel l'assassinat d'Édouard, Marcel a immédiatement eu une réaction assez vive. Il semblait soulagé d'apprendre la mort de son patron, le décrivant comme un homme mauvais qui méritait son sort. Le vieux couple n'est resté au service des Montergnac que parce qu'ils étaient très bien rémunérés, et non par amitié. Il faut bien vivre. Et probablement que cette île et ce manoir devaient leur rappeler de bons souvenirs, des souvenirs de l'époque où vous étiez là avec Nicolas. Et paradoxalement, Édouard les a gardés à son service pour les mêmes raisons. Mais après la réaction spontanée de Marcel, qui ne compatissait absolument pas, Soizic a tenu à atténuer les paroles de son mari. Alors, pourquoi a-t-elle réagi ainsi ? Parce qu'elle a eu l'intuition que la mort d'Édouard était liée à votre retour ici. Puis, après vous avoir vue dans la matinée, elle a été persuadée de votre implication dans cet assassinat. Elle vous connaît bien, je crois, et elle a compris que le meurtre d'Édouard vous avait perturbée plus que cela n'aurait dû, probablement parce que vous y aviez participé. Elle n'a pas arrêté de vous défendre, très maladroitement d'ailleurs. Plus elle vous défendait, plus je me demandais pourquoi elle craignait tant que vous soyez suspectée.

Geneviève hocha la tête en silence. Ses mains ne tremblaient plus, elle semblait s'apaiser au fur et à mesure que Charlotte parlait.

— À quelle heure êtes-vous allés voir Édouard ?

— Il devait être vers une heure quinze ce matin. Je savais qu'Édouard nous attendait.

— Heureusement, personne ne vous a vus. Suzie a découvert le corps de son père à deux heures et demie, mais elle n'a rien entendu avant de descendre dans la bibliothèque. J'ai interrogé le reste de la famille, et personne ne semble avoir entendu quoi que ce soit. Et c'est une très bonne chose.

Geneviève se redressait imperceptiblement, elle reprenait confiance. Charlotte s'était approchée de la fenêtre, elle regardait au loin les vagues d'écume qui s'échouaient sur la plage.

— Quand vous êtes descendus, Arthur et vous, pour interroger Édouard, votre ex-mari vous a probablement révélé un terrible secret. Cela concernait la mort de Nicolas, ce qui s'était réellement passé, là-bas, en Algérie. La section de combat est tombée dans une embuscade tendue par les rebelles algériens. S'est ensuivie une succession d'exactions les plus terribles, durant lesquelles la quasi-totalité des jeunes gens a été massacrée. Il y avait un survivant, le jeune ami de Nicolas, Philippe Grandmaison. Édouard se rend donc sur place pour identifier la dépouille de son fils. Puis il récupère le corps et organise des obsèques grandioses. Tout le gratin politico-financier vient se recueillir et soutenir le père éploré. Mais le fils est mort en héros, et entre dans la légende familiale, au même titre que ses grands-pères. Édouard cultive cette légende, il fait tout pour faire oublier le passé collaborationniste de son propre père ; il ne reste aujourd'hui que le souvenir d'un résistant, qui jouait sur les deux tableaux pour soutenir plus efficacement la Résistance. Nous savons tous que c'est un leurre. Votre ex-mari a d'ailleurs lui-même assassiné son père, il l'a avoué hier soir à Max. Édouard sait aussi que Nicolas n'est pas son fils, qu'il est celui de l'homme qu'il déteste le plus parce qu'il lui a volé le cœur de Geneviève. Mais aux yeux des autres, le jeune Nicolas est son fils. Alors quand il se rend à Marseille pour identifier le corps, il revient avec la dépouille d'un héros digne de lui et de la légende familiale. Sauf que ce n'était pas le corps de Nicolas. Et c'est ce qu'il vous a révélé hier soir.

Charlotte observa les Brighton et eut la confirmation de ce qu'elle avançait. Geneviève et Arthur souriaient tout en pleurant, tandis que Jacques, visiblement au courant lui aussi, hochait la tête nerveusement.

— J'imagine votre joie en apprenant que votre fils était peut-être toujours en vie, mais aussi votre douleur et votre rage de savoir que depuis tant d'années Nicolas végète seul dans un établissement hospitalier. Que s'est-il passé exactement ?

Ce fut Arthur qui prit enfin la parole d'une voix claire et assurée.

— Quand nous sommes arrivés dans la bibliothèque, Édouard nous attendait. Il avait ce sourire cruel que je lui connaissais bien… Et comme vous l'avez deviné, il nous a dit que notre fils était toujours en vie. Nicolas serait interné depuis plus de quarante ans en Touraine, sans aucune visite, dans la solitude la plus totale. Il nous a montré un dossier qu'il menaçait de jeter dans la cheminée pour le brûler, celui que vous avez vu sur son bureau en allant téléphoner à votre famille hier matin. Il nous a asséné cela avec une telle cruauté ; il riait et se moquait de Geneviève. Il disait que nous ne saurions jamais si c'était la vérité ou pas. J'étais dans une rage folle, je voulais qu'il arrête de rire et de se moquer de ma femme. Ce qu'il venait de nous apprendre n'était peut-être qu'un énorme mensonge, pour la faire souffrir encore et encore. Le nom qui figurait dans le dossier n'était pas celui de Nicolas, mais celui de son ami, Philippe Grandmaison. Était-ce vraiment Nicolas ? Édouard jouait avec ma femme… Elle s'est effondrée. Il en a profité pour s'approcher d'elle, comme pour l'embrasser. Elle l'a violemment repoussé. Je n'ai pas supporté qu'il la touche, je suis intervenu pour qu'il la lâche. Je l'ai repoussé violemment, il est tombé sur le canapé, j'ai eu envie de l'étrangler, je voulais qu'il meure… Quand il s'est relevé…

— C'est moi qui ai pris le tisonnier et qui l'ai frappé de toutes mes forces, l'interrompit Geneviève en posant une main sur le bras de son mari. J'ai tué ce monstre. Je l'ai tué de rage, avant de savoir si ce qu'il nous avait dit était vrai ou pas… J'aurais dû conserver mon sang-froid, il a obtenu ce qu'il voulait. Il voulait nous détruire, Arthur et moi, et il a réussi.

La vieille femme cacha son visage entre ses mains.

— Je ne voulais pas mentir à la police, mais je voulais juste avoir un peu de temps pour vérifier ce qu'il m'avait dit, savoir si mon fils était encore en vie, ou s'il était… Je n'aurais jamais laissé quiconque être accusé à ma place.

Geneviève sanglotait à nouveau.

— Je voulais juste avoir un peu de temps pour retrouver mon fils et m'assurer que tout irait bien pour lui. Je voulais qu'Arthur connaisse Nicolas, même quelques jours… Après je me serais rendue. Je n'aurais pas supporté qu'un innocent soit arrêté à ma place. Vous pouvez me croire, Charlotte. Mais je voulais seulement savoir pour Nicolas, et le revoir une dernière fois avant de mourir.

Charlotte hocha la tête en signe d'assentiment, elle comprenait et ne mettait pas en doute la sincérité de la vieille femme.

— Édouard voulait s'assurer que l'un de vous trois l'assassinerait, qu'il serait arrêté et emprisonné le reste de ses jours pour cela. J'imagine que vous avez gardé le dossier d'Édouard sur l'établissement de soins. Vous devriez me le remettre, inutile d'attirer l'attention sur vous.

Arthur sortit le dossier dissimulé dans leur valise et le tendit à Charlotte. La jeune femme se tourna vers le notaire.

— Jacques, j'ai fait disparaître les restes du manuscrit qui n'avait pas totalement brûlé. Personne ne sait de quoi il s'agissait, ni que vous l'avez récupéré et lu hier soir. Et personne ne doit l'apprendre. Pour la police, ce document a disparu. Et il contenait des révélations plus publiques, susceptibles de provoquer quelques scandales. Édouard devait vous le confier ce matin mais n'en a pas eu le temps. Nous devrons nous tenir à cette version, vous avez bien compris ?

Jacques acquiesça en silence, il fixait Charlotte, les yeux encore humides. Il commençait à comprendre ce que cette jeune femme, qu'il ne connaissait que depuis vingt-quatre heures, venait de faire, les risques qu'elle prenait en décidant de les protéger. Il avait envie de se lever et de la serrer dans ses bras. Charlotte se tourna vers les Brighton.

— Édouard avait planifié cette colère, il savait qu'en vous révélant que votre fils était toujours en vie, mais menait depuis presque cinquante ans une existence solitaire, il susciterait chez l'un ou l'autre une colère suffisante pour que vous l'assassiniez. C'est ce qu'il espérait. J'imagine qu'il a usé de toutes les outrances possibles pour vous pousser à bout. Il se doutait que ses enfants ou même son frère n'auraient pas le courage de le tuer malgré les menaces de ne rien leur laisser à sa mort et les révélations scabreuses de la soirée. Il s'est amusé lors de ce repas, comme un chat taquine cruellement une souris. Mais ses vraies victimes, c'était vous, Geneviève et Arthur, et vous, Jacques. D'ailleurs, quand son fils François est descendu le voir, il n'a même pas pris la peine de lui parler, ni même de le voir. Il savait son fils incapable de le tuer, il l'a donc ignoré. C'est vous ou Jacques qu'il attendait.

— Alors il nous a peut-être menti en nous faisant croire que Nicolas était en vie. Il nous aurait dit ça pour qu'on l'assassine ?

Geneviève était désespérée, elle passait de l'espoir le plus fou au désespoir le plus profond.

— Non, Geneviève, rappelez-vous. Il y a bien quelqu'un qui est interné depuis cinquante ans en Touraine. Édouard avait presque oublié cet homme, jusqu'à ce qu'il vous croise un jour, à Londres. Il s'est alors rappelé qu'il avait le moyen de vous faire revenir.

— Mais ce n'est pas mon fils ? Ce n'est pas Nicolas ? sanglotait Geneviève.

— Si, Geneviève… je peux vous assurer que Nicolas n'est pas mort en Algérie. Philippe Grandmaison, lui, est bien mort. Ce n'est pas Philippe, mais Nicolas qui a survécu en se cachant jusqu'à l'arrivée des secours. Le pauvre gosse n'a pas supporté de voir ses camarades se faire torturer, il a dû être paralysé par la peur. Il est resté caché jusqu'à l'arrivée de la section de secours. Et quand elle est enfin arrivée, il a tenté de se tirer une balle dans la tête. Probablement n'a-t-il pas supporté d'être encore en vie alors que tous ses camarades avaient été massacrés. Il n'a pourtant pas réussi son suicide, mais il était défiguré et n'était plus capable de parler. Quand il a découvert la vérité, Édouard a choisi d'intervertir les identités. Son fils serait mort en héros. Qui pourrait le contredire ? Le corps de Grandmaison était probablement méconnaissable et comme il n'avait pas de famille, il n'y avait personne pour réclamer sa dépouille. Quant à Nicolas, le malheureux était traumatisé par ce qu'il avait vu et entendu pendant ces jours atroces. De surcroît, il était défiguré par la balle qu'il s'était tirée dans la tête. Il a été facile à Édouard d'échanger les identités pour faire passer son fils pour un héros mort au combat. Il ne pouvait pas accepter que son fils soit le seul survivant de cette embuscade parce qu'il était resté caché. Jamais il n'aurait supporté que le fils d'Arthur Brighton, l'homme qu'il haïssait plus que tout, que son bâtard soit le déshonneur des Montergnac. Il lui a été facile de vous tenir à l'écart de la dépouille en vous droguant, Geneviève. Vous vous seriez forcément rendu compte qu'il ne s'agissait pas du corps de Nicolas et vous auriez dénoncé la supercherie. Il fallait vous éloigner du corps de Grandmaison.

— Comment pouvez-vous être sûre qu'il s'agit bien de notre fils ? demanda Arthur d'une voix étranglée par l'émotion.

— J'ai téléphoné il y a moins d'une heure à l'institut de soins palliatifs en Touraine ; il ne m'a pas été très compliqué de retrouver la trace de cet établissement. Je vous confirme qu'ils ont bien, parmi leurs patients, un certain Philippe Grandmaison, avec une grosse cicatrice sur le mollet droit.

Geneviève s'effondra dans les bras de son mari, elle sanglotait à présent sans retenue, en serrant encore la main de Charlotte. Elle pleurait et riait à la fois. Charlotte lui glissa dans les mains la dernière preuve qui aurait pu l'incriminer, une petite perle qui ornait son chemisier et qu'Édouard avait arrachée en faisant mine de vouloir l'embrasser. Grâce à cette petite perle, Édouard s'assurait que la femme qui l'avait trahi serait accusée de son meurtre et passerait ses dernières années aussi seule que son fils.

Geneviève serra la perle dans sa main.

— Quand vous êtes venue ici ce matin, je vous ai vue regarder mes vêtements, notamment mon chemisier. C'est à ce moment-là que je me suis rendu compte qu'il manquait une perle et que c'était probablement ce que vous aviez remarqué.

— Édouard la tenait serrée dans sa paume de main, il voulait être certain que vous seriez incriminée.

— Charlotte, vous prenez de gros risques pour nous sauver.

— Ne vous inquiétez pas, j'ai refait les photos de la scène de crime sans ces éléments de preuve, vous ne risquez rien, et moi non plus.

— Jamais je ne pourrai assez vous remercier, Charlotte. Pourquoi faites-vous cela pour nous ?

La jeune femme sourit tristement en se dirigeant vers la porte. Elle repensa à ce petit garçon brun aux yeux noisette qu'elle avait dû livrer à son bourreau.

— Parce que c'est juste, répondit-elle simplement.

Plus rien ne pourrait les rattacher à la mort d'Édouard. Cette fois, la loi ne s'exercerait pas au détriment de la justice…

La jeune femme observa les trois vieux amis blottis les uns contre les autres, et quitta la chambre.

Chapitre 43

Quinze heures

La jeune femme avait vérifié avec Marcel que la porte de l'arrière-cuisine pouvait effectivement servir de point d'entrée dans le manoir.

Le vieil homme n'avait pas dit un mot. En entrant dans la pièce remplie d'étagères qui soutenaient des bocaux aux contenus de toute nature, le vieil homme lui avait montré du doigt la serrure, qu'il avait suffisamment abîmée pour qu'elle ne puisse pas être utilisée. Charlotte vérifia que la porte n'était pas verrouillée et que la clé ne pouvait plus être insérée dans le trou de la serrure. Ce détail suffirait à laisser la possibilité qu'une personne étrangère au manoir puisse s'être introduite dans la maison et ait perpétré le crime.

Marcel avait aussi glissé des petites lames de bois sous la porte, en les fixant avec un genre de colle à bois, pour qu'elle ne puisse s'ouvrir que difficilement, raison pour laquelle personne ne s'était inquiété de la fermeture défectueuse de la porte. Il avait lui-même forcé l'ouverture afin que la possibilité d'une effraction laisse quelques traces et soit crédible. Et de toute façon, que pouvait-on craindre sur cette île ? Il n'y avait jamais rien qui s'y passait, confirma Soizic.

Marcel écoutait la jeune femme expliquer à Soizic qu'elle devait absolument veiller à ne pas trop parler avec la police. Moins elle en dirait, moins elle risquerait de dire des choses qui pourraient être dangereuses pour qui elle savait. Marcel hochait la tête en signe d'assentiment. Charlotte sortit de leur emballage plastique les feuillets noircis qu'elle avait récupérés dans la bibliothèque et les jeta dans le feu nourri de la cuisinière à bois. Soizic et Marcel la regardaient sans comprendre ce qu'elle faisait. Mais aucun des deux ne pipa mot, pas même Soizic. La jeune femme se rendit compte que le vieil homme avait gardé le silence pendant toute cette scène étrange dans l'arrière-cuisine. Il avait pourtant compris les implications de ses actes sur le déroulement de l'enquête. Mais elle ne craignait pas qu'il désapprouve ce qu'il avait lui-même fait ni qu'il en parle à la police. Elle souhaitait d'ailleurs bon courage à ceux qui l'interrogeraient !

Le vieil homme lui serra le bras en passant près d'elle. Il sortit une bouteille de calvados, puis il s'installa à table et se servit un verre. Il porta le verre à ses lèvres, but une gorgée et sourit.

En quittant la cuisine, elle réalisa que c'était la première fois qu'elle voyait Marcel sourire.

***

Charlotte attendait depuis presque une demi-heure, debout devant la fenêtre du petit salon, que les équipes scientifiques de la police arrivent. Le vent était presque complètement retombé, et à l'ouest, quelques lueurs de soleil tentaient de percer l'épaisse couche de nuages. Peu à peu, la tension des dernières heures disparaissait. Demain, elle rentrerait chez elle pour retrouver sa famille. Elle ne reviendrait plus jamais dans ce manoir et en éprouvait une certaine nostalgie. Malgré les événements dramatiques de la veille, elle ne pouvait s'empêcher d'aimer encore cette île sauvage. Geneviève et Nicolas y avaient été heureux et elle comprenait pourquoi. Elle regretterait de ne plus pouvoir y revenir avec ses enfants. Elle avait demandé à Soizic si elle pouvait rester une dernière nuit dans le manoir. Il était trop tard pour qu'elle reparte à Bordeaux dans la journée, et elle ne souhaitait pas passer la nuit dans un hôtel de Brest.

Comment avait-elle pu se tromper à ce point sur Édouard ? Comment n'avait-elle pas décelé chez lui cette cruauté et cette perversité qui avaient conduit à son assassinat ? Elle s'était retrouvée face au Docteur Jekyll et à Mister Hyde. Jamais elle n'avait soupçonné l'ambivalence de son caractère. Même son oncle Armand, à qui elle reprochait son cynisme et son arrivisme, était loin d'être aussi abject que l'avait été le vieil homme. C'était un enfant de chœur à côté d'Édouard Montergnac.

Si elle avait un temps hésité, Charlotte ne se demandait plus si elle n'avait pas eu tort d'agir comme elle l'avait fait. Il lui aurait été insupportable de fournir à la police les éléments de preuve qu'Édouard avait délibérément laissés à son intention et qui auraient conduit à l'arrestation de Geneviève. La vieille femme était déjà très âgée, les années qui lui restaient à vivre étaient comptées, elle n'aurait sans doute pas pu retrouver son fils. Charlotte inspira profondément. Non, elle n'avait aucun regret.

Édouard avait perdu son dernier combat. Il ne supportait pas de terminer sa vie en perdant le contrôle total de son corps. Dans son esprit malade, il avait manigancé une mort rapide, en provoquant son assassinat et en entraînant avec lui les Brighton. Qu'importe qui serait le véritable assassin, il avait la perle qui incriminerait Geneviève, c'était ainsi qu'il projetait de détruire la fin de vie de Geneviève et d'Arthur.

Édouard s'était joué de tous ses proches, et notamment de Charlotte. Surtout d'elle. Édouard comptait sur elle pour qu'elle découvre son meurtrier et le livre à la justice. Ainsi, son ex-femme et son dernier mari seraient définitivement détruits, les quelques années leur restant à vivre seraient irrémédiablement gâchées. Charlotte devait être sa Némésis, le bras armé de sa vengeance posthume.

Mais elle n'avait pas fait ce qu'il attendait d'elle, et elle en éprouvait un vrai soulagement. Elle allait tout faire pour permettre aux Brighton de retrouver leur fils, même si pour cela il lui fallait mentir. La police arrivait enfin.

Chapitre 44

Lundi 15 décembre 2008, huit heures

Victor conduisait en silence, il ramenait Charlotte à la gare de Brest. Ces deux derniers jours avaient été très éprouvants, et de nombreuses questions restaient en suspens.

Il avait compris qu'elle n'avait pas révélé à la police ce qu'elle avait découvert, pour une raison qu'il ignorait.

En fin d'après-midi, alors que la nuit était déjà tombée, la police avait autorisé tout le monde à quitter l'île. Charlotte avait préféré rester une nuit encore dans le manoir avec Soizic et Marcel tandis que les Brighton, son père et le reste de la famille avaient préféré rejoindre Brest et s'installer à l'hôtel. Victor était resté avec elle, mais elle n'avait rien dit. Il aurait tant voulu qu'elle ait suffisamment confiance pour s'ouvrir à lui.

Il avait tenté de faire parler son père, mais n'avait rien pu en tirer, si ce n'est la conviction qu'il était mêlé, de près ou de loin, à l'assassinat d'Édouard. Jacques n'avait rien voulu lui dire, sans doute pour le protéger. S'il ne savait rien, il ne pouvait pas mentir à la police.

Victor ne connaissait pas la vérité sur l'assassinat d'Édouard, mais il se doutait que son père était impliqué, et peut-être même les Brighton. Il ne comprenait pas pourquoi Charlotte gardait le silence. Mais il lui était extrêmement reconnaissant de ce qu'elle avait fait, des risques qu'elle avait probablement pris pour faire en sorte que la police ne les soupçonne pas.

Il était persuadé que la porte de l'arrière-cuisine était fermée à clé quand il avait fait le tour du manoir avec Charlotte. Or la police avait découvert que cette porte était simplement très difficile à ouvrir, mais qu'elle n'était pas verrouillée.

L'enquête serait probablement compliquée compte tenu du passé d'Édouard. Son dernier manuscrit avait disparu, et cela avait forcément un rapport avec le meurtre.

Après avoir garé la voiture, Victor accompagna la jeune femme jusqu'au quai où son train l'attendait. Ils étaient un peu en retard, mais la jeune femme aurait son train de justesse. Charlotte tirait sa valise et portait en bandoulière une besace dont dépassait le dossier d'investigation la concernant.

— Je pense qu'il est préférable que vous me rendiez le dossier d'enquête, Charlotte.

— Pourquoi voulez-vous que je vous le rende ?

— D'abord parce que l'enquête n'est pas exhaustive, et ensuite parce que les renseignements ne sont pas absolument certifiés.

— Inutile de vous inquiéter, je sais faire la part des choses. Et de toute façon, je l'ai déjà parcouru.

— Vous avez lu votre dossier ? demanda Victor étonné.

— Oui, évidemment, répondit la jeune femme sans savoir pour quelle raison elle mentait.

— Et tout va bien ? Vous n'avez pas de questions ? J'imagine que ça ne doit pas être facile pour vous. J'en suis désolé, reprit Victor face au silence de Charlotte.

Que pouvait bien révéler cette enquête qui pourrait faire craindre au jeune homme qu'elle réagisse mal ? Avait-il découvert quelque chose sur son oncle Armand, sur Armand et sa mère – ça ne serait pas une révélation pour elle –, ou bien s'agissait-il de malversations au sein du cabinet d'avocats ?

— Qu'allez-vous faire maintenant ?

Manifestement, cette révélation impliquait une action de sa part. Charlotte décida de rester vague.

— Je n'en sais trop rien, je verrai bien…

— Ne soyez pas trop impulsive. Je ne vous connais pas, mais j'imagine ce dont vous êtes capable, laissez-lui le temps de s'expliquer.

— Comment ça, « trop impulsive » ? Je suis parfois un peu vive, mais n'exagérez pas, je peux me contenir !

— En l'occurrence, j'avoue que ça m'étonnerait beaucoup que vous gardiez votre calme… Vous savez comment ça se passe dans ce contexte, vous savez qu'il est facile de se laisser tenter…

C'était donc ça, Victor avait découvert que l'oncle Armand avait mis les doigts dans le pot de confiture. Elle avait depuis quelque temps des soupçons sur l'honnêteté de son oncle, mais n'imaginait pas qu'il ait pu réellement détourner de l'argent… jusqu'à maintenant.

— Ça va, Victor, je ne suis pas un monstre, et il s'agit de ma famille. J'avais déjà des doutes à son sujet, vous n'avez fait que me les confirmer. Je vais avoir une discussion avec lui, il est évident qu'il va devoir s'expliquer.

— Je suis soulagé que vous le preniez comme ça. Je craignais d'avoir provoqué quelque chose d'irrémédiable. Vous pouviez être de celles qui ne pardonnent rien ! Cela dit, compte tenu de la situation, j'aurais pu le comprendre. J'avoue que vous m'étonnez, Charlotte.

— Je ne suis pas aussi intransigeante ! Vous avez vraiment une idée assez caricaturale de mon caractère, vous savez ? Tout le monde peut faire une erreur. Après ce que nous avons appris ce week-end sur les Montergnac, croyez-moi, les petites turpitudes des Valentin me semblent bien anodines.

— Eh bien, je me suis trompé à votre sujet. Je ne sais pas pourquoi je vous imaginais jalouse comme une tigresse, mais vous êtes bien plus pragmatique et plus raisonnable que je ne le pensais. Ah, voilà votre wagon, vous avez juste le temps de vous installer avant le départ.

Charlotte s'était raidie, elle sentit le rouge lui monter aux joues. Le dossier d'enquête de Victor ne révélait pas des malversations supposées de l'oncle Armand… Il s'agissait de Patrick, son compagnon, le père de ses enfants… Victor se figea en s'apercevant de l'émotion qui étreignait la jeune femme.

— Vous n'avez pas lu votre dossier !

— Je suis redoutable au poker, une pro du bluff. Au revoir, Victor, lança-t-elle avant de rapidement s'engouffrer dans le wagon.

Qu'avait-il découvert sur Patrick ? Une maîtresse, cela semblait évident…

— Charlotte, attendez !

Sans un regard, la jeune femme fit un geste d'adieu et se dirigea vers sa place. Elle hissa sa valise dans le compartiment au-dessus de son siège et prit place dans le fauteuil. Elle ne semblait pas avoir de voisin. Elle sortit lentement le dossier de sa besace et le posa devant elle sur la petite tablette. Elle avait hâte et peur en même temps d'en découvrir le contenu. Elle avait conscience que la lecture de ces documents allait probablement changer sa vie.

Victor se tenait sur le quai et la regardait, l'air désolé. Charlotte lui sourit avec tristesse tandis que le train démarrait lentement.

Épilogue

15 janvier 2009

« *L'enquête sur l'assassinat du célèbre homme d'affaires et ancien résistant Édouard Montergnac, le 14 décembre dernier, vient de connaître un nouveau rebondissement. Il semblerait que le vieil homme ait procédé à la liquidation de son empire financier de nombreuses semaines avant sa mort, ne laissant en héritage qu'une maigre compensation pour chacun de ses héritiers. Cela soulève de nouvelles interrogations quant au mobile de son assassinat. Je vous rappelle que le vieil homme, âgé de quatre-vingt-six ans, a été sauvagement assassiné dans son manoir situé sur l'île Korser, non loin de l'archipel de Molène au large de Brest. Ses trois enfants sont entendus depuis ce matin par la brigade criminelle de Brest. Seule la dernière fille d'Édouard Montergnac, la jeune Caroline, âgée de dix-neuf ans, est ressortie très vite des locaux de la police. Lors du séjour de la famille sur cette île isolée, le patriarche...* »

Geneviève était confortablement installée sur un fauteuil dans la chambre de son fils au sein de l'établissement hospitalier où Édouard l'avait tenu enfermé pendant presque cinquante ans. Elle coupa le son de la télévision quand surgit Arthur, avec deux gobelets de café.

— Pauvres Suzanne et François, comme ça doit être pénible pour eux d'être suspectés d'avoir tué leur propre père ! Je m'en veux beaucoup d'être à l'origine de tant de souffrances pour ces enfants… soupira-t-elle.

— Pour le moment, la police fait son boulot, et plutôt bien. Crois-moi, si tu connaissais mieux cette jeune femme, tu aurais moins pitié d'elle. De toute façon, elle est innocente, elle ne risque rien. Et François non plus d'ailleurs.

— Et si la police arrivait à la conclusion contraire ? Si elle était arrêtée, elle ou son frère ?

— La seule inculpation qu'elle risque, c'est d'avoir détourné l'argent de son entreprise et d'avoir licencié cinq collaborateurs compétents. Souviens-toi de ce qu'a dit son père pendant le dîner et de ce que nous a confirmé Charlotte.

Arthur remonta le son de la télévision.

« … *plutôt en faveur de la thèse d'un cambriolage qui aurait mal tourné, en raison de la découverte que l'une des portes de l'arrière-cuisine n'était pas fermée à clé. L'élément essentiel qui viendrait accréditer cette thèse est la disparition du manuscrit du vieil homme. Édouard Montergnac avait en effet terminé la rédaction d'un livre de confessions comme il l'avait annoncé à ses proches un peu avant sa mort. Or le manuscrit a disparu et n'est pas reparu depuis lors. Certains n'avaient probablement pas intérêt à ce que sortent les révélations d'Édouard Montergnac, qui devaient paraître en juillet prochain.* »

Arthur se tourna vers Geneviève avec un sourire triomphant.

— Et voilà… Charlotte avait raison, les enfants Montergnac ne risquent rien. Nous allons continuer de faire exactement ce qu'elle nous a dit.

Geneviève se leva doucement pour rejoindre le lit où reposait son fils. Il avait tellement vieilli, mais elle l'avait reconnu immédiatement. Et lui aussi avait semblé la reconnaître.

Jamais elle n'avait été aussi heureuse. Arthur et elle avaient décidé de revendre leur appartement londonien et de venir s'installer dans la région, près de leur fils. Personne ne devait connaître leur lien de parenté. Lorsqu'ils avaient revu Charlotte à Paris, la jeune femme avait été très claire sur ce point : la police ne devait en aucun cas connaître l'existence de Nicolas, au risque de soulever des questions et d'éveiller des soupçons sur leur rôle dans la mort d'Édouard. Seules leur fille, la sœur de Nicolas, et la première fille d'Arthur avaient été mises dans la confidence. Pour tous ici, Geneviève et son mari étaient de lointains parents de Philippe Grandmaison, qui souhaitaient se rapprocher de lui.

Une aide-soignante entra pour apporter les médicaments de la nuit. Depuis qu'elle travaillait dans cet établissement, le cas de cet homme rendu muet et probablement amnésique l'avait beaucoup touchée. Il était seul depuis des décennies, personne n'était jamais venu le voir. Il pouvait être si doux et si gentil… Elle sourit en surprenant un geste d'une grande tendresse entre la vieille femme et ce parent lointain qu'elle disait avoir retrouvé. Depuis que les Brighton venaient quotidiennement passer la journée avec lui, les médecins avaient constaté des progrès spectaculaires. Le patient sortait peu à peu du brouillard dans lequel il végétait. Il n'avait presque plus de crises de violence ou de désespoir.

La jeune aide-soignante déposa un gobelet avec quelques pilules sur la table de nuit. La posologie avait été beaucoup allégée depuis que Philippe avait retrouvé sa famille. Il n'avait plus de troubles du sommeil, il mangeait correctement et tentait même de s'asseoir dans son lit. Il n'était pas impossible qu'il puisse bientôt sortir de cette chambre pour des balades en fauteuil roulant. Ça serait une très belle histoire, il y avait tant d'histoires tristes dans cet établissement… La vieille dame s'assit sur le lit et commença à donner une cuillerée de compote de pommes à Philippe, qui mangeait en souriant. Extraordinaire !

Mais pourquoi les Brighton persistaient-ils à l'appeler Nicolas ?

REMERCIEMENTS

Je souhaite tout d'abord remercier Delphine, avec qui cette intrigue a été imaginée il y a déjà dix ans ! Merci pour tous tes conseils, notamment concernant le caractère des personnages. Merci surtout, ma bichette, pour avoir, la première, cru en moi.

Je remercie aussi Annabelle pour ses corrections implacables, mais ô combien utiles ! Véritable œil de lynx, tu as su déceler les erreurs et incohérences que je ne voyais plus. Merci pour ton aide précieuse, ma Mirabelle.

Un grand merci aussi à mes filles : Juliette qui aura souvent assuré l'intendance de notre grande famille pour me permettre de continuer à écrire. Tu as lu et relu mon manuscrit sans jamais manifester (ouvertement) de ras-le-bol ! Merci, ma chérie, pour ton soutien sans faille et tes conseils, souvent très judicieux. Merci à Gabrielle, l'artiste de la famille qui a réalisé la couverture de ce roman. Merci aussi à Charlotte et Héloïse, qui m'ont inlassablement approvisionnée en thé et petites douceurs, soutiens indispensables au travail d'écriture ! Merci, mes chouchoutes !

Merci à mes garçons… pour ce qu'ils sont !

Enfin, je remercie Stéphane, mon amoureux, mon premier lecteur, mon soutien inconditionnel sans qui rien n'aurait été possible.